Mit dem besten Freund im Bett

Band 4 der Serie
Mit den Junggesellen im Bett

von

Virna DePaul

KURZBESCHREIBUNG

Die liebenswert-nette Annie O'Roarke fühlt sich gelangweilt und einsam. Sie will mehr Aufregung. Mehr Abenteuer. Und mehr Sex . . . auch wenn es nicht mit dem Mann ist, in den sie heimlich verliebt ist, ihrem besten Freund Ryan Hennessey. Annie ist fest entschlossen, einmal in ihrem Leben das ‚schlimme' Mädchen zu sein, und das bedeutet, sie will ihre Liste der ‚unanständigen Dinge', die sie alle tun will, in der Stadt erleben, wo es ganz normal ist, unanständig zu sein: in Las Vegas.

Ryan Hennessey ist Feuerwehrmann und genießt es sehr, seine Freizeit mit Annie zu verbringen. Sie ist der einzige Mensch, auf den er zählen kann. Niemals würde er ihre Freundschaft aufs Spiel setzen. Dann entdeckt Ryan Annies Liste der ‚unanständigen' Dinge. Obwohl er erstaunt ist, dass Annie kaum erwarten kann, ihre wildere Seite auszuleben, traut er keinem anderen zu, Annies Sicherheit zu gewährleisten.

Solange Ryan da ist, um sie zu beschützen, wird er es übernehmen, Annie den wahren Kern der Sache beizubringen, ein schlimmes Mädchen zu sein.

Ein schlimmes Mädchen nimmt sich einfach das, was sie will.

Wird Annie mutig genug sein, entsprechend der Leidenschaft, die zwischen ihr und Ryan knistert, zu handeln? Und wird Ryan sich selbst und Annie überzeugen können, dass die Liebe es wert ist, Risiken einzugehen?

BÜCHER VON VIRNA DEPAUL

Die Serie ,Mit den Junggesellen im Bett' umfasst
Die Serie, Rock'n'Roll Candy
Verrückt nach dem verkehrten Kerl
Einem Werwolf kämpfer verfallen

PROLOG

MIT EINEM FAMILIENNAMEN WIE O'ROARKE hätte sich Annie in Finnegans Pub eigentlich wie zu Hause fühlen sollen. Stattdessen fühlte sie sich eher wie ein Kätzchen, das versuchte, es mit einem Löwenrudel aufzunehmen. Auf dem Ledersitz ihres Barhockers sitzend, schob sie ihre Brille auf ihrer Nase höher hinauf, trank noch einen Schluck Mineralwasser und sah mit großen Augen zu, wie ihre Freundin Paige am Ende der überfüllten Bar von zwei attraktiven Feuerwehrmännern eingerahmt wurde.

Einem Kätzchen ähnelte Paige nicht. Vielmehr der Königin des Dschungels. Denn sie war groß gewachsen, sah exotisch auf und trug gern lederne Hosen, hochhackige Stiefel und Tops, die ihre muskulösen Oberarme deutlich zur Geltung brachten. Noch wichtiger war, dass sie Trägerin des schwarzen Gürtels war und sich deshalb mit Selbstsicherheit und Arroganz bewegte. Momentan trug sie ein ultrawinziges, kleines Schwarzes und flirtete auf Teufel komm raus mit ihren beiden Bewunderern. Keck warf sie das Haar zurück und mit witzigem Geplänkel um sich wie ein Profi.

Vor einigen Monaten hatte Annie Paiges neuen Freund kennen gelernt, nachdem Paige von Seattle nach San Francisco gezogen war. Sie und Annie waren beide Krankenschwestern im örtlichen Krankenhaus, hätten jedoch nicht unterschiedlicher sein können.

Und das ist auch der Grund, warum sie sich dort drüben in männlicher Aufmerksamkeit sonnen kann und ich ganz für mich allein hier in meiner Ecke sitze, dachte Annie.

Aber egal.

Wenn es um soziale Situationen ging, war Annie gewohnt, das Mauerblümchen zu sein, aber in anderen Facetten ihres Lebens war es nicht so. Wenn sie in der Arbeit war, mit ihren Freundinnen abhing oder allein mit einem Mann zusammen war, den sie gut kannte, plauderte sie und bewegte sich ungezwungen. Nur wenn sie Fremde um sich hatte, dann verwandelte sie sich mental in irgendjemand anderen–jemanden, der sich ziemlich so verhielt wie sie, als sie im Highschool-Alter gewesen war–das Mädchen mit Akne, Zahnspange und Wuschelkopf. Jemand, der nicht bemerkt werden will. Jemand, der es nicht erwarten konnte, in die Gemütlichkeit des eigenen Zuhauses zurückzukehren.

Und da wäre sie jetzt auch, wenn sie nicht ihren besten Freund, Ryan Hennessey, so sehr anhimmeln würde. Als sie auf die Uhr blickte, stellte sie fest, dass der Typ zu seiner eigenen Abschiedsfeier schon dreißig Minuten zu spät kam.

Sie hatte Ryan vor acht Jahren als Student im zweiten Studienjahr kennen gelernt. Er war ziemlich beliebt gewesen, einer der besten Spieler der Unimannschaft in American Football und absolut atemberaubend. Mit der Zeit hatte sich sein Sex-Appeal nur umso mehr ausgeprägt. Sie war sich todsicher, dass er jedes Mal, wenn sie ihn sah, noch besser ausschaute, dennoch war er im Umgang mit ihr immer so wundervoll vertraut.

Er und mehrere andere Feuerwehrmänner, einschließlich der beiden, die nun mit Paige redeten, waren auf dem Sprung, für zwei Monate in die nordkalifornischen Rotwälder zu einem ausgedehnten Trainingslager aufzubrechen. Ryan war recht aufgeregt wegen des Trainings, das er als Feuerspringer erhalten würde; das war ein Feuerwehrmann, der sich gewissermaßen vom Himmel in ein Feuer fallen ließ, um in erster Verteidigungslinie das Feuer zu bekämpfen. In letzter Zeit redete er von nichts anderem mehr, und so sehr sich Annie auch für ihn freute, sie würde ihn dennoch wie verrückt vermissen. Normalerweise besuchten sie sich gegenseitig mehrmals die Woche, einfach um Filme anzuschauen oder einander Essen zu kochen, obwohl solche Aktivitäten bereits beträchtlich zurückgegangen waren, wenn einer von ihnen beiden sich ernsthaft mit jemand anderem verabredete, so wie er es im Moment tat.

Annies Herz zog sich schmerzhaft zusammen, wenn sie an Ryans neueste Freundin Samantha Heavensworth dachte.

Wenn Ryan nicht vom Feuerspringen sprach, redete er unweigerlich über Samantha.

Zu Beginn des neuen Jahres hatte Ryan sie Samantha vorgestellt, und Annie hatte sofort bemerkt, wie perfekt die beiden zusammenpassten. Natürlich war Samantha unübertroffen fantastisch. Mit strahlenden grünen Augen, einem Wasserfall von goldenem Haar und einer tollen Figur, Wespentaille inklusive, ähnelte sie einer Kreuzung zwischen einer Märchenprinzessin und einer Pole-Dancer-Barbiepuppe. Aber sie war auch sprachgewandt, klug und freundlich. Die Frau war Tierärztin und kümmerte sich den ganzen Tag lang um Tiere, dennoch hatte Annie sie noch nie anders als perfekt gestylt wie für die Titelseite eines Hochglanzmagazins gesehen. Wenn man dann noch dazuzählte, dass sie Weltklasse-mäßig kochen konnte und alles, was Aktivitäten im Freien waren, liebte, so wie Ryan auch, dann wäre Annie wirklich überrascht, wenn diese Frau nächstes Jahr um dieselbe Zeit nicht Ryans Ring am Finger stecken hätte.

Nicht, dass er verlauten hätte lassen, dass es ihm mit Samantha dermaßen ernst wäre. Aber über die Jahre hatte Annie die meisten von Ryans Freundinnen kennen gelernt, und angesichts der Frauen, von denen er sich angezogen fühlte, war es immer offensichtlicher geworden, dass sich Ryans Verabredungen einem Wandel unterzogen; vom Treffen, um sich zu amüsieren, entwickelte es sich zum Verabreden, um die Frau zu finden, mit der er sich letztendlich niederlassen wollte.

Der Gedanke, dass Ryan heiraten würde, verursachte in ihrem Magen ein schmerzhaftes Brennen und dass sich ihre Kehle zusammenschnürte.

Komm darüber hinweg, Annie! Eines nicht allzu fernen Tages wirst du eben von der drittwichtigsten zur viertwichtigsten Frau in Ryans Leben degradiert werden. Was soll's? Seine Mutter und seine Schwester würden immer die Topplätze einnehmen, und dann an zweiter Stelle nach Frau Samantha Heavensworth Hennessey zu kommen, wäre ja auch nicht so schlecht.

Ja, klar!, stöhnte sie innerlich. Gott, es war wirklich beschissen, wenn man so nüchtern war, dass sie sich nicht einmal selbst reinlegen konnte.

Annie winkte die Barkeeperin herbei, eine ältere Frau, die aussah, als hätte sie wirklich jede Menge Zigaretten in ihrem Leben geraucht. Als sie sprach, verstärkte ihre heisere Stimme diesen Eindruck nur noch.

„Was kann ich dir bringen, Süße? Noch ein Mineralwasser?"

„Ja, bitte", sagte Annie.

Die Frau reichte ihr ein Glas Sprite und scherzte: „Nicht einmal so ein ganz klein wenig Koffein? Wo bleibt dann der Spaß an all dem?"

Annie lächelte nur angespannt, und die Frau ging ohne ein weiteres Wort.

Ja, sie trank selten Alkohol–sie mochte den Geschmack einfach nicht–auch kein Koffein–das machte sie irgendwie kribbelig. War da etwas falsch daran? Sie vermutete, dass sie dadurch tatsächlich deutlich aus der Menge an der Bar herausstach, sogar noch mehr als durch ihren langen Rock und das Sweatshirt. Aber hey, es war eine frostige Nacht, und sie war bloß hier, um auf Ryans Fahrt anzustoßen und nicht, um jemanden aufzureißen.

Mit einem Seufzer trank sie noch einen Schluck ihres Drinks

und überflog den Raum nach Ryan. Als sie ihn immer noch nicht entdeckte, zog sie ihr Handy heraus und schrieb ihm:
Wo bist du?
Es dauerte eine Minute, aber er schrieb zurück:
Gerade in die Parklücke gefahren. Tut mir leid, wir sind spät dran!

Wider besseres Wissen und trotz der Tatsache, dass Ryan mit der ach-so-perfekten Samantha in die Bar kommen würde, prickelte Annies Haut vor freudiger Erwartung, ihn zu sehen. Er war eben ihr bester Freund, die Person, mit der sie ihre Zeit am liebsten verbrachte von allen Menschen auf der Welt. Er war mehr als gutaussehend. Beschützend. Abenteuerlustig. Witzig. Einfühlsam. Die Liste war unendlich. Wie Paige sagen würde, er hatte es *am Laufen*.

Annie fuhr mit ihrer Mauerblümchen-Imitation fort und sah zu, wie sich Männer und Frauen um sie herum zusammentaten. Einmal oder zweimal unterhielt sie sich mit dem gelegentlichen Guten Samariter, der sie als Ryans gute Bekannte erkannte und sich wahrscheinlich verpflichtete fühlte, sich um sie zu kümmern, über Belanglosigkeiten. Nach solchen zehn Minuten hatte Annie eher das Gefühl, Ryan auf den Kopf hauen zu wollen als ihn zu umarmen. Wo *war* er nur? Hatte er nicht gesagt, sie wären bereits beim Einparken?

„Hey, es tut mir leid deswegen", sagte Paige, als sie auf den Barhocker neben Annie schlüpfte. „Ich hatte nicht die Absicht, dich so lange hier alleine rumsitzen zu lassen."

„Kein Problem. Allerdings wäre ich nach weiteren fünf Minuten gekommen, um dich zu retten. Du hast ausgesehen, als hättest du eine entsetzliche Zeit, als du dich mit jenen prachtvollen Feuerwehrmännern unterhalten hast", witzelte sie.

Paige lachte. „Klar, es war die reine Folter!"

„Diese Kerle wissen einfach nicht, wie ihnen geschieht. Sie können nicht aufhören, dich anzustarren."

Paige fächelte sich Luft zu. „Wirklich? Sie waren beide *echt* ziemlich scharf." Nachdem die Barkeeperin einen interessanten, pinkfarbenen Drink vor Paige abgestellt hatte, nahm Paige einen langen Schluck und starrte dann ihren Drink intensiv an, als wäre sie tief in Gedanken versunken.

„Alles in Ordnung?", fragte Annie. „Ich hab doch nichts Falsches gesagt, oder?"

Paige schüttelte den Kopf, dann beugte sie sich nah an Annie heran. „Nein, mir ist bloß gerade wieder etwas eingefallen." Sie zögerte, biss sich unschlüssig auf die Lippe, holte dann tief Luft und fuhr fort: „Erzähl es bitte niemandem, aber manchmal bin ich von dieser ganzen männlichen Aufmerksamkeit, die ich bekomme, wirklich überwältigt. So war es nicht immer, und mein Ex war große Klasse darin, dass ich mich minderwertig fühlte. Ich kann nicht glauben, dass ich so irre in den Typen verliebt war!"

Annies Augen weiteten sich vor Überraschung. Auch wenn sie gewusst hatte, dass Paige geschieden war, hatte ihre Freundin ihr von dieser Zeit in ihrem Leben niemals erzählt. Und zu hören, dass sich ihre so selbstbewusste Freundin irgendwann einmal minderwertig gefühlt hatte, war ein Schock. „Hat er jemals . . ." Annies Stimme verebbte.

Paige schüttelte den Kopf. „Kein körperlicher Missbrauch. Aber ich war so verliebt, dass ich alles getan hätte, nur um mit ihm zusammen zu sein. Das schloss mit ein, dass ich sogar meine Selbstachtung opferte."

„Das kann ich mir nur ganz schwer vorstellen", sagte Annie. Die Selbstachtung ihrer Freundin schien mittlerweile jenseits von Gut und Böse zu sein. Und was war mit Annies Selbstwertgefühl? Annie mochte sich selbst zum größten Teil, aber sie wusste, dass ihre Sozialphobie viel mit ihren eigenen Unsicherheiten zu tun hatte. Egal wie oft ihre Freundinnen sie vom Gegenteil zu überzeugen versuchten, sie fühlte sich immer noch zu durchschnittlich und pummelig, um sich in ihrer eigenen Haut wahrhaft wohl zu fühlen.

Und wenn es darum ging, etwas zu tun, um einen Mann zu halten? Darüber wusste Annie wirklich eine Riesenmenge! Die letzten acht Jahre lang hatte sie die Welt angelogen, indem sie vorgab, dass sie für Ryan nur Freundschaft empfand, obwohl sie doch wahnsinnig verliebt in ihn war. Verdammt, auf sein Drängen hin hatte sie ihm vor acht Jahren sogar versprochen, niemals ihre Freundschaft aufs Spiel zu setzen, indem sie versuchen würde, mit ihm etwas auf sexueller Ebene anzufangen. Sie bedauerte immer noch gewaltig, dass sie diesen Schwur geleistet hatte. Manchmal fragte sie sich, was geschehen wäre, wenn sie ihm ihre Gefühle gestanden hätte.

„Also wie bist du über deinen Ex hinweggekommen, wenn du doch so sehr in ihn verliebt warst?" Sie rutschte auf ihrem Barhocker vor, hielt den Atem an, als könnte Paiges Ratschlag Wunder bewirken. „Offenbar hast du deine Selbstachtung wieder zurück. Was ist dein Geheimnis?"

„Er hat mich zum wiederholten Male betrogen. Da ist dann doch irgendetwas in mir eingerastet. Ich beschloss, keinen einzigen Tag mehr damit verbringen zu wollen, ihm nachzuweinen." Paige spielte mit ihrem Glas herum, und ihr Blick schaute weit in die Ferne, als würde sie in ihre Vergangenheit zurückschauen. „Deshalb habe ich mich verwandelt."

Annies Augen weiteten sich. „Was meinst du damit?"

Paige nippte an ihrem Cosmo. „Ich wurde die Art Frau, die nach keinem Mann mehr schmachtete. Ich malte mir aus, dass ich selbstbewusst sei. Sexy. Stark. Die Sorte Frau, die gewillt ist, Risiken einzugehen und neue Horizonte zu erforschen."

Bei ihr hörte sich das so leicht an. „War das der Zeitpunkt, als du den schwarzen Gürtel in Karate gemacht hast?"

„Nein, dafür habe ich jahrelang gearbeitet." Paige schüttelte den Kopf, dann blinzelte sie gedankenverloren. „Aber ich habe *andere* Dinge geändert. Ich veränderte meinen Stil, mich zu kleiden, zum Besseren. Verbesserte meine Art, zu gehen. Schließlich kündigte ich den Job, der mich zu Tode langweilte, und nutzte den Abschluss in Krankenpflege, den ich erreicht hatte, ehe ich meinen Ehemann kennen gelernt hatte. Aber das allererste, das ich tat? Ich beschaffte mir einen verdammten Vibrator", erklärte sie, während sie ihr Glas wie zum Anstoßen erhob, dann leerte sie den verbliebenen Inhalt.

„Und dadurch bist du wirklich über ihn hinweggekommen? Jemanden, den du so sehr geliebt hast?" Annie blickte sich um, um sich zu vergewissern, dass niemand Paiges Trinkspruch gehört hatte. Oh nein! Jason, ein recht cooler Feuerwehrmann, der Annie vorher auch begrüßt hatte, starrte sie beide nun an. Schnell drehte Annie ihren Kopf. „Vielleicht solltest du etwas leiser sprechen, wenn du das Wort mit v und das Wort Vibrator im selben Satz wie eine Bombe fallen lässt?", flüsterte sie.

Paige lachte, als wäre dies die witzigste Sache der Welt. „Du erinnerst mich voll daran, wie ich damals in Seattle war. Zu verschreckt, dass sich andere eventuell unbehaglich fühlen könnten. Zu nervös, um geradeheraus zu sagen, was ich dachte." Sie beugte sich zu Annie. „Aber im Ernst, indem ich mich verwandelte, bin ich nicht nur über ihn hinweggekommen, sondern es hat mein Leben wieder auf Touren gebracht, sodass ich jetzt das Leben lebe, das ich immer führen wollte. Es führte dazu, dass ich nun mein bestes Selbst ausleben kann."

„Das klingt wunderbar, Paige", sagte Annie, wobei sie ihre Freundin bewundernd anschaute. Wenn sie bloß auch den Mumm dazu hätte, so etwas zu tun–sich selbst zu *verwandeln!*

„Es fühlt sich auch wunderbar an." Paige drehte sich auf ihrem Sitz herum, um die Bar zu überblicken. „Also wo zum Teufel steckt dein Freund Ryan? Du hast gesagt, du wolltest um acht gehen, weil du morgen Frühschicht hast, und mittlerweile ist es schon bald so spät."

„Verflixt!", sagte Annie und schaute auf die Uhr. „Vor fünfzehn

Minuten hat er mir geschrieben, dass er und seine Freundin hier seien. Lass mich mal schauen, wo er ist!" Sie rutschte vom Barhocker herunter und hatte gerade zwei Schritte gemacht, als sie von Paiges Hand auf ihrer Schulter aufgehalten wurde.

„Ähm, Annie! Bist du sicher, dass du ..."

Sie drehte sich um, um ihre Freundin anzuschauen. „Was ist los?"

Paige seufzte. „Nichts, Süße. Ich werde hier auf dich warten."

„Okay, ich bin gleich zurück."

Annie bahnte sich ihren Weg durch die Menschenmenge und öffnete die Vordertür. Sie ging ein paar Schritte Richtung beleuchteten Parkplatz, machte dabei auch sofort Ryans schwarzen Pickup aus. Sie konnte sich nicht vorstellen, wodurch Ryan und Samantha aufgehalten wurden, aber–

Sie erstarrte, als sie die beiden sah.

Ryans muskulöser Körper war an der Seite seines Fahrzeugs an Samanthas schmale Gestalt gepresst. Ihre Finger waren in seinem Haar verflochten, während Ryan ihre Hüften hielt und Samantha eng an sich gedrückt hielt. Sie waren in einem leidenschaftlichen Kuss versunken, und ihre Zungen waren miteinander verwoben. Ryans Hand wanderte von Samanthas Hintern zu ihrer Brust und umfasste sie. Als Gegenreaktion ließ Samantha eine ihrer Hände abwärts wandern, um Ryan zwischen seinen Beinen zu umfassen. Beide stöhnten vor Lust auf.

Durch Annies Brust schoss ein schmerzhafter Stich, aber sie war zu hypnotisiert, um wegzuschauen. Ryan hob Samanthas Top an und zog ruckartig ihren BH herunter, um ihre üppige Brust freizulegen. Er flüsterte ihr etwas zu, das Annie nicht hören konnte, dann senkte er seinen Kopf, um an ihrer Brustwarze anzudocken, als wäre er am Verhungern und Samantha ein Feinschmeckermahl.

Annie fühlte sich, als wäre sie in den Magen getreten worden. Nicht einmal, niemals hatte sie Ryan dabei beobachtet, wenn er schonungslos mit einer Frau herumknutschte. Sie war ja nicht dumm. Sie wusste, dass Ryan mit vielen Frauen zusammen gewesen war. Aber es tatsächlich zu sehen, war anders–machte es irgendwie realer. Noch niederschmetternder. Die meiste Zeit der acht Jahre hatte sie damit verbracht, sich in der Fantasie auszumalen, wie er seine Hände und seinen Mund auf ihr hatte, und nun war sie hier und erlebte ihren schlimmsten Albtraum, indem er praktisch jemand anderen fickte.

Und wenn *sie* die *beiden* sehen konnte . . .

Schnell wich Annie zurück, stolperte dabei fast über ihre eigenen Füße vor lauter Eile, möglichst rasch wieder hineinzugelangen. Das Letzte, was sie wollte, war, dass Ryan sie entdecken könnte. Das Entsetzen, das sie fühlte, musste ihr deutlich ins Gesicht geschrieben stehen. Ein Blick auf sie und er würde wissen, wie am Boden zerstört sie war. Wie verletzt. Wie erschüttert.

Dann würde er wissen, dass sie in ihn verliebt war, und dann würde sich ihre Freundschaft für immer verändern. Sie könnte einen Punkt erreichen, dass er womöglich nicht einmal mehr in ihrer Nähe sein wollte. Das konnte sie nicht geschehen lassen.

Sie kämpfte darum, Luft zu holen und ihre Tränen zurückzuhalten, und stürmte in den hinteren Teil der Bar, wo sich die Toiletten befanden. Als sie eine Hand auf ihrem Arm spürte, drehte sie sich ruckartig um. Es war Jason, derjenige, der mitgehört hatte, als Paige davon gesprochen hatte, einen Vibrator zu kaufen. Sein gut aussehendes Gesicht war in Falten gelegt, die nach Besorgnis aussahen. „Annie, bist du okay?"

„Ähm, ja. Mir geht's gut, danke. Ich will bloß zu den Toiletten."

Sie wich zurück und sauste Richtung Bad. Bevor sie eintrat, erhaschte sie Paiges Blick und rief ihr zu: „Bin gleich zurück. Dann können wir gehen."

Paige schaute auch besorgt wegen ihr drein, aber Annie konnte sich im Moment nicht damit beschäftigen.

Sie floh ins Bad, sperrte sich in einem Abteil ein, bedeckte ihr Gesicht mit den Händen und kämpfte darum, die Schluchzer zurückzuhalten. Kein Glück. Unkontrollierbar durchschüttelten sie schwere Schluchzer.

Der Schmerz, den sie fühlte, hatte schwindelerregende, neue Höhen erreicht. Ryan war ihr bester Freund, und sie würde ihn niemals verlieren wollen, aber irgendetwas musste unbedingt geändert werden.

Es dauerte ungefähr fünf Minuten, bis sie sich genug beruhigt hatte, um wieder normal zu atmen. Nachdem sie sich etwas Wasser ins Gesicht gespritzt hatte, starrte sie sich selbst im Spiegel an. Und sie mochte das, was sie sah, nicht. Eine mollige Frau mit Brille und mausbraunem Haar, roten, verquollenen Augen. Sie war eine erbärmliche Person, die sich nach einem Typen sehnte, der sie niemals so begehren würde wie sie ihn.

In diesem Moment hasste sie sich selbst.

Und sie erinnerte sich an das, was Paige gesagt hatte, als Annie sie gefragt hatte, wie sie ihre Selbstachtung zurückbekommen hatte und über ihren Ex hinweggekommen war.

Ich verwandelte mich in die Art Frau, die nach keinem Mann mehr schmachtete. Ich malte mir aus, dass ich selbstbewusst sei. Sexy. Stark. Die Sorte Frau, die gewillt ist, Risiken einzugehen und neue Horizonte zu erforschen.

Wenn Paige das tun konnte, dann konnte Annie das auch.

Sie hatte es satt, immer nur das nette Mädchen zu sein. Sie war bereit, ein paar Risiken einzugehen. Während sie ihr Spiegelbild im Badezimmerspiegel anschaute, gelobte sie sich, dass sie bis zu dem Zeitpunkt, da Ryan von seinem Trainingslager zurückkommen würde, also in zwei Monaten, eine neue Frau sein würde.

Sie würde über ihn hinweg sein. Und sie würde endlich bereit sein, in ihrem Leben weiterzuziehen.

KAPITEL EINS

„WIE WÄR'S MIT ETWAS KLEBEBAND für Fesselspiele?"

Annie wandte sich von der Verkäuferin ab, die gerade den Preis des neuen Sex-Spielzeugs an der Kasse eintippte, um zu Paige hinüberzuschauen, die eine Rolle glänzendes, schwarzes Klebeband hochhielt, das beinahe genau mit der Farbe von Paiges langem, glattem, schwarzem Haar übereinstimmte. Annies Wangen erhitzten sich, und sie warf ihrer Freundin einen ‚sprich doch bitte leiser'-Blick zu.

Es war ein Blick, den Paige entweder nicht richtig lesen konnte oder einfach lieber ignorierte. Mit hochgezogenen Brauen wedelte sie mit der Rolle und rief ihr in einem Singsang zu: „Da steht, es sei perfekt für Pärchen, die das Ausgefallene lieben."

Annie konnte sich kaum davon abhalten, die Augen zu verdrehen. Pärchen, die das Ausgefallene lieben, klang gut. Es würde sogar noch besser klingen, wenn Annie tatsächlich ein Teil eines Pärchens wäre. Doch selbst dann, in Anbetracht ihrer Unerfahrenheit mit ausgefallenen Spielchen im Allgemeinen und ihren Plänen für das Wochenende im Besonderen–die die ganz untypische-Annie-Aktion, Sex mit einem Fremden zu haben, miteinschlossen–konnte sie nicht anders, als sich dieses Klebeband und ihren Körper als Teil eines Highschool-Streiches vorzustellen oder als eine Zutat aus einem Horrorfilm.

Dennoch . . .

Sie hatte zwei Tage gebraucht, bis sie den Mut zusammengebracht hatte, in den laut Paige besten Sexshop der Stadt zu gehen, nämlich Sweet Sensations. Man erwartete von ihr, sich unvoreingenommen und freizügig zu geben.

„Es könnte Spaß machen, es anzubringen", räumte sie ein. „Aber es dann wieder abzuziehen?" Sie täuschte Schauder vor.

„Bitte schön!", sagte die Verkäuferin. Die junge Frau hatte rotgefärbtes Haar, Piercings und sichtbare Tattoos, die zu ihrem altmodischen Hänge-Kleidchen in starkem Kontrast standen. Sie verströmte ganz locker die Aura des coolen Mädchens ‚ich versuche es doch nicht wirklich', so wie sie im Mission District von San Francisco gang und gäbe ist. Sie reichte Annie eine unauffällige Tasche mit weißem Griff, lächelte und reckte ihr Kinn Richtung Paige. „Wenn du dich für das Fesselungs-Klebeband entscheidest, solltest du wissen, dass man damit keine Haare ausreißt und kein Klebzeug zurückbleibt, es also nicht wehtut, wenn man es abzieht. Und es gibt es in allen möglichen Spaß-Farben."

Da war dieses Wort schon wieder. *Spaß.* Annie musste zugeben, dass sie heute Spaß gehabt hatte. Schließlich war es das erste Mal, dass sie einen Sexshop besucht hatte, und Paige war ja immer eine gute Gesellschaft. Auch beim bevorstehenden Wochenende sollte es vor allem darum gehen, Spaß zu haben. Auf ganz spezielle Art war es Annies Gelegenheit, sich in die Richtung eines Bad Girl zu entwickeln und ihre sorgsam erstellte Liste unanständiger Dinge zu vervollständigen.

Also warum wollte sie dann eigentlich am liebsten alles hinwerfen, wenn sie bloß daran dachte?

Weil du eben diese langweilige, nette-Mädchen-Art drauf hast, Annie. Das ist der Punkt. Du musst gegen deine Instinkte angehen und endlich einmal das Bad Girl sein.

Bad Girls haben mehr Spaß.

Sie verschwenden auch keine Zeit damit, ihre besten Freunde anzuschmachten.

Du wirst schon sehen!

Das war das, was ihr ihre unanständige Seite sagte. Der stärkere Teil ihrer Persönlichkeit, das im Inneren eigentlich nette Mädchen, war nicht überzeugt. Sie hatte die letzten beiden Monate damit verbracht, sich zu verwandeln. Nicht unbedingt, indem sie schlimm war, sondern indem sie Dinge tat, die sie normalerweise eigentlich nicht tat. Wie zum Beispiel sich die Augen lasern lassen, damit sie ihre Brille wegschmeißen konnte. Ihr Mäuschen-braunes Haar aufhellen lassen. Und anfangen, Diätpillen zu nehmen, als ihr stetiger-und-langsamer Gewichtsverlust an seine Grenze gestoßen war. Jetzt konnte sie fantastisch gut sehen, ihr Haar sah einfach umwerfend aus, und sie hatte mehr als zehn Kilo abgenommen.

Leider war sie immer noch genauso sehr in Ryan verliebt wie eh und je, obwohl sie den Typen kaum gesehen hatte. Deshalb hatte sie die Liste der unanständigen Dinge erstellt.

Es wurde Zeit für drastische Maßnahmen.

Annie nahm die Einkaufstasche von der Verkäuferin entgegen und sagte: „Vielen Dank für, ähm, den Tipp." Durch einen schnellen Blick hinter sich stellte sie fest, dass die Schlange hinter ihr noch länger geworden war, während sie ihren Einkauf bezahlt hatte. Dieses Geschäft war voll von Männern und Frauen, sowohl jungen als auch alten. In dem Versuch, lässig zu wirken, ging sie zu Paige hinüber und begutachtete die Auslage, in der die vielen Funktionen des Fesselungs-Klebebandes ausführlich dargestellt wurden. Fesselspiele waren nur der Anfang. Es konnte auch benutzt werden als Knebel, Halskragen oder Gurtgeschirr, auch um Bustiers, Kleider und Miniröcke herzustellen.

„Soviel zum Thema vielfache Verwendungszwecke", flüsterte Annie.

„Ich kaufe dir eine Rolle", erklärte Paige laut.

Annie lachte nervös auf. „Im Ernst, Paige? Die letzten dreißig Minuten habe ich mit Augen so groß wie Untertassen verbracht, und jetzt habe ich gerade mein erstes Sex-Spielzeug gekauft, da denkst du, dass ich schon bereit sei, in die Sado-Maso-Schiene zu wechseln?"

„Hier auf dem Etikett steht, dass es sich ideal für Einsteiger-Fesselspiele eignet."

Annie schüttelte den Kopf. „Ich habe schon genug auf meiner Liste. Ich will es nicht übertreiben. Außerdem überschreite ich sowieso bereits die Grenzen des Safer Sex, indem ich die Absicht habe, mit einem völlig Fremden zu schlafen. Ich werde nicht zulassen, dass mich irgendjemand fesselt."

Paige machte eine wegwerfende Handbewegung. „Ich werde es für dich kaufen. Wenn du beschließt, deine Liste unanständiger Dinge noch zu erweitern, kannst du mir später danken."

Ohne eine andere Wahl zu haben, wartete Annie, während Paige sich in der Schlange anstellte, um das Band zu kaufen. Sie schaute sich um, noch einmal angezogen von den verschiedenen Dildos, die ausgestellt waren; ein hilfsbereiter Verkäufer hatte die Vielfalt im Detail erklärt. Es gab gläserne und welche aus Gummi. Lange und dünne. Kurze und breite. Doppelschwengel, schwabbelig-weiche und Analplugs. Bei einigen waren enorme Bemühungen unternommen worden, sie in Aussehen und Anfühlen so echt als möglich nachzubilden.

Als könnte man die Tatsache übersehen, dass kein Körper an dem Schwanz angebracht war, und dass sie sich selbst überlisten müsste, dass sie eigentlich mit jemandem Sex hatte und nicht mit einem Spielzeug.

So weit reichte ihre Vorstellungskraft nicht. Das Spielzeug war einfach ein Mittel, das ihr Vergnügen verschaffen konnte, und sogar nette Mädchen sehnten sich nach Vergnügen. Außerdem war sie auch nicht absolut prüde. Sie masturbierte auf die altmodische Weise recht gut. Damit gab sie sich selbst die Genehmigung, eine Stufe weiterzugehen, genauso wie durch dieses bevorstehende Wochenende in Las Vegas.

Dennoch schien sie das alles irgendwie zu beunruhigen, um nicht zu sagen zu überwältigen, und letzten Endes hatte sie sich für das Spielzeug entschieden, das Paige ihr empfohlen hatte, etwas mit dem Namen Rabbit, das vibrierte, rotierte und auf vielfache Weise stimulierte. Trotz ihrer Verlegenheit war sie stolz, sich überhaupt in das Geschäft hineingewagt zu haben und ihren Einkauf getätigt zu haben. Jetzt musste sie nur noch nach Hause, es einpacken und unter ihren Weihnachtsbaum legen, ehe Ryan herüberkam.

Bei dem Gedanken daran, dass Ryan mit seinen breiten Schultern bald in ihrem Apartment auftauchen würde, beschleunigte sich ihr Pulsschlag. Es war erst eine Woche her, dass sie ihn zu der Hochzeit seines College-Kumpels Eric auf Coronado Island begleitet hatte. Allerdings war es an diesem Wochenende zwischen ihnen recht angespannt gewesen, und das nicht nur, weil der Bräutigam die Braut sitzen gelassen hatte. Nein, es war schon davor irgendwie seltsam gewesen, als Ryan sie am Flughafen von San Diego abgeholt hatte, um mit ihr auf die Hochzeit zu gehen.

Seit mehr als zwei Monaten hatte sie ihn nicht gesehen und sie hatte sich vorgestellt, wie es wäre, seine Arme wieder um sich zu spüren, wenn er sie in einer seiner Umarmungen umfing. Sie hatte nicht erwarten können, seinen frischen, waldartigen Duft einatmen zu können. Nur, dass Ryan, als er sie gesehen hatte, sie nicht umarmt hatte. Zumindest nicht gleich. Stattdessen hatte er, offensichtlich sehr geschockt von ihrem Gewichtsverlust, angedeutet, dass sie nicht gesund aussah. Zugegeben, sie hatte in den zwei Monaten, die er fort war, mehr als zehn Kilo verloren und hatte es geschafft trotz häufiger Anrufe, Textnachrichten und E-Mails dieses Geheimnis zu bewahren. Aber verdammt nochmal, sie hatte sich in eine Frau verwandelt, die nun den Frauen, mit denen er sich verabredete, viel mehr glich, doch alles, was er getan hatte, war, sie zu kritisieren. Er hatte ihre Gefühle verletzt, absichtlich oder unabsichtlich, und sie hatte sich in sich selbst zurückgezogen, etwas, das sie gegenüber Ryan nie zuvor getan hatte. Letztendlich war sie dann darüber hinweggegangen. Es war schwer, wütend zu bleiben, wenn Brianne, die versetzte Braut, darauf bestanden hatte, dass der Hochzeitsempfang weiter wie geplant ablaufen sollte und persönlich Ryan und Annie auf die Tanzfläche gedrängt hatte. Ob er mit ihr einen Boogie getanzt hatte oder sie während eines langsamen Liedes eng an sich gedrückt gehalten hatte, mit Ryan zu tanzen war der größte Spaß, den sie seit langem gehabt hatte.

Während der letzten Woche hatte er sie beinahe täglich angerufen, und während das für sich betrachtet nicht ungewöhnlich war, konnte sie doch jedes Mal wenn sie eine Unterhaltung begannen, ein neues Zögern in seiner Stimme ausmachen. Hoffentlich würden sich die Dinge zwischen ihnen, nachdem sie heute gemeinsam zu Abend gegessen hätten, wieder normalisieren.

Sie würde ein sehr geschäftiges und abenteuerliches Wochenende haben, eines, das ungeheure Konzentration erfordern würde. Sie war ja auch keine Närrin. Sie würde schlimm sein, aber sie würde auch Vorsicht walten lassen. Sie wollte sich gleichzeitig über ihre Beziehung mit Ryan keine Sorgen machen müssen.

Annie merkte, dass ihr Blick wieder auf die Dildo-Auslage zurückgelenkt wurde. Trotz ihres Entschlusses, sich von solchen Dingen weiterzubewegen, überkam sie plötzlich ein Bild von Ryan, der einen bei ihr benutzte, indem er ihn von ihren Schultern bis hinunter zu ihrer empfindsamen Stelle einsetzte.

Zuerst würde er ihr sagen, das Sex-Spielzeug hübsch nass zu machen. Sie würde es von einem Ende des Schaftes bis zum anderen lecken, dabei auch auf Nummer Sicher gehen und mit ihrer Zunge über den oberen Teil zu streifen. Dann würde sie den Dildo zwischen ihre Lippen nehmen und ihn Zentimeter für Zentimeter aufnehmen, wobei sie ihre Augen stets auf Ryans Gesicht fixiert halten würde. Dabei würde sie ihr Saugen weiter verstärken und ihre Zunge die Länge des Sex-Spielzeugs erkunden lassen. Er würde sie beobachten, wie ihr Kopf auf- und abwanderte, bis er es nicht mehr länger aushalten könnte. Langsam würde er das Spielzeug aus ihrem Mund ziehen und über ihr Kinn in Richtung ihrer Brust gleiten lassen. Mit der feuchten Spitze des Sex-Spielzeugs würde er ihre Brustwarzen umkreisen, so dass sie vor Vergnügen erschauern würde, bevor er das Sex-Spielzeug über ihren Bauch hinunter und zu der Stelle ziehen würde, die tief in ihrem Inneren pochte. Er würde mit dem Spielzeug an ihr reiben, sie damit necken, und sie würde so nass sein, dass das Sex-Spielzeug innerhalb von Sekunden bedeckt sein würde von ihrem–

„Fertig?", fragte Paige, die mit ihrer eigenen Tragetasche mit weißem Griff auf sie zu ging.

Annie zuckte zusammen und blinzelte schnell, da sie verwirrt davon war, wie sehr sie in ihrer Tagträumerei versunken war. Errötend warf sie Paige ein strahlendes Lächeln zu. „Aber sicher!", sagte sie mit angestrengter Stimme.

Paige tätschelte ihre Schulter und lachte. „Für dein erstes Mal war das nicht schlecht. Nächstes Mal wird es schon leichter sein."

Nächstes Mal? Ach du Schande! Sie hatte sich noch nicht einmal von *diesem* Mal erholt!

Während sie hinausgingen und auf Annies Wagen zusteuerten, reichte Paige ihr die Einkaufstasche. „Frohe Weihnachten, Annie! Ich bin sicher, du wirst es genießen, wenn die Zeit dafür reif ist."

„Danke, Paige." Annie hatte Paige ihr Geschenk schon früher gegeben. „Und danke, dass du heute mitgekommen bist. Es war eine . . . Erfahrung."

Paige lachte. „Das war nichts im Vergleich zu dem, was du in Las Vegas erleben wirst. Ich erwarte einen vollständigen Bericht, einschließlich wie Ryan reagieren wird, wenn er herausfinden wird, dass du deine Bad-Girl-Jungfräulichkeit auf solch dramatische Art und Weise verloren hast."

„Er ist nun mal ein guter Kumpel. So lange ich glücklich bin, wird er auch glücklich sein." Sie versuchte, ihrer Stimme einen Beiklang von Zuversicht mitzugeben, die sie gar nicht empfand. Paige kannte sie gut genug, um zu wissen, dass ihre Feststellung nicht ganz wahr war. „Ist das der Grund, warum du ihm nichts von deinen Plänen erzählst, bevor du gehst?" Annie biss sich auf die Lippe. „Ich will bloß nicht, dass er sich Sorgen macht." Oder versucht, mich abzuhalten. Was er unweigerlich tun würde, so wie es jeder vernünftige Mann, der sie als kleine Schwester betrachtete, tun würde. Gott, wenn er sich schon Sorgen machte, weil sie zehn Kilo Gewicht verlor, würde er durch das Wissen, dass sie in die Stadt der Sünde flog, um einen Fremden zu ficken, wahrscheinlich einen Herzinfarkt bekommen.

„Er würde sich keine Sorgen machen, wenn er derjenige wäre, an dem du deine Bad-Girl-Muskeln spielen lassen würdest, und nicht ein Fremder."

Das würde nie geschehen! Ryan hatte sie bereits vor Jahren auf die Freundschafts-Ebene zurückgestuft. Sie erinnerte sich noch genau an den Tag, als er es kristallklar gemacht hatte, dass er sich für sie immer nur als eine gute Freundin interessieren würde und nicht mehr. Sie war zu ihm nach Hause gekommen, um ihm zu helfen, für die Abschlussprüfungen seines ersten College-Jahres zu lernen. Irgendwie hatten sie angefangen, über Suzanne Miller und Peter Horace, zwei ehemals sehr gut befreundete Freunde zu sprechen, die ein Verhältnis miteinander angefangen hatten und sich dann getrennt hatten, was zu dem Ergebnis geführt hatte, dass sie einander fast während der gesamten High-School-Zeit gehasst hatten. Ryan hatte sich ihr zugewandt, ihr Haar zerzaust und gesagt: „Ja, es ist wirklich gut, dass wir uns über sexuelle Anziehung zwischen uns keine Sorgen zu machen brauchen. Lass uns einander hier und jetzt versprechen, Annie, dass wir niemals etwas miteinander anfangen werden und damit unsere Freundschaft aufs Spiel setzen!"

Obwohl sie das Gefühl gehabt hatte, als hätte er ihr das Herz aus der Brust gerissen, hatte sie schwach gelächelt und ihm irgendwie das Versprechen, das er gefordert hatte, gegeben. Eines, das er ihr auch erwidert hatte.

„Bist du sicher, dass du das tun willst, Annie?", fragte Paige und riss sie damit aus ihren Gedanken. „Vielleicht solltest du warten, bis ich mit dir mitfahren kann. Es ist nicht gerade besonders sicher, als Frau alleine nach Las Vegas zu fahren."

„Du hast das auch getan", stellte sie klar. „Du hast dich in eine selbstbewusste Frau verwandelt, die das tun *könnte*. Und das werde ich auch tun. Und ich kann das tun, Paige."

Eine Sekunde lang schaute Paige etwas bekümmert drein, ehe sie nickte. „Ich weiß, dass du das kannst." Sie stieß hörbar den Atem aus und zog Annie in eine Umarmung. „Richte Ryan Grüße von mir aus!"

„Mach ich."

Als Annie davonfuhr, versuchte sie, nicht darüber nachzudenken, wie unbehaglich sich die Dinge zwischen ihr und Ryan letzte Woche angefühlt hatten oder wie schuldig sie sich fühlte, dass sie ihm ihre Pläne nicht erzählte. Stattdessen konzentrierte sie sich darauf, dass sie sich freute, ihn zu sehen, und um wie viel besser die Dinge erst nach Las Vegas sein würden.

Sie würde viel näher dran sein, zu beweisen, dass sie die Annie sein konnte, die sie auch sein wollte.

Selbstbewusst. Sexy. Unabhängig.

Und auf keinen Fall mehr verliebt in ihren besten Freund.

AN IHRER HAUSTÜR LIESS ANNIE ihre Lebensmittel und die Einkaufstasche, die ihr geheimnisvolles Geschenk enthielt, fallen und wühlte in ihrer Handtasche nach den Schlüsseln für ihr Apartment. Nachdem sie sich von Paige verabschiedet hatte, war sie zum Bauernmarkt geeilt und hatte diverse Zutaten für ein Abendessen mit Ryan eingekauft. Für Ryan zu kochen war einfach—er hatte fünf Lieblingshauptspeisen, und sie konnte jede davon zubereiten. Aber bevor sie anfing, alles für das Hühnchen-Piccata, das sie für heute Abend geplant hatte, vorzubereiten, musste sie noch etwas Wichtiges erledigen. Und zwar für ihren Trip nach Las Vegas packen.

Als sie endlich ihre Schlüssel gefunden hatte, öffnete sie die Tür zu ihrem Apartment und stand einen Augenblick lang still auf der Schwelle, um den Anblick von Weihnachten auf sich wirken zu lassen. In einer Ecke des Wohnzimmers befand sich der künstliche Christbaum, komplett dekoriert mit Lichtern, Lametta und farbenfrohen Glasornamenten. Auf dem Sims über dem offenen Kamin war eine wunderschöne Girlande aus Kiefernästen mit roten Beeren der Stechpalme. Und auf dem Beistelltisch war eine hübsche Krippe platziert.

Weihnachten im Juni.

Eine ganze Woche lang hatte sie die Dekorationen bereits aufgebaut, und heute Abend würde sie zusammen mit Ryan die endgültige Feier begehen.

Die meisten Leute dachten, sie wäre verrückt, aber für sie war das der einzige Weg, wie sie sich mit ihrer Mutter verbinden konnte. Sie zu verlieren, als Annie in der High School war, war schon schlimm genug gewesen, aber Annie hatte sich geweigert und weigerte sich noch, dass der Kummer sie überwältigen und ihr Leben bestimmen würde. Stattdessen entschied sie sich, die Freude und die lebenssprühende Energie ihrer Mutter alltäglich zu feiern. Weihnachten war das Lieblingsfest ihrer Mutter gewesen, und als klar wurde, dass ihre Mutter es nicht schaffen würde, so lange zu überleben, hatte sie beschlossen, im Juni zu feiern. Diese Tradition wollte Annie fortsetzen.

Gott, wie sehr sie ihre Mam vermisste. Annie vermutete, dass ihre Mam nicht gerade begeistert wäre über Annies Liste der unanständigen Dinge, aber letztendlich würde sie Annie gesagt haben, dass sie ihr vertraute und ihr zugestand, das zu tun, von dem sie glaubte, es tun zu müssen. Das hatte sie Annie auch gesagt, als sie mit ihr ‚dieses Gespräch' geführt hatte, bevor sie starb. Sie hatte Annie auch gesagt: „Ein Mädchen, das sein eigenes Herz kennt, ist ein Mädchen, das zu einer glücklichen Frau heranwachsen wird." Zu lange hatte sie sich so auf ihre einseitigen Gefühle für Ryan fixiert, dass es kein Wunder war, dass sie nie eine erfolgreiche, langfristige Beziehung mit einem anderen Mann eingegangen war. Es wurde Zeit, dass sie darauf hörte, was ihr Herz ihr momentan riet–es wurde Zeit, weiterzuziehen.

Schnell verstaute sie die Lebensmittel in der Küche, dann sauste sie in ihr Schlafzimmer, wo sie für Las Vegas ihre Sachen packte. Da sie nicht wusste, was sie brauchen würde, wenn sie in der Stadt der Sünde ankam, warf sie alles Mögliche, das ihr gerade einfiel, in einen größeren Rollkoffer und in eine kleinere Reisetasche. Ziemlich aufgeregt warf sie auch neue Dessous, die sie online gekauft hatte, mit hinein. Ein Korsett, einige Bodys und ein Bündel Tangas mit dazugehörigen Spitzen-BHs, die aussahen, als würden sie in der Minute reißen, in der ein Mann seine Hände auf sie legen würde, wurden ehrfürchtig in den größeren Koffer gelegt. Wenn alles laut Plan verlief, würde irgendein Mann die Freude haben, sie bis auf die Haut auszuziehen.

Sie ging zu ihrem Schrank, um noch mehr Kleidung zu holen, stolperte dabei aber über eine der Pappschachteln, die sonst auch in den Schrank hineingestopft waren. Es waren Schachteln, die Erinnerungsstücke und Bilder aus früheren Jahren enthielten. Dies war ein neuer Anfang für sie, und sie wollte nicht die ganze Zeit an die pummelige, unglückliche Frau, die sie gewesen war, erinnert werden–die Art von Frau, die nach einem Mann schmachtete, den sie niemals haben konnte.

Als sie zurück ins Wohnzimmer eilte, suchte sie in einem anderen Schrank nach Geschenkpapier, Schere und Klebeband. Die

Krippe wurde zur Seite geschoben, dann nahm sie den Vibrator und begann, ihn in Weihnachtspapier einzupacken und eine große Zierschleife anzubringen. „Für Annie, von Annie" schrieb sie auf ein Geschenkkärtchen, das sie auf dem Geschenk festklebte. Dann legte sie es unter den Baum. Sie plante, sie würde es heute Abend öffnen, nachdem Ryan gegangen war, aber da es symbolisch das Geschenk war, das sie sich selbst schenkte, das Geschenk eines Neubeginns, schien es nur recht und billig, dass sie der ganzen Sache etwas mehr Würde und Erhabenheit verlieh, als es nur einfach aus der Packung in der Einkaufstasche zu nehmen, in der sie es mitgebracht hatte.

Obwohl sie bald mit dem Abendessen für Ryan anfangen musste, genehmigte sie sich einen Augenblick, um den Christbaum anzuschauen. Sie saß auf ihren Fersen, drückte die Handflächen zusammen und atmete tief aus. Ihr Körper war von Besorgnis erfüllt, aber Entschlossenheit kämpfte sich an die Oberfläche.

„Las Vegas, Schätzchen!", murmelte sie sich selbst zu. Ja, ihr Plan war ein wenig verrückt und verwegen, vor allem für ein nettes Mädchen wie sie, aber sie musste dies tun!

Es wurde Zeit, zu einem kühneren, befriedigenderen Leben weiterzuziehen, und Las Vegas war der Schlüssel dazu.

KAPITEL ZWEI

RYAN HENNESSEY KLOPFTE AN ANNIES Tür. Als sie nicht sofort öffnete, benutzte er seinen eigenen Schlüssel, um sich einzulassen. Sogleich fühlte er sich an einen anderen Ort versetzt–Annies Wohnung–wo es an den meisten Tagen frisch und nach Zitrone duftete, doch jetzt duftete es gerade nach Zimt und Kiefern. Leise Weihnachtsmusik war zu hören, und am Christbaum funkelten die Lichter.

Doch es war nicht Weihnachten.

Es würde erst in sechs Monaten Weihnachten sein.

Aber seit er Annie kannte, feierte sie Weihnachten im Juni. Während es für *Jean Marie Christmas*–so genannt nach Annies Mutter–bittersüß gewesen sein könnte, war es fast immer eine Zeit der Freude, und Annies Familie und beste Freunde konnten sich in sie einfühlen. Jedoch war immer nur ihm das Vorrecht gewährt worden, den letzten Abend mit ihr zu verbringen.

„Schätzchen, bist du da?", rief er aus, als er in dem Moment das Geräusch fließenden Wassers vernahm.

„Gerade . . . unter . . . Dusche . . . komm rein!"

Wie immer löste der Klang ihrer Stimme ein Lächeln bei ihm aus. Verdammt, bloß in ihre Wohnung zu kommen, milderte den Druck in seiner Brust und lockerte seine angespannten Muskeln. Egal wie stressig der Tag auch gewesen war, er konnte immer auf seine beste Freundin zählen; sie bewirkte, dass es ihm besser ging.

Das war auch der Grund, warum die zwei Monate

Trainingslager, in denen er von ihr getrennt war, um Brände in den nordkalifornischen Pinienwäldern zu bekämpfen, eine zweischneidige Sache gewesen waren. Er hatte die Arbeit geliebt, vor allem die vier Wochen, in denen er mit den Feuerspringern trainiert hatte. Niemals hatte er solch einen Adrenalinschub verspürt. Den Nervenkitzel zu spüren, in menschenleeres, wildes Gebiet zu fliegen, aus dem Flugzeug zu springen, eine Axt zur Hand zu nehmen und die erste Angriffswelle durchzuführen. Das war brutal und belebend und auf seltsame Weise tröstlich, denn es gab ihm auch den nötigen Abstand zu den persönlichen Tragödien, die er oft miterlebte, wenn er Brände bekämpfte.

Doch all das war gedämpft, beeinträchtigt und überschattet worden, weil ihm Annie gefehlt hatte.

Die Muskeln, die sich entspannt hatten, als er in ihr Apartment gegangen war, verspannten sich wieder, und sein Magen verkrampfte sich. Er zog sein Handy aus der Tasche und tippte auf die Textnachricht, die er einige Stunden zuvor erhalten hatte. Bevor er sie bekommen hatte, hätte er geschworen, dass er San Francisco niemals verlassen würde, hauptsächlich weil Annie hier war. Aber jetzt war Ryan eine Stelle als Feuerspringer angeboten worden, genau in dem Team, mit dem er trainiert hatte. Der Gruppenleiter würde nächste Woche wegen anderer Geschäfte in San Francisco sein und wollte sich mit Ryan treffen, um mit ihm darüber zu reden. Bloß eine Formalität, sagte er, denn angesichts dessen, was er gesehen hatte, als Ryan mit ihm gearbeitet hatte, war ihm der Job sicher, wenn er ihn wollte.

Und er wollte ihn.

Um ihn zu bekommen, müsste er jedoch Dinge aufgeben, die ihm viel bedeuteten. Einschließlich in der Nähe von Annie zu leben und sie so oft sehen zu können, wie er wollte.

Mit einem leisen Fluch ging er hinüber zum fröhlich dekorierten Christbaum in der Ecke des Wohnzimmers. Er legte sein Geschenk darunter, gleich neben dem einen, auf dem stand ‚Für

Annie, von Annie'. Er musste unbedingt noch ein paar mehr Dinge für sie besorgen. Vielleicht ein hübsches Sweatshirt mit einem tieferen Ausschnitt als sie normalerweise trug, eines, das die Halskette besser zur Geltung brachte, die er ihr bereits geschenkt hatte.

„Hey, Annie, macht es dir was aus, wenn ich mir ein Bier hole?", rief er, auch wenn sie ihn wegen des laufenden Wassers wahrscheinlich nicht hören konnte. Aber es war nicht so, dass er wirklich ihre Erlaubnis brauchte. Jeder fühlte sich beim jeweils anderen wie zu Hause. Sie war die erste Person, mit der er reden hatte wollen, nachdem er diese Nachricht mit dem Jobangebot als Feuerspringer bekommen hatte. Er wusste, dass Annie das Beste für ihn wollte und dass sie ihm versichern würde, dass sich nichts zwischen ihnen ändern würde, doch er wollte ihr in die Augen sehen können, während sie das sagte.

Als er in die Küche ging, konnte er das Abendessen, das sie im Herd warmgestellt hatte, riechen. Er öffnete den Kühlschrank und zog eine Flasche Bier heraus, die sie für ihn immer griffbereit auf Vorrat hatte, falls er vorbeikam. Er öffnete den Verschluss und nahm einen langen Schluck. Dann starrte er die Vorderseite des Kühlschranks stirnrunzelnd an.

Normalerweise hingen dort Fotos von ihnen beiden, einschließlich seines Lieblingsbildes, das während eines Wanderausflugs in den Yosemite Park letztes Jahr aufgenommen worden war. Dieses Foto war weg. Es gab noch Fotos von Annies Familie und anderen Freunden, aber das einzige Bild, auf dem Annie und Ryan zu sehen war, war das, als sie beide auf der vermeintlichen Hochzeit seines Freundes Eric letzte Woche tanzten. Auch als Eric nicht aufgetaucht war, hatte seine Verlobte Brianne den Empfang dennoch durchziehen wollen. Auf dem Foto war Annie zwar in Ryans Armen, aber er konnte sehen, wie seltsam sich die Dinge zwischen ihnen entwickelt hatten.

Warum hatte sie die anderen Fotos von ihm abgenommen?

Warum war das einzige Foto von sich selbst, das sie hängen gelassen hatte, eines, das sie nach ihrem starken Gewichtsverlust zeigte? Er war immer noch nicht daran gewöhnt, seine Annie so dünn zu sehen. So wundervoll Annie auf diesem Foto auch aussah, sie sah nicht wirklich wie sie selbst aus. Eigentlich wappnete er sich bereits dafür, wie er sich wohl fühlen würde, wenn sie das Zimmer betreten würde.

Und er hatte unwillkürlich wieder das Gefühl von Besorgnis in seiner Brust, dass sein allerliebstes Mädel ihm irgendwie zu entgleiten drohte. Wenn er den Job als Feuerspringer annahm, würden sie sogar noch weiter voneinander entfernt sein.

Mit seinen Fingern spurte er über ihr Gesicht auf dem Foto, und dabei fiel es zusammen mit mehreren anderen herunter. Fluchend stellte er sein Bier auf die Theke, dann bückte er sich. Er hob die Fotos auf und heftete sie dort wieder an, wo sie hingehörten. Nur, dass er irgendwie mehr als nur Fotos hinuntergestoßen hatte . . .

Er starrte auf den Flugschein einer Airline, wobei er die Stirn runzelte, als er das Abflugdatum sah. Morgen um 10:30. Er runzelte die Stirn noch mehr, als er den Zielort las.

Las Vegas.

Annie flog nach Las Vegas? Seit wann? Und warum hatte sie ihm nichts davon erzählt?

Vor einer Woche war er zu Erics Junggesellenabschied in Las Vegas gewesen, kurz bevor er Annie am Flughafen für Erics Hochzeit abgeholt hatte. Die Junggesellenparty war ein wilder Besuch eines Nachtclubs gewesen, und sie hatte sich in Nachtlokalen nie wohl gefühlt. Ihre Freundin Paige schon, klar, aber nicht Annie. Wahrscheinlich würde sie sich dort eine Show anschauen oder auf eine Messe gehen. Oder sie war durch ihren Job aus irgendeinem Grund nach Las Vegas geschickt worden. Außer . . .

Außer sie hatte einen Typen kennen gelernt, während er weg gewesen war, und dieser Trip war ein Date.

Falls das so wäre, warum sagte sie ihm nicht, dass sie sich mit jemandem verabredete? Und auch wenn es nicht so wäre, warum hatte sie diesen Las Vegas-Trip nicht erwähnt? Er legte wieder die Stirn in Falten und dachte erneut an Erics Hochzeit. Oder vielmehr an das, was Erics Hochzeit gewesen sein sollte. Während des Empfangs und danach hatten er und seine anderen Studienkollegen versucht, Eric irgendwie zu erreichen, aber er war allen Anrufen ausgewichen. Und er wich ihnen immer noch aus.

Auf dem Empfang war es offensichtlich, dass Annie sehr sauer auf ihn, Ryan, war wegen seiner Kommentare zu ihrem plötzlichen Gewichtsverlust. Er hatte sich einfach Sorgen um sie gemacht. Dankenswerterweise war sie mit der Zeit etwas milder gestimmt, je länger der Abend dauerte. Es hatte den Anschein gehabt, dass sich alles wieder einrenkte, als sie zurück in San Francisco waren, aber jetzt, da er diese Bordkarte anstarrte, bekam er ganz deutlich das schreckliche Gefühl, dass sich an diesem Tag doch etwas geändert hatte und er es bloß nicht gemerkt hatte.

Es war genau so wie mit Eric. Ryan war ausgeschlossen und wusste nicht warum.

Wenn man mit jemandem befreundet ist–gut befreundet–dann teilt man sein Leben mit seinen Freunden.

Nicht jedes einzelne Detail natürlich, aber ganz gewiss etwas so Wichtiges wie die Absage einer Hochzeit. Oder auch einen Flug außer der Reihe nach Las Vegas.

Ryan nahm sein Bier und wollte gerade zum Wohnzimmer zurückgehen, als noch ein Stück Papier, das auf dem Boden lag, seine Aufmerksamkeit erregte. Er musste es vom Kühlschrank hinuntergestoßen haben.

Er hob es auf, schaute es an . . . und . . .

Wie kann man in Las Vegas unanständig sein:
Kaufe ein Sex-Spielzeug

Lass dir ein Tattoo machen

Küsse einen Fremden auf einer Tanzfläche

Ziehe einen One-Night-Stand durch

„Was zur Hölle soll das?", stieß er atemlos hervor.

ANNIE WARF DAS HANDTUCH IN den Wäschekorb und langte nach der schlabbrigen Jogginghose und dem T-Shirt, das sie normalerweise zu Hause anhatte, auch wenn Ryan zu ihr kam, dann hielt sie inne. Auf keinen Fall! Ab jetzt nicht mehr! Nicht nachdem sie heute Morgen auf die Waage gestiegen war und entdeckt hatte, dass sie ihr Zielgewicht erreicht hatte. Kein Verstecken mehr in behaglich-weiten Klamotten! Eine selbstbewusste Frau hatte keine Angst davor, ihre Rundungen zu zeigen.

Sie wirbelte herum und steuerte auf den Schrank zu, wo sie herumwühlte, bis sie die hautenge Jeans gefunden hatte, an der noch das Preisschild hing. Sie hatte sie vor einigen Wochen gekauft, um sich selbst herauszufordern, in ihren Trainingsstunden intensiver mitzumachen und somit das letzte Bisschen von Übergewicht zu verlieren, an das ihr Körper sich noch klammerte.

Und sie hatte es geschafft!

Sie schlüpfte in die Jeans, musste sich aber aufs Bett legen, um den Reißverschluss zumachen zu können. Ein Zielgewicht war genau das–ein Ziel. Sie hatte es erreicht. Jetzt musste sie sich ein anderes Ziel setzen. Weitere fünf Pfund weniger? Oder gleich sieben? Sie stand auf, zog sich ein eng-sitzendes Stretch-T-Shirt an, dann legte sie letzte Hand an ihr Haar und ihr Makeup, ehe sie sich im Spiegel begutachtete.

Nun, da ihr Gesicht schlanker war, sah sie weniger aus wie ein Mädchen vom College, sondern mehr wie eine moderne, junge Frau. Ihre blonden Glanzlichter hoben das Blau ihrer Augen

hervor. An manchen Winkeln jedoch sah ihr Gesicht etwas ver-
härmt aus. Streng. Sie biss sich auf die Lippe und erinnerte sich
daran, wie oft Ryan gesagt hatte, wie sehr er ihre Weiblichkeit
und weichen Rundungen zu schätzen wusste. Vielleicht sollte sie
doch nicht noch mehr abnehmen. Sie hatte es sowieso satt, immer darauf zu achten, was sie aß. Manchmal wollte sie einfach
nur einen Keks oder eine Pizzaschnitte genießen, ohne sich schuldig zu fühlen. Aber nein, sie konnte solchen Sehnsüchten nicht
nachgeben, sonst würde es ab da schnell den Bach runtergehen.
Dafür hatte sie auch die Diätpillen. Als Extraunterstützung ihrer
Willenskraft. Obwohl sie es hasste, wie schwindelig sie sich deswegen manchmal fühlte, sie waren es wert–jedes Mal wenn sie
ausging, warfen ihr die Männer bewundernde Blicke zu. Auf sich
selbst mochte sie etwas streng wirken, aber es war ein Aussehen,
das Männer offenbar mochten.

In dem Bewusstsein, äußerlich wie eine verführerische, selbstsichere Frau zu wirken, ging sie hinaus, um Ryan zu begrüßen
und sich um das Abendessen zu kümmern. Barfuß tapste sie ins
Wohnzimmer, das sie allerdings leer vorfand. „Ryan?"

Er tauchte aus der Küche auf und hob die Bierflasche in seiner Hand. „Ich hab mir ein Bier geholt. Hoffentlich macht es dir
nichts aus."

„Natürlich nicht", sagte sie und ging auf ihn zu, um ihn zu
umarmen. Er schien kurz zu zögern, aber dann umschlossen sie
seine starken Arme auf die Art, die sie niemals enttäuschte, sich
wohl und sicher zu fühlen, geschätzt und . . . geil.

Augenblicklich sah sie ihn wieder in der Parklücke mit Samantha vor ihrem geistigen Auge. Sie erinnerte sich, wie er das
Shirt der Frau hochgeschoben hatte, deren BH hinuntergezogen
hatte und–

„Nein." Sie schüttelte sich in dem Versuch, dieses fürchterli-
che Bild aus dem Kopf zu bekommen.

„Nein, ich hätte mir das Bier nicht nehmen sollen? Du hast es dort für mich auf Vorrat, oder?"

„Nein. Ich meine ja. Natürlich solltest du dir ein Bier nehmen. Aber ich habe es für uns beide besorgt."

Bei Ryans geschocktem Gesichtsausdruck fing sie beinahe zu lachen an.

„Seit wann trinkst du Bier?"

„Seit genau jetzt", antwortete sie mit einem Lächeln. „Okay", sagte er mit immer noch verwirrter Miene. Er trank noch einen Schluck.

Sie ließ sich eine Minute Zeit, um ihn auf sich wirken zu lassen. Ryan war der Inbegriff eines gut gebauten, durchtrainierten Kerls. Etwas über eins achtzig groß, eine recht breitschultrig und muskulöse Erscheinung mit starken Handgelenken und Oberschenkeln, wuchtigen, aber seltsamerweise doch auch eleganten Händen. Sein dunkelbraunes Haar war von helleren Strähnen durchzogen, von voller und leicht zottiger Beschaffenheit. Sein markanter Kiefer trug ständig einen Bartschatten, und seine grau-grünen Augen wurden je nach Gefühlslage dunkel und durchdringend.

Sie hatte ihn schon oft genug in Shorts gesehen, dass sie wusste, dass die harten Flächen und sich wölbenden Muskeln, die sich unter der Kleidung abzeichneten, sogar mehr hielten als was sie versprachen. Der Typ hatte die Art Waschbrettbauch, den sich ein Mädchen nur wünschen konnte, und Annie hatte Frauen buchstäblich reihenweise in Ohnmacht fallen sehen, wenn sie Ryan dabei zusahen, wenn er sich im Schwimmbad am Beckenrand aus dem Wasser zog. Wer konnte ihnen das schon vorwerfen, wenn doch die kleinen Bäche von Feuchtigkeit sich langsam ihren Weg an seiner Kehle und seiner Brust hinunter bahnten? Mental war Annie bei ihnen gewesen und hatte all das Wasser in Gedanken aufgeschleckt wie eine Verrückte.

Für Annie war Ryan der verführerischste Mann auf dem Planeten, die perfekte Kombination aus männlicher Stärke und dem

Zauber eines typisch amerikanischen Spielgestalters. Aber seine Persönlichkeit und sein Herz waren genauso beeindruckend. Sie bemerkte, dass sie ihn anstarrte. Dann bemerkte sie, dass er sie auch anstarrte. „Also . . .", begann sie.

„Also magst du nun tatsächlich Bier?", fragte er.

Sie zuckte die Achseln. „Ich hab mich ein wenig gelockert, seit du weg bist." In dem Gefühl, dies beweisen zu müssen, streckte sie die Hand nach seinem Bier aus. Langsam reichte er es ihr. Sie nahm einen Schluck, wobei sie insgeheim dachte ‚mein Mund ist genau dort, wo seiner gerade war‘, und schaffte es gerade noch, sich davon abzuhalten, die Nase zu rümpfen. In den letzten zwei Monaten hatte sie mehr Drinks bestellt und entdeckt, dass sie besonders Champagner, Rotwein und gelegentlich einen Cocktail mochte. Sie musste sich den rechten Sinn für Bier erst noch erwerben, aber das brauchte er nicht zu wissen. Sie setzte die Flasche ab, gab sie ihm zurück und zwang ihre Mundwinkel nach oben. „Genau das, was ich brauchte, obwohl der Nachteil am Trinken leider die zusätzliche Kalorienzufuhr ist."

Er starrte sie eindringlich an, und sie wappnete sich, dass er womöglich einen weiteren Kommentar über ihr Gewicht abgeben würde. Stattdessen räusperte er sich und sagte: „Du siehst großartig aus, Annie. Wunderschön wie immer!"

„Danke." Diesmal keine Kritik, dennoch hatte er es geschafft, ihr mitzuteilen, dass er sie auch schon schön gefunden hatte, bevor sie abgenommen hatte. Aber es gab schön, und es gab fick-mich-an-einen-Truck-gelehnt-*schön*.

Sie wusste absolut sicher, dass ihr momentanes Aussehen viel mehr auf der Linie lag, die die Gesellschaft vorgab und was Ryan selbst auch als wahrhaft schön betrachtete. Warum sonst war jedes Mädchen, mit dem er sich verabredet hatte, superschlank gewesen mit einer üppigen Oberweite? Annie hatte keine so große Oberweite. Zumindest noch nicht. Aber wer weiß? Sie hätte nie gedacht, dass sie einmal eine Brustvergrößerung in Erwägung ziehen würde, aber in letzter Zeit war ihr die Idee immer interessanter erschienen. Bloß ein weiterer Schritt in ihrer Verwandlung. Ryan schaute in die Küche und legte die Stirn in Falten . . . und in diesem Moment fiel ihr die Liste auf dem Kühlschrank wieder ein. Aber sie war unterhalb anderer Papiere und Fotos gelegen. Er konnte sie nicht gesehen haben . . .

„Stimmt etwas nicht?", fragte sie, während sie angestrengt an ihm vorbei zur Kühlschranktür blickte, aber alles sah so aus wie immer, und sie sah keinerlei Anzeichen für den ausgedruckten Flugschein oder die Liste, die dahinter steckte.

„Nö. Alles okay. Ich hatte bloß einen harten Tag."

Annie wandte ihre Aufmerksamkeit sofort wieder ihm zu. Ryan war ein Feuerwehrmann, der seinen Job liebte, aber manchmal verlangte er schon viel Tribut. Sie nahm Ryan bei der Hand und zog ihn zum Sofa hinüber. „Setz dich und erzähl mir davon!"

Er setzte sich und sagte: „Im Großen und Ganzen ist es eine wirklich miese Woche gewesen. Und eine überraschende auch."

„Das glaub ich. Angefangen bei der Hochzeit. Hast du es schon geschafft, mit Eric Kontakt aufzunehmen?"

„Er hat unsere ersten Anrufe per E-Mail beantwortet, in denen er uns mitteilte, dass er okay sei und uns alles später erklären würde, aber das war's dann auch. Gerade ausreichend, damit wir aufhörten, uns Gedanken über etwaiges unfaires Spiel zu machen."

„Aber er ist doch Geschäftsmann, oder? Es gibt doch wohl keinen Grund, dass ihm irgendjemand schaden will?"

„Nicht, dass ich wüsste. Aber der Typ hat offenbar doch irgendwelche Geheimnisse. Geheimnisse, die er seinen Freunden anscheinend nicht erzählen will."

„Jedenfalls noch nicht", sagte sie leise. Sie starrte ihn an, und es lag ihr bereits auf der Zunge, ihm von ihrer Entscheidung, nach Las Vegas zu fahren, zu erzählen. Von ihrem Beschluss, sich in eine wagemutigere, interessantere und selbstbewusstere Annie zu verwandeln. Aber verdammt, warum sollte sie da stoppen? Sie befürchtete, dass wenn sie einmal zu reden anfangen würde, sie mit der ganzen Wahrheit herausplatzen würde. Wie sehr sie ihn liebte. Wie sehr sie ihn wollte. *Das sollte nicht passieren!*

„Du hattest also eine harte Woche. Auch in der Arbeit?"

Er nickte.

„Was ist los?"

Er strich sich mit einer Hand über das Gesicht. „Es ist einfach anders, jetzt, da ich wieder da bin."

„Du meinst nachdem du oben im Norden gearbeitet hast?"

„Ja. Ich vermisse die weiträumigen Flächen."

„Denkst du darüber nach, dauerhaft dorthin zu ziehen?"

Er zögerte kurz, bevor er sagte. „Ich habe darüber nachgedacht, aber es gibt hier auch so einiges, was ich vermissen würde. Dich. Die Typen auf der Station. Die Bucht. Das Nachtleben." Er zuckte mit den Schultern. „Alles ist ein Kompromiss. Und ein Risiko. Man kann nicht etwas Neues anfangen, ohne etwas aufzugeben, was man bereits hat, weißt du?"

Sie runzelte die Stirn. War das wirklich wahr? Im Leben ging es vor allem um ständige Weiterentwicklung. Veränderung. Aber das bedeutete nicht, dass du dabei das aufgeben musstest, was dir wirklich wichtig war. So sehr sie auch wollte, dass er in seiner Arbeit Erfüllung finden sollte, sie würde ihn natürlich dennoch schrecklich vermissen, falls er wegziehen würde. Manchmal fragte sie sich, ob Ryan in seiner Arbeit wirklich je völlig erfüllt sein würde. Er hatte schon verschiedene Jobs gehabt–bevor er Feuerwehrmann wurde, war er persönlicher Einzeltrainer gewesen, davor war er Barkeeper–aber immer nach etwa zwei Jahren schien er irgendwie ruhelos zu werden. Er konnte sich anscheinend auf eine Laufbahn genauso schlecht festlegen wie auf eine Frau.

„Jedenfalls . . . naja, der alte Bobby hat sich nun endgültig in den Ruhestand verabschiedet. Ich freu mich für ihn. Mit seiner Frau zieht er nun nach Florida, und er wird sich ein Fischerboot kaufen.“

„Aber . . .“, fiel Annie ein.

„Der junge Kerl, der ihn ersetzte, wird mich umbringen, vielleicht sogar buchstäblich.“

„Also macht der jetzt einen bereits gefährlichen Job noch gefährlicher?“

„David ist bloß so verdammt überheblich. Er meint, er wüsste bereits alles, und eigentlich weiß er nichts. Er war mit uns bei zwei Einsätzen. Während des ersten war er wie gelähmt, und ich musste ihn körperlich aus dem Weg räumen. Gut. Dann kam dieser zweite Einsatz . . .“

„Und der war schlimm?“, fragte sie. Sie konnte es in seinen Augen ablesen. Dort konnte sie Schmerz sehen, was sie vermuten ließ, dass jemand gestorben war.

Ryan verzog das Gesicht und strich sich mit der Hand durchs Haar. „Kinder waren mit betroffen. Ihre Mutter hatte sich betrunken und war mit der Zigarette eingeschlafen. Wir haben alle lebend herausgeschafft, aber einige von ihnen sind schwer verletzt. Deshalb hat David angefangen, die Klappe aufzureißen, dass wenn wir nur zwei Minuten eher eingetroffen wären, wir sie *wirklich* retten hätten können. Truckee, der Feuerwehrmann, der Fahrer war, ist wirklich stocksauer. Er fasste es als persönliche Beleidigung auf und ging auf David los. Ich bin zwischen die beiden, denn ich wollte nicht, dass Truckee in Schwierigkeiten geriet, aber jetzt ist er auch auf mich sauer. Er denkt, ich wäre auf der Seite des jungen Kerls.“

„Hast du mit Truckee geredet?“, fragte sie. Während sie sprach, massierte sie seine verspannten Schultern.

„Ich hab's versucht. Im Moment ist er zu wütend, als dass man mit ihm reden könnte. Einer der Nachbarn hat David gehört, wie er das sagte, und nun stänkert auch noch die betrunkene Mutter gegen uns los, deshalb gibt es jetzt eine Untersuchung. Das ist alles ein Haufen Blödsinn! Wir haben unser Bestes gegeben. Das tun wir immer."

„Wenn ihr Jungs nicht dorthin gekommen wärt wie ihr es geschafft habt, wären diese Kinder jetzt tot. Und Truckee macht das
schon recht lange. Der Job hat ihn bis jetzt noch nicht gebrochen,
und er wird ihn auch jetzt nicht brechen."

Ryan seufzte. „Durch deine Augen sieht alles gleich wieder
viel besser aus. Doch lass uns nun das Thema wechseln!" Er legte
seine starken Arme um sie und zog sie an sich. Sie ließ es bereit-
willig geschehen und genoss dabei das wohlige Kribbeln vor Vergnügen, das ihre Wirbelsäule hinaufjagte.

Aber das vertraute Gefühl der Sehnsucht, das sie überflutete,
konnte sie nicht genießen.

Ich will ihn immer noch, dachte sie und wich abrupt zurück.

Ryan runzelte die Stirn. „Stimmt was nicht?"

Sie schüttelte den Kopf. „Nein. Also, worüber willst du noch
sprechen?"

Er zögerte kurz, ehe er sagte: „Erzähl mir, was bei dir alles los
war! Irgendetwas Aufregendes?"

War es nur in ihrer Einbildung oder starrte er sie ein wenig
intensiver an? „Ja, die Dinge hier waren schon sehr aufregend",
sagte sie.

Er schien sich etwas zu entspannen. Eigenartig! Sie öffnete
ihren Mund, um zu fragen, was los war, aber bevor sie das tun
konnte, sagte er: „Erzähl's mir!"

Sie zuckte mit den Schultern. „Naja, wenn du findest, dass
das Leben auf einer Feuerwache hart ist, solltest du einmal eine
Schicht in der Langzeitpflege übernehmen."

Eigenartigerweise blitzte so etwas wie Enttäuschung auf seinem Gesicht auf. Aber da es so schnell wieder verschwunden war,
glaubte sie, dass sie es sich eingebildet haben musste.

„Langzeitpflege? Wie kommst du da dazu?"

„Weil ich wieder einmal zu nett war, wie üblich", erwiderte sie. „Zwei Leute wurden krank, und wir brauchten eine

zusätzliche Krankenschwester. Sie fragten nach einer Freiwilligen, und rate mal, wessen Hand sich meldete?"

Er lachte. „Manchmal bist du echt ein Pechvogel."

„Findest du? Ich gehe also rüber, denn das Erste, das ich tue, ist natürlich, meine Patienten kennen zu lernen; übrigens waren das sechzehn. Im ersten Zimmer lernte ich ganz reizende alte Damen kennen, die nettesten, die du je gesehen hast. Im zweiten Zimmer waren zwei ältere Männer, die Schach spielten. Ich fand das echt süß, bis dann einer von den beiden, derjenige im Rollstuhl, meinen Hintern begrabschte."

Sofort blickte Ryan finster drein. „Hast du ihn angezeigt?"

„Nein, er war harmlos."

„Wie alt war er?", fragte Ryan.

„Vierundneunzig", erwiderte sie. „Es ist ein Wunder, dass er sich überhaupt daran erinnert und wo er sich befindet."

Er verschränkte die Arme vor seiner Brust. „Es gefällt mir dennoch nicht. Du verdienst es, dass man dich mit Respekt behandelt."

Sie tätschelte seinen Arm. „Danke, aber beruhige dich, Superman! Es war keine so große Sache. Als ich meinen Hintern erst einmal aus seiner alten Klaue befreit hatte, bewegte ich mich weiter ins Zimmer. Es war schmuddelig, und überall standen irgendwelche Sachen herum. Ich konnte mir nicht einmal vorstellen, wie ein Kerl im Rollstuhl in dem ganzen Zeug überhaupt manövrieren kann. Es war brandgefährlich, das kann ich dir sagen. Jedenfalls schickte ich zwei Leute vom Reinigungstrupp, um aufzuräumen, während ich die Magensonde für seine künstliche Ernährung vorbereitete. Ich hatte alles fertig und wollte gerade die Maschine anschließen, als der Herr Pack-meinen-Arsch plötzlich von hinten an mich heranrollte. Der Typ kniff mich in den Hintern, ich sprang weg, und da ich meine Hand noch am Griff hatte, kippte die Maschine. Es wäre noch nicht schlimm gewesen, aber das Notizbrett, das ich in meiner Hand hatte, verfing sich

irgendwie in den Schläuchen und riss sie los. Erst als ich mich umdrehte, bemerkte ich das, aber der ganze Ernährungssondensalat
sammelte sich bereits zu meinen Füßen."

„Oh, nein!", sagte er und versuchte, nicht amüsiert
dreinzuschauen.

„Oh nein ist richtig. Der alte Knabe versuchte wegzurollen,
und ich machte einen Schritt in seine Richtung. Meine beiden
Füße rutschten weg, und in Sekundenschnelle saß ich in einer cremigen, nahrhaften Pfütze von Trinknahrung."

Ryan lachte. Annie gab vor, ärgerlich auf ihn zu sein, aber in
Wahrheit war es genau das, worauf sie abgezielt hatte. Sie liebte es, wenn er glücklich war, und sie liebte es sogar noch mehr,
wenn sie diejenige war, die es schaffte, ihn glücklich zu machen.
Sie würde jeden Tag auf ihren Hintern fallen, nur um ihn lächeln
zu sehen.

„Vielen Dank", sagte er zu ihr, als er endlich zu lachen auf hörte. „Das hab ich gebraucht."

„Ich lebe, um zu dienen", sagte sie mit einem Lächeln und einer kleinen Verbeugung.

„Hast du dich verletzt, als du hingefallen bist?"

„Nö." Sie tätschelte ihre Hüfte. „Immer noch genug Fettpols-
ter da, um einen Sturz abzufedern."

Sein Blick fiel auf ihre untere Hälfte, und seine Hand zuckte,
als würde er sich vorstellen, sie dort zu berühren. Er sah . . . erregt
aus. Geweitete Pupillen. Erhitzte Wangen. Bebende Nasenflügel.
Dunkle Augen, in denen so eine Art inneres Feuer loderte. Sie
hatte das Gefühl, als wäre die Temperatur im Zimmer um acht
Grad angestiegen, leckte sich die trockenen Lippen und lehnte
sich etwas näher an ihn.

Er blinzelte, und seine Miene wurde plötzlich ausdruckslos.
Er streckte seine Hand aus und nahm ihre Hand zwischen seine.
„Und sonst ist nichts los? Wie geht es dir wirklich?"

Annie wollte ihre Hand wegziehen und ihm eine Ohrfeige

verpassen. Gott, so wie er sie angeschaut hatte, hätte sie schwö-
ren können . . .

Aber nein. Ihr Fehler. Schon wieder.

Sie zwang sich, zu antworten: „Mir geht's gut, Ryan."

Er glaubte ihr anscheinend nicht.

„Was?"

Er räusperte sich. „Nichts. Hast du an deine Mam gedacht?"

Ach ja, das war los. „Sie fehlt mir", gab sie zu. Natürlich. Ihre
Mutter fehlte ihr sehr, aber der Grund, warum sie weiterhin *Jean
Marie Christmas' Weihnachten* feierte, war, dass sie sich auf all die
wundervollen Momente konzentrieren konnte, die sie mit ihr erlebt hatte, und nicht an die traurigen Zeiten dachte. Ryan wusste
das, aber er fragte immer nach, um sich zu vergewissern, ob sie
auch okay war. „Ich habe mit Dad und Janie gesprochen." Janie
war Annies Schwester, die es Annie gleich tat und auch dieses spezielle Weihnachten feierte. Normalerweise feierten sie miteinander, aber ihre Schwester war vor ein paar Jahren nach Chicago gezogen, und es war schwieriger, zusammenzukommen. „Es geht
ihnen gut."

„Das freut mich." Er ließ ihre Hand los und lehnte sich im
Sofa zurück mit auf der Rückenlehne ausgebreiteten Armen.
„Also . . . ich weiß, dass wir eigentlich immer bis nach dem
Abendessen warten, bis wir die Geschenke austauschen, aber ich
dachte, wir könnten dieses Jahr mal früher mit den Geschenken
anfangen."

Als Annie zum Christbaum schaute, entdeckte sie sofort das
neue Geschenk, das neben ihrer Schachtel lag, die das . . . beson-
dere Spielzeug enthielt. Unwillkürlich errötete sie, verbarg es
aber geschickt, indem sie aufsprang. „Ach, Guter! Ich schnapp
mir deins, du schnappst dir meins, und dann treffen wir uns wieder hier!" Als ob die eineinhalb Meter zurück zum Sofa eine be-
deutsame Reise wären. Aber er stand bloß auf und gesellte sich
dann wieder zu ihr auf die Couch mit dem Geschenk.

„Du zuerst", sagte sie.

Er riss das Geschenkpapier herunter und öffnete die Schachtel. Als er das Geschenk aus der Schachtel hob, beobachtete sie aufmerksam sein Gesicht. Er lächelte nicht mehr, und als er auf den Knopf auf dem Rahmen drückte und den Bildschirm anstarrte, zuckte sie zusammen und fragte sich gleichzeitig, ob sie einen Fehler gemacht hatte.

Sie hatte ihm ein digitales Fotoalbum gekauft und mit Bildern aufgeladen. Es gab mehrere von ihnen beiden, und sie hatte sich gezwungen, welche mit hineinzugeben, die vor ihrem Gewichtsverlust entstanden waren, sonst wären sie nicht mit in dem Album gewesen. Es gab auch Bilder von seiner Familie, seinen Freunden und seinem Hund ‚Butter', der ganz plötzlich gestorben war, kurz bevor Ryan nach Nordkalifornien aufgebrochen war. Er hatte diesen Hund sehr geliebt, so wie Annie auch. Seit Ryan sechzehn Jahre alt gewesen war, hatte er diesen Hund gehabt. Aber vielleicht war es zu früh–

Er legte eine Hand auf sein Herz. „Dein Geschenk gefällt mir ausnehmend gut, Annie! Vielen Dank!"

Er lehnte sich zu ihr und umarmte sie. Wieder fühlte sie große Mengen von Zuneigung und Lust durch ihren Körper strömen, die sich zwischen ihren Beinen sammelte. Die Wahrheit war, dass diese Stelle immer besonders sehnsuchtsvoll pochte, wenn sie in Ryans Nähe war. Die noch größere Wahrheit war, dass diese Stelle schon sehnsuchtsvoll schmerzte, wenn sie bloß an ihn dachte, und trotz ihrer ganzen Verwandlungsplanung dachte sie immer noch die ganze Zeit an ihn. Die größte Wahrheit? Er war der Grund, warum sie dieses Geschäft Sweet Sensations überhaupt aufgesucht hatte. Nach mehreren Nächten, in denen sie von ihm geträumt hatte, wie sie alle möglichen, unanständigen und wundervollen Dinge miteinander taten, hatte sie sich so leer und frustriert gefühlt, dass sie beschlossen hatte, etwas dagegen zu unternehmen. Das heißt mehr als sie normalerweise tat, was ansonsten bedeutete, sich selbst auf die altmodische Weise einen Höhepunkt zu verschaffen.

Hoffentlich würde ihre Liste der unanständigen Dinge ihren Weg für bessere Dinge ebnen und sie ein für allemal von diesem Sehnen befreien. Vielleicht würde sie ihr helfen, zu akzeptieren, dass Ryan immer ihr guter Kumpel bleiben würde, aber nichts darüber hinaus. Hoffentlich würde sie einen ganz neuen Abschnitt in ihrem Leben starten, einen, in dem sie nicht fürchten musste, dass Ryan eines Tages herausfinden könnte, wie sehr sie ihn begehrte, wodurch die Dinge zwischen ihnen dann mehr als unangenehm werden würden.

Sie zog sich von ihm zurück und faltete ihre Hände in ihrem Schoß. „Ich freue mich, dass es dir gefällt."

„Jetzt du", sagte er schließlich.

Aufgeregt schnappte sie sich sein Geschenk.

Sie öffnete es mit weitaus mehr Sorgfalt als er an den Tag gelegt hatte.

Ryan war großartig im Schenken. Und er hatte außergewöhnlich guten Geschmack. Von der Verpackung konnte sie bereits erahnen, dass er ihr ein weiteres Schmuckstück schenken würde, was wunderbar war, vor allem in Anbetracht der Tatsache, dass sie sich selbst nie Schmuck kaufte. Die Ohrringe, die sie beinahe jeden Tag trug, waren ein Geschenk von ihm, und ebenso ihre Uhr.

Sie hob den Deckel der Schachtel an und schnappte nach Luft.

Es war eine Halskette mit einem eleganten, diamantenen Herzen.

Sie berührte es und flüsterte: „Das ist wunderschön!"

Sie warf ihre Arme um seinen Hals und drückte ihn ganz fest. Wobei sie die Zurückhaltung, die sie sich selbst auferlegt hatte, aufgab.

„Nicht so wunderschön wie du", sagte er.

Indem sie die Augen schloss, genoss sie seine Worte und seine

Nähe besonders intensiv.

Als er sich jedoch bewegte, um sich ihr zu entziehen, merkte sie, dass sie sich fester an ihn klammerte. Sie hielt seine Arme so fest, dass ihre Fingernägel in seine Haut bohrten, und er keuchte.

Schnell ließ sie los und zog sich zurück.

Sein Blick traf ihren. Heiß. Intensiv.

Sein Blick flackerte zu ihrem Mund.

Die Zeit blieb stehen.

Die Luft um sie herum erbebte.

Schimmerte.

Ihr Pulsschlag beschleunigte sich.

Ihre Atmung wurde hechelnd.

Gott, er sah so aus, als würde er sie küssen wollen.

Nicht als ein Freund, sondern als Liebhaber.

Aber das überraschte sie nicht so sehr wie das, was er als nächstes tat.

Er beugte sich heran und tat es tatsächlich.

Er küsste sie.

Es war kein flüchtiges Küsschen auf die Lippen, das er ihr oft gab.

Es war aber auch nicht der leidenschaftliche Kuss mit offenem Mund und Zunge.

Es war irgendetwas dazwischen.

Es war ein sanftes Darüberstreichen.

Es war ein schnelles Touchieren.

Es war eine Andeutung von Zähnen und von Druck, der unmerklich zunahm, sich dann noch etwas steigerte und dann verschwand.

Er war sowohl süß als auch heiß.

Und er ließ sie völlig verwirrt zurück.

Und als Ryan sich zurückzog, blieb sie zurück und sehnte sich nach mehr.

Nach viel, viel mehr.

RYAN FÜHLTE SICH SO, ALS wäre ihm mehrmals ein Schlag in die Magengrube versetzt worden.

Oh Mutter Gottes, er hatte Annie geküsst! Und zwar nicht auf die züchtige, unschuldige Art, in der er sie normalerweise küsste, sondern mit Hitze. Mit Leidenschaft. Und mit dem intensiven Begehren, sie noch stärker heranzuziehen. Sie noch härter zu küssen. Ihren Mund zu öffnen und seine Zunge in sie einzutauchen. Sie zu schmecken.

Sie zu nehmen.

Er hatte sich zwingen müssen, sich ihr zu entziehen.

Ihren Mund so zu spüren war unglaublich gewesen.

Er wusste, wie sich ihre Lippen anfühlten–er hatte ihr über die Jahre hinweg immer wieder keusche, bedächtige Küsse gegeben. Zum ersten Mal im College, nachdem er sie geraume Zeit nicht gesehen hatte und so aufgeregt gewesen war, als sie bei seinem Schlafsaal aufgetaucht war zu einem im Vorfeld arrangierten Besuch, als er sie gepackt hatte und ihr einen großen Schmatz auf die Lippen gegeben hatte. Aber wie all die anderen, die darauf gefolgt waren, war dieser Kuss mit geschlossenem Mund gewesen.

Und er war nicht so wie dieser Kuss.

Sie zu küssen, hatte nichts mit ihrem neuen Aussehen zu tun. Annies neuer Look war heiß, aber er hatte sie schon immer verdammt sexy gefunden–in der High School war er in sie verliebt gewesen, aber er hatte die Tatsache akzeptiert, dass sie nicht das Gleiche empfand wie er.

Als er sie jetzt gerade geküsst hatte . . .

Er starrte sie an und versuchte, sich ein Bild von ihrem emotionalen Zustand zu machen. War sie angeregt? Wollte sie, dass er weitermachte? Doch ihr Blick flackerte von seinem weg, und sie hatte ein strahlendes Lächeln auf dem Gesicht, nichts, was andeutete, dass durch ihr ganzes Inneres ein Hitzeschwall durchrauschte wie es bei ihm der Fall war.

„Nochmals vielen Dank für das schöne Geschenk", sagte sie, aber im Gegensatz zu ihrem Lächeln war ihr Tonfall kalt. Er erschrak beinahe. Großartig. Sie war aufgebracht. Kein Wunder. Was hatte er sich nur dabei gedacht, sie so zu küssen? *Sag etwas, Ryan!* Und nichts über ihren Trip. Nichts über ihre Liste. Er brannte darauf, sie damit zu konfrontieren, aber offensichtlich verbarg sie sie vor ihm, und das letzte, das er wollte, war, dass sie sich von ihm in die Ecke getrieben fühlte. Er räusperte sich. Zwang sich selbst, zu lächeln, als sie sich eine Haarsträhne hinters Ohr schob. „Gern geschehen. Also . . . Abendessen . . ."

Sie schreckte auf und sprang auf die Füße. „Ähm, klar. Ich sollte überprüfen, ob das Essen fertig ist. Ich bin gleich zurück."

Er schaute ihr nach, wie sie in der Küche hantierte, während er versuchte, seine verworrenen Gedanken in den Griff zu bekommen. Er wollte sie weiterhin an sich ziehen für noch einen Kuss. Oder noch zwanzig!

„Das Essen ist fertig", rief sie aus. Der Duft des Hühnchen-Piccata waberte um sie herum aus der Küche heraus, aber Ryans Mund wurde aus einem völlig anderen Grund wässrig.

Nach noch einem Geschmack von Annie.

„Ryan?"

„Ja?"

„Das Essen ist fertig."

Er stand auf und ging zum Tisch hinüber. Annie hatte alles mit ihrem Weihnachtsporzellan gedeckt. Für jeden von ihnen hatte sie ein Schälchen Salat zubereitet. Nun hievte sie einen Haufen Linguini auf seinen Teller und reichte ihm eine Schale mit der Hauptspeise. Er bemerkte, dass sie die Nudeln wegließ und nur ein ganz kleines Stück Hühnchen nahm.

„Das sieht großartig aus", sagte er, während er das Hühnchengericht auf seine Nudeln platzierte.

„Danke. Ich hoffe, es schmeckt auch gut. Ich habe heute

Abend ein paar Artischockenherzen hinzugefügt."

„Ich liebe Artischocken."

„Ich weiß", sagte sie zu ihm mit einem Lächeln. „Ich denke an die Zeit zurück, als du ein ganzes Glas von eingelegten Artischocken aufgegessen hast, damals in der High School. In unserem letzten Jahr. Erinnerst du dich?"

Er zuckte zusammen. „Wie könnte ich das vergessen? Mir war zwei Tage lang schlecht. Doch eigentlich war es dein Fehler."

„Wieso das?"

„Ich war so vertieft in das, was du mir beibrachtest, dass ich gar nicht darauf geachtet habe, wie viele ich davon aß. Du hättest mich warnen sollen."

Sie lachte wieder. „Na klar, ich bin sicher, du warst völlig hingerissen von meiner Mathe-Lehrstunde. Ich hätte mir nie vorstellen können, dass du ein ganzes Glas essen könntest, bis ich zufällig mal hinüber geschaut habe und alle weg waren."

„Es war Englisch, nicht Mathe", sagte er.

„Wirklich?"

„Jep. Du warst die einzige, die mir etwas Spaß an Englisch vermitteln konnte. Du hast mich dazu veranlasst, dass ich lernen wollte. Du hättest nie aufhören sollen, mir etwas beizubringen. Wenn du nicht damit aufgehört hättest, wäre ich jetzt so klug wie du."

„Wovon redest du? Du bist wirklich ein kluger Junge, Ryan. Du hast bloß nicht die hohen Abschlüsse, weil du zu sehr damit beschäftigt warst, den Cheerleaderinnen hinterherzujagen, anstatt dich auf die Schule zu konzentrieren, das ist alles."

„Ja, ich schätze, die High School bietet eben zu viele Ablenkungen", sagte er. Annie war eine jener Ablenkungen gewesen. Sie hatte es bloß nicht gewusst. Mit ihr zu lernen hatte Spaß gemacht, aber sich dazu zu bringen, aufzuhören, an sie zu denken, wenn die Lehrstunde einmal beendet war, war extrem schwierig gewesen. Letzten Endes hatte er das alles überwunden.

Zumindest dachte er, er hätte es überwunden.

„Und wie geht's Samantha? Du hast sie noch nicht erwähnt, seit du zurück bist. Befürchtest du, dass ich eifersüchtig werde?"

Er schaute hinüber. Es sollte offenbar ein Scherz sein, aber sie schaute ihn dabei nicht an, und ihre Wangen waren gerötet.

„Wir haben uns getrennt, kurz bevor ich zurückkam."

Ihre Augen weiteten sich, und ihr Mund blieb leicht geöffnet stehen. „Ihr habt euch getrennt? Warum hast du auf der Hochzeit nichts davon erzählt?"

Er zuckte die Achseln. „Hab nicht dran gedacht."

Sie fing plötzlich an, sich im Zimmer umzusehen und mit ihrem Haar zu spielen. „Oh! Naja, das ist ja schrecklich, dass ihr euch getrennt habt."

„Findest du? Warum?"

Sie schaute etwas erschrocken-überrascht drein bei seiner Frage, aber er wollte es wirklich wissen. Sie gab nicht oft einen Kommentar über die Frauen ab, mit denen er sich verabredete. Für gewöhnlich meinte er, dass das daran lag, weil sie sie nicht leiden konnte. Als sie Sam kennen gelernt hatte, hatte sie eine große Sache daraus gemacht, hatte ihm gesagt, wie perfekt sie wäre, dass sie sich vorstellen könnte, dass es etwas Langfristiges werden könnte. Er hatte sich damals darüber gewundert.

Klar, er hatte Sam gemocht, aber es war kein Fall von Liebe auf den ersten Blick gewesen, deshalb hatte er Annies Begeisterung etwas seltsam gefunden.

„Annie?", drängte er sie, als sie ihm noch immer nicht antwortete. „Warum ist es schrecklich, dass wir uns getrennt haben?"

„Naja . . . ich weiß auch nicht. Du schienst sie wirklich gernzuhaben."

Er zuckte die Achseln. „Sie war nett. Bestimmt auch hübsch. Aber da ich wusste, dass ich für zwei Monate in den Norden gehen würde, habe ich die Sache nicht allzu ernst genommen. Keine Überraschung, wenn man bedenkt, dass Fernbeziehungen kaum jemals hinhauen."

„Nun ja, aber . . ."

„Aber was?"

„Ich weiß nicht. Ich dachte bloß, du wärst glücklich."

„Was lässt dich denken, dass ich es jetzt nicht bin?"

„Mensch! Was ist das, ein Kreuzverhör? Ihr habt euch also getrennt. Gut. Wirklich. Ich hab vergessen, dass ich mit jemandem spreche, der Festlegungen um jeden Preis vermeidet. Ich bin sicher, dass du gewillt und bereit dazu bist, weiterzuziehen. Juhu!" Sie rempelte ihn freundschaftlich am Arm an, was ein deutlicher Hinweis war, dass sie das Thema fallen lassen wollte.

Aber aus irgendeinem Grund konnte er das nicht. „Weil ich immer gewillt bin, weiterzuziehen, meinst du? Denkst du, ich sollte versuchen, mich mit einfach irgendwem niederzulassen?"

Sie versteifte sich und wandte ihren Blick ab. „Das sage ich überhaupt nicht", sagte sie. „Eigentlich sage ich, du hast jedes Recht, eine Beziehung nach der anderen zu haben."

„Tust du das?"

„Es gibt eine Menge großartiger Menschen da draußen, die man kennen lernen kann. Eine Menge Spaß, den man haben kann. Warum denn nicht? Wir sind jung, nicht wahr? Jetzt, da ich ziemlich abgenommen habe, freue ich mich darauf, das Terrain zu sondieren."

„Wow!" Wie hatte sich diese Unterhaltung plötzlich in ein Gespräch darüber verwandelt, dass sie Kerle ausprobieren wollte? Das war die verdammte Liste, dachte er. „Ich weiß es nicht. Du hast einen ziemlich glücklichen Eindruck gemacht, als du mit diesem Typen in einer Beziehung warst. Diesem Doktor."

Ihr Gesichtsausdruck schwankte. „Das war vor zwei Jahren. Daniel war großartig. Aber wir hatten nicht die richtige Chemie. Und um ehrlich zu sein, so genial er auch war, er war auch ein wenig langweilig. Außer für die Arbeit wollte er so gut wie nie das Haus verlassen."

„Das sagt doch eine Menge über jemanden aus, wenn er glücklich zu Hause bleiben kann. Schau uns an!" Er schreckte zusammen. Konnte beinahe nicht glauben, was er da gerade gesagt hatte. Aber eine Annie, die mit ihrem festen Freund glücklich zu Hause sein konnte, schien, wenn auch nicht ideal, so doch zumindest besser zu sein als eine Annie, die irgendwo da draußen wäre und mit wildfremden Männern anbändeln würde.

„Wir sind verschieden", sagte sie und schaute ihn sonderbar an. „Zwischen uns geht ja nichts Romantisches vor sich, deshalb würde ich nicht erwarten, dass wir ausgehen und einen Abend in der Stadt verbringen sollten. Aber mit einem Mann, den ich . . ."

„Was? Heiraten?"

Sie reckte trotzig ihr Kinn. „Mit einem Mann, mit dem ich auf romantische Weise verbunden bin, möchte ich in der Lage sein, an verschiedenen Orten Spaß zu haben, nicht bloß zu Hause."

„Und mit Daniel hattest du keinen Spaß?"

Sie presste die Lippen zusammen, ehe sie sagte: „Nicht genug Spaß." Sie stützte ihre Hände auf die Hüften. „Seit wann bist du ein Daniel-Fan? Du hast ihn als überhebliches Arschloch bezeichnet."

„Bin ich nicht. Er ist es. Und auf jeden Fall hast du Recht." Er holte tief Luft, ehe er sie wieder langsam ausstieß. „Du solltest mit einem Typen zusammen sein, der dir eine gute Zeit bereiten kann. Mit einem, der weiß, dass er der glücklichste Mann auf Erden ist, weil er mit dir dein Bett teilen kann. Dein Leben." Er ballte die Fäuste bei dem Gedanken, dass Annie solch einen Mann auf ihrem Trip nach Las Vegas kennen lernen könnte.

Sie senkte den Blick. „Danke." Einen Augen blick lang schaute sie traurig aus, aber als sie aufblickte, war ihr Gesichtsausdruck freundlich und aufrichtig. „Und du solltest eine Beziehung mit einer Frau haben, die durch keinerlei Menge von Zeit oder Entfernung gestört werden kann. Mit einer Frau, die Berge erklimmen würde, um dich dazu zu bringen, sie zu der deinen zu machen. Eine Frau, die um dich kämpfen würde. Offensichtlich war Samantha nicht diese Frau."

Er zuckte die Achseln. „Was ist, wenn diese Frau gar nicht existiert?"

„Sie existiert. Und wenn du sie triffst, wirst du es wissen."

Er lachte. „Du bist etwas ganz Besonderes."

„Etwas gutes Besonderes oder etwas schlechtes Besonderes?"

„Durch und durch gut."

Er meinte es auf die bestmögliche Weise.

Deshalb verstand er den plötzlichen Schatten nicht, der Annies Gesichtsausdruck verdunkelte, und er verstand auch nicht die kurze Zuckung ihres Mundes, ehe sie aufstand und sich entschuldigte.

KAPITEL DREI

NACHDEM RYAN GEGANGEN WAR, HERRSCHTE in Annies Kopf uneingeschränkt Verwirrung. Was war das nur für ein Kuss gewesen? Hatte sie sich eingebildet, wie wunderbar fantastisch er gewesen war? Und wie absolut *nicht* platonisch? Mit einem lauten Ausatmen ließ sie sich aufs Sofa fallen. Es musste ein platonischer Kuss gewesen sein, der nur ein wenig zu lang gedauert hatte. Sonst würde er hier sein. Ihr Verknalltsein in Ryan war etwas, das sie hinter sich lassen musste. Sie sollte einem Weihnachtskuss nicht so lange nachhängen. Aber Gott, es war nicht leicht, ihn zu vergessen, nachdem er sie so geküsst hatte und ihr Körper nun an all den richtigen Stellen kribbelte.

„Oje!" Frustriert versuchte sie, den Gedanken, Ryan zu küssen, aus ihrem Kopf zu verbannen und zu ihrer allnächtlichen Routine überzugehen–Gesicht waschen, Zähne putzen. Dann überprüfte sie zum wiederholten Mal, ob sie alles gepackt hatte, was sie für Las Vegas brauchte. Beinahe hätte sie vergessen, ihre Diätpillen einzupacken. *Das ging ja gar nicht.* Schnell steckte sie das Fläschchen in ihr Handgepäck, direkt neben die Schachtel mit den Kondomen und ihrer Packung zur Empfängnisverhütung. Paige war die einzige, der sie von den Diätpillen erzählt hatte, und ihre Freundin hatte ihr einen Vortrag darüber gehalten, wie sie sie verwenden sollte. Klar, Annie war nicht gerade von den Nebeneffekten begeistert, aber sie brauchte die Pillen ja nur vorübergehend. Außerdem war doch die Gesundheit des Herzens auch wichtig,

oder? Angesichts der Tatsache, dass in ihrer Familie hohe Choles-
terinwerte häufig vorkamen, konnte sie sich ausrechnen, dass das
Abnehmen, auf welche Weise auch immer, wichtiger war.

Warum hatte sie dann Ryan nicht erzählt, dass sie Diätpillen
nahm? Vielleicht aus demselben Grund, warum sie ihm nichts
von ihrem Trip nach Las Vegas erzählt hatte. Weil er sich Sorgen
machen würde. Vielleicht sogar sie verurteilen würde. Und auch
wenn er das nicht tun würde, war es doch notwendig, dass sie
sich ein wenig von ihm entfernte. Und offen gesagt war sie auch
viel zu verlegen, ihm von der Liste der unanständigen Dinge zu
erzählen.

Annie ging zu Bett und stellte ihren Wecker. Nachdem sie die
Lampe auf ihrem Nachttisch ausgeschaltet hatte, kuschelte sie
sich in die Decken und versuchte, zu schlafen.

Klappte nicht.

Stattdessen lag sie da, hellwach, und spielte Ryans Kuss in Gedanken noch einmal durch.

Jene wenigen Sekunden höchsten Glücksgefühls, als seine Lippen endlich die ihren berührt hatten auf eine viel weniger freundschaftliche Weise als sonst.

Annie drehte sich auf die andere Seite, dann auf den Rücken.
Sie versuchte, über etwas anderes nachzudenken. Irgendetwas anderes. Sie versuchte sich vorzustellen, wie ihr Trip wohl verlaufen
würde und wie der attraktive Fremde, den sie auf einer Tanzfläche kennen lernen würde, wohl aussehen würde. Sie schloss die
Augen und sah nichts außer Ryans Gesicht und Ryans Körper . . .

„Verdammt!", rief sie, setzte sich auf und schaltete das
Licht wieder ein. Sie langte in ihr Nachtkästchen und holte ihr
E-Book-Lesegerät hervor. Sie würde sich auf einen guten, altmodischen Kriminalroman konzentrieren, um sich von Ryan abzulenken und dann hoffentlich einschlafen können. Sie schaltete
es ein und holte sich das neueste Buch, das sie heruntergeladen
hatte, her. Es war von einem Autor, von dem sie noch nie zuvor

etwas gelesen hatte, aber es ging um Mord und enthielt wenig bis
gar keine Romantik.

Perfekt!

Sie las den ersten Abschnitt, aber sie konnte die Mischung aus
Besorgnis, Verwirrung und Vorfreude, die in ihr brannte, nicht
beiseiteschieben, um sich auf die Geschichte zu konzentrieren.

Mit Ryan zusammen zu sein und Ryan zu küssen hatte sich
so richtig angefühlt. In jenen kurzen Momenten hatte sie das Gefühl, sie selbst sein zu können, und nicht die Frau, in die sie sich
so unbedingt zu verwandeln versuchte. Nicht, dass eine Veränderung nicht gut wäre, beeilte sie sich ins Gedächtnis zu rufen,
aber jetzt musste sie sich doch fragen–war sie wirklich bereit, das
durchzuziehen, was noch auf der Liste stand?

Ja!

Nur ein Feigling würde jetzt noch zurückschrecken.

Mit Entschlusskraft begann Annie zu lesen.

Und dachte prompt schon wieder an Ryan und diesen Kuss.

„Oh Mann!" Annie legte den E-Book-Reader weg und starrte die Zimmerdecke eine ganze Minute lang an, ehe ihr Handy
klingelte. Sie schaute auf das Display und sah, dass es Ryan war.
Ihr Herzschlag beschleunigte sich und verdammt, sie wurde bloß
davon schon feucht, seine virtuelle Figur auf ihrem Handy zu
sehen.

„Hey!", sagte sie und ärgerte sich über den heiseren Klang ihrer Stimme. Sie räusperte sich. „Was ist los?"

„Hab ich dich aufgeweckt?", fragte er.

„Anscheinend kann ich nicht schlafen", antwortete sie
wahrheitsgemäß.

„Das überrascht mich nicht."

Annies Herz begann schneller zu schlagen. Was sollte das bedeuten? Wollte er andeuten, dass sie nicht schlafen konnte, weil
sie an ihn dachte? Und an diesen Kuss?

Als sie nichts erwiderte, sagte er: „Ich habe etwas gesehen, als ich bei dir in der Wohnung war, und ich glaube, du hattest die Absicht, dass es deine Privatsache bleibe."

Für einen Moment stieg Panik in ihr auf. Er hatte unter ihrem Weihnachtsbaum herumgestöbert. Es konnte doch wohl nicht sein, dass er erraten hatte, was in ihrem Geschenk an sich selbst enthalten war, oder? Das verflixte Ding hatte sich doch wohl nicht selbst verraten und in dieser Schachtel zu scheppern angefangen?

„Annie, ich weiß, wohin du morgen fährst. Und ich weiß, was du für Pläne hast."

Sie sog hörbar den Atem ein und schloss die Augen. Oh, Gott! Es war sogar noch schlimmer als sie befürchtet hatte. Er wusste Bescheid. Ihr bester Freund wusste, dass sie morgen nach Las Vegas flog, um einen Fremden zu ficken. Oh, Gott!

„Ich habe nicht herumgeschnüffelt. Ich habe versehentlich einige Fotos vom Kühlschrank hinuntergestoßen und wollte sie bloß wieder aufheben. Dabei habe ich die Bordkarte gesehen. Und verdammt, Annie, ich habe deine verdammte *Liste* gesehen!"

∽♥∾

RYAN FUHR SICH MIT EINER Hand durchs Haar und mühte sich ab, sich selbst zu beruhigen. *Langsam einatmen, langsam ausatmen!* , sagte er sich.

Doch es klappte nicht.

„Du–du, ähm . . ." Annie versagte die Stimme.

Tiefe Frustration wegen dieser Liste durchströmte ihn. An diesem Abend hatte er eine Überraschung nach der anderen erlebt, und er wusste nicht, ob er auf seinen Füßen stand oder vielleicht kopfüber von der Decke hing. Nach dem Abendessen mit Annie und nachdem er dem Wissen, dass sie einen Plan hatte, unanständig zu sein, erlaubt hatte, in seinem Kopf herumzugeistern, wusste er nur mit absoluter Sicherheit, dass er erkannte, dass er nicht zulassen konnte, dass sie das tat.

Sie mochte nun ein wenig anders aussehen, aber sie war immer noch seine Annie. Reizend. Ein gutes Mädchen. Jemand, für den Sex etwas bedeutete. „Du wirst nicht nach Las Vegas fahren und einen One-Night-Stand haben", erklärte er. „Du kannst nach Las Vegas fahren und dir ein Tattoo machen lassen, damit habe ich kein Problem, ich werde sogar mit dir mitkommen. Aber du kannst auf gar keinen Fall dorthin fahren und einen Fremden ficken."

„Wie bitte?" Annies Stimme war ruhig, fest und irritiert.

Gefährlich!

Worüber musste *sie* irritiert sein? Er war derjenige, dessen Welt auf den Kopf gestellt worden war. Er konnte nicht mehr klar denken, seit er diese Liste gesehen hatte. Und seit er sie geküsst hatte. Er wusste nicht, was mit ihm los war, da ein wilder Strudel der Gefühle in ihm tobte. Doch Eines wusste er: Er konnte sie nicht nach Las Vegas fahren lassen und zulassen, dass sie mit irgendeinem dahergelaufenen Typen ein einmaliges sexuelles Abenteuer hatte. Es würde nur darauf hinauslaufen, dass sie sich selbst hassen würde.

Zwanghaft stieß er den Atem aus. „Komm schon, Annie! Du triffst kaum mehr kluge Entscheidungen. Soviel wie du abgenommen hast, hast du irgendetwas eingenommen. Etwas Ungesundes. Und dann ist da jetzt diese Liste!"

„Es sind immer noch meine Entscheidungen, die ich treffe", sagte sie langsam mit stahlharter Stimme. „Und du hast kein Recht, mir zu diktieren, was ich tun kann und nicht tun kann. Ich habe mein Leben so gelebt, dass ich immer genau das getan habe, was andere Menschen von mir erwartet haben. Ich bin immer das brave Mädchen gewesen. Das war in Ordnung für mich. Aber falls du es nicht bemerkt haben solltest, Ryan, *ich habe mich geändert*. Und ich will diese meine neue Seite erforschen."

Er wollte keinen Teil dieser neuen Seite von ihr. Annie war

perfekt gewesen, so wie sie vorher gewesen war. Er biss die Zähne zusammen. „Denkst du, bloß weil du ein wenig abgenommen hast, ist es okay, wenn du deine Prinzipien aufgibst?"

„Wie kannst du es wagen?", schrie sie beinahe. „Es geht nicht darum, in Frage zu stellen, wer ich bin. Es geht darum, zu erforschen, wer ich immer sein wollte–eine Person, die sich in ihrem Körper wohlfühlt und sich nicht schämt, ihn auch zu zeigen. Es geht darum, dass ich nach den Sternen greifen will und sie auch ergreifen werde."

Hatte sie wirklich etwas lockerer mit ihrer Sexualität umgehen wollen? Und wenn ja, warum frustrierte ihn dies dann so? Er hatte kein Recht, sie dafür zu verurteilen.

Aber dennoch . . .

Er wollte einfach nicht zusehen, dass ihr wehgetan wurde. Er räusperte sich. „Bloß damit du es weißt, Gelegenheitssex ist nicht so großartig."

Am anderen Ende der Leitung hörte er, wie sie scharf einatmete. Dann sagte sie: „Tatsächlich? Ist das der Grund, warum du so wenig davon gehabt hast?"

Die Stille, die darauf folgte, war eine laute und deutliche Antwort für sie.

„Klar!" Sie stieß ein bitteres Lachen aus. „Das hab ich mir gedacht."

„Ja, offensichtlich habe ich ein Problem damit, mich festzulegen. Doch du bist nicht so."

„Ryan, ich weiß, dass du dir Sorgen um mich machst, und ich weiß deine Bedenken zu schätzen, aber ich muss das tun."

„ Sag mir, worum es dir bei diesem Trip nach Las Vegas wirklich geht!"

„Warum? Damit du mir wieder sagen kannst, was für eine dumme Idee das ist?"

„Das werde ich nicht tun. Ich versprech's. Entschuldige, dass ich hochgegangen bin wie ein Neandertaler. Es ist bloß . . . diese

Liste hat mich überrascht. *Du* hast mich überrascht. Du siehst anders aus. Du scheinst andere Dinge zu wollen. Ich–ich weiß nicht einmal mehr, ob ich dich noch kenne, und das macht mir Angst."

Die Verletzlichkeit in seinen Worten gab ihr anscheinend eine Pause und schien ihre Wut zu durchdringen, denn sie zögerte ein paar Sekunden. Als sie sprach, klang ihre Stimme weicher. Sanfter. „Du kennst mich, Ryan. Ich bin dieselbe Person. Ich möchte nur abenteuerlustiger sein. Ich möchte wissen, was es heißt, ein Bad Girl zu sein. Ich habe meine schlimme Seite an der High School nicht so richtig ausgelebt, da meine Mutter krank war und ich mich ziemlich viel um meinen Vater und meine Schwester kümmern musste, aber . . . es ist nie zu spät, oder?"

Er zermarterte sich das Gehirn nach einer Antwort, die einerseits unterstützend, andererseits nicht so unterstützend war, dass sie in ihrem rücksichtslosen Vorgehen ermutigt würde. Okay, damit sie verstehen konnte, dass sie abenteuerlustiger sein könnte. Aber, verdammt nochmal, sie konnte sich doch nicht in Gefahr begeben. Wie konnte er ihr helfen, ihr das zu geben, was sie brauchte, aber auf eine Weise, die für sie sicher war?

Die Idee kam aus dem Nirgendwo auf ihn zu und schockierte ihn.

Aber er sprang sofort auf sie auf.

„Annie, wie du betont hast, habe ich schon Gelegenheitssex gehabt. Mehr als dass ich darauf stolz sein kann. Ehrlich gesagt ist das nicht so großartig. Sex ist besser mit jemandem, den man gern hat."

„Naja, ich werde nicht mit jemandem, den ich gern habe, Gelegenheitssex haben, Ryan, deshalb . . ."

„Warum nicht?"

Sie stieß den Atem aus. „Weil ich mich momentan mit niemandem verabrede."

„Du willst ein Bad Girl sein, nicht wahr? Naja, du kannst ziemlich verflucht schlimm sein auf vielerlei Weise, die nicht miteinschließt, morgen in dieses Flugzeug zu steigen."

„Wovon sprichst du?"

„Du kannst mit mir Gelegenheitssex haben. Jetzt! Am Telefon."

KAPITEL VIER

W ARTE MAL–WAS HATTE RYAN DA gerade gesagt? Telefonsex haben, mit ihm? Annies Brust zog sich zusammen, und plötzlich fand sie es fast unmöglich, zu atmen. Er machte Witze, nicht wahr? Er konnte das nicht ernst meinen. „Du erlaubst dir da schon seltsame Scherze mit mir, Ryan. Das schätze ich gar nicht." Es war mehr als nicht schätzen. Sie wurde regelrecht wütend. Wie konnte er es wagen, Spielchen zu spielen mit etwas, das für sie von so großer Bedeutung war? War ihre Idee, ein schlimmes Mädchen sein zu wollen, in seinen Augen so lächerlich?

„Das ist mein voller Ernst, Annie."

„Klar ist es das", spottete sie. „Genau darum habe ich dir nicht von meiner Liste erzählt–ich wusste, du würdest versuchen, mir das auszureden. Du musst einfach akzeptieren, dass ich schon viel darüber nachgedacht habe."

„Du hast viel darüber nachgedacht, mit einem völlig fremden Mann Sex zu haben?", fragte er ungläubig, und diese Ungläubigkeit drang sogar durch die Telefonleitung klar durch. „Wirklich? Denn die Annie, die ich kenne, würde so etwas nie tun."

„Du weißt eben nicht *alles* von mir", sagte sie. „Vielleicht mag ich heißen, anonymen Sex."

„Vielleicht weißt du nicht, wie gefährlich die Dinge auf deiner Liste sein können", sagte er mit echter Besorgnis in der Stimme. „Hast du darüber auch nachgedacht, Annie? Was ist, wenn du dich mit irgendeinem Verrückten einlässt, der dich ausnutzt?"

„Ich vertraue meinem Urteilsvermögen", erwiderte sie, auch wenn sich ihr Magen verkrampft hatte. „Ich bin gewillt, Risiken einzugehen. Ich *muss* Risiken eingehen. Ich habe es satt, mich ständig bis zum geht nicht mehr selbst zu befriedigen", platzte sie impulsiv heraus. Aber sie würde das jetzt nicht zurücknehmen.

„Vielleicht hättest du mir das eher sagen sollen", schoss er zurück. „Denn, wie ich schon sagte, ich würde gerne aushelfen, vor allem weil es für mich das Wichtigste auf der Welt ist, dass du sicher bist."

In ihrem Kopf drehte sich alles. Ryan *meinte* es ernst. „Was schlägst du . . . genau vor?", fragte sie.

„Du und ich, wir sind doch die besten Freunde, nicht wahr? Freunde lassen einander doch nicht geil zurück oder setzen sie irgendwelchen Gefahren aus. Du kannst einfach hier in San Francisco bleiben, und ich kann dir helfen, die Befriedigung, nach der du suchst, zu bekommen. Ich werde vorgeben, dein Fantasie-Typ zu sein. Du *hast* doch sicher einen Fantasie-Typen, oder? Jemanden, den du dir vorstellst, wenn du dich selbst zum Höhepunkt bringst?"

Wow! Schon wieder dieses Gerede über Selbstbefriedigung. Aber sie hatte es ja zuerst aufs Tapet gebracht. Ihr Herz schlug wild. Sie musste aber ruhig und gelassen agieren. Cool. „Klar hab ich den."

„Sag mir seinen Namen!"

„Was?"

„Seinen Namen. Wer ist es? Bekommst du deinen Höhepunkt mit einem berühmten Schauspieler oder mit einem Rockstar?"

Sie bekam den Höhepunkt mit ihm, aber das wäre das Allerletzte, was sie je gestehen würde. „Nennen wir ihn einfach Kyle."

„Gut. Ich werde vorgeben, Kyle zu sein. Stell dir einfach vor, dass es Kyles Stimme ist, die du am anderen Ende der Leitung hörst. Dass es Kyle ist, der dich ficken will. Und Annie . . ." Er überraschte sie, als er einen Moment zögerte, dann aber fortfuhr. „Es ist okay, manchmal etwas wild sein zu wollen. Es ist okay, darüber Fantasievorstellungen zu haben. Und mit jemandem, dem du vertrauen kannst, loszulassen."

„Mit dir?", sagte sie wie betäubt.

„Sicher. Naja, ich, der so tut, als wäre er Kyle. Aber hauptsächlich du. Dich selbst zu berühren macht sicher mehr Spaß, wenn du einen Partner hast, meinst du nicht?"

„Ryan . . ." Sie hielt inne, da sie nicht wusste, was sie sonst sagen sollte.

Mehrere Sekunden lang herrschte Stille in der Leitung. „Was hast du gerade an, Annie?", fragte er, und eine leicht andere Klangfarbe schlich sich in seine Stimme.

Annie errötete. Ihr ganzer Körper prickelte. „Ich bin nicht sicher, dass ich das tun kann . . . mit dir."

„Du redest nicht mit mir. Du fantasierst nicht von mir. Schließe jetzt deine Augen und sieh mich! Sieh *Kyle*! Sag *Kyle*, was du anhast!"

Annie schluckte schwer, packte das Telefon fester und öffnete ihren Mund, um es ihm zu sagen. Sie konnte sich gerade noch stoppen.

„Bist du schüchtern, Annie? Das ist okay. Du kannst schüchtern und dennoch unanständig sein."

„Wie?", brachte sie krächzend heraus.

„Sag mir, dass du überhaupt nichts anhast. Sag mir, dass dein verführerischer Körper nackt auf deinen weichen Decken liegt!", sagte er in einem sexy Flüsterton, der durch das Telefon drang und direkt ihre Wirbelsäule hinunterjagte.

Ihr Gesicht begann zu brennen, und die Hitze breitete sich von ihrem Hals bis in ihre Brust hinein aus. Das Bedürfnis, ihm zu antworten, zu spielen, das schlimme Mädchen zu sein, überwältigte sie. Konnte sie das wirklich tun?

Konnte sie das nicht tun?

Sie hatte keine Ahnung, was sie sagen sollte. Nicht nur, dass es Ryan war, sondern sie hatte auch niemals zuvor Telefonsex gehabt. Auch wenn er sie drängte und vorgab, ein Fantasie-Typ zu sein, die Vorstellung, ihm zu sagen, dass sie nackt sei, erschien ihr überwältigend. So, als würde sie ihr ganzes Selbst offenbaren, einschließlich ihr Herz und auch all ihre Gefühle für ihn. Aber wenn ihr Ziel war, über ihn hinwegzukommen, indem sie sich in jemand Selbstsicheren und Unanständigen verwandelte . . .

Tja, Telefonsex würde sicherlich auch dazuzählen, folglich musste sie dies tun!

Sie könnte sagen, dass sie sexy Unterwäsche trug, aber das schien so vorhersagbar zu sein. Sie entschied sich, es mit der Wahrheit zu versuchen. „Sagen wir mal, ich trage gerade ein langes, bis oben zugeknöpftes Nachthemd", platzte sie heraus.

„Okay", sagte er, „solange es *nur* ein Hemd ist."

Automatisch kicherte sie, unterdrückte es dann aber, leicht verlegen. Mensch! Sie war vielleicht ein Freak!

Er kicherte. „Ist schon okay. Wir können Spaß haben. Es geht doch hier darum, Spaß zu haben, nicht wahr?"

Spaß. Klar. Guter, sicherer, *unanständiger* Spaß.

Sie lächelte in sich hinein und zog eine Augenbraue hoch. „Was hast du an, Ryan?"

„Wie?"

Gut! Sie hatte ihn unvorbereitet erwischt. Es braucht schon zwei, um dieses Spiel zu spielen. „Du musst doch auch Fantasievorstellungen haben."

Wieder war er ein paar Sekunden lang ruhig, und dann sagte er: „Du tust so, als wäre ich Kyle, okay?"

„Natürlich", sagte sie und genoss es, dass sie ihn aus dem Gleichgewicht gebracht hatte. Seine Beharrlichkeit, dass sie vorgeben solle, dass er jemand anderer sei, ruinierte beinahe die ganze Wirkung dieses unanständigen Telefonsex-Spiels. Beinahe. „Also . . . Kyle!" Der Name kam als Schnurren aus ihrem Mund.

„Sag mir, was du anhast", Oder vielmehr, was du nicht anhast",
sagte sie und war überrascht, wie glatt die Worte aus ihrem
Mund kamen, als sie sich erst einmal erlaubt hatte, in die Fantasievorstellung zu gleiten.

„Ich bin noch nicht nackt, aber nah dran."

Annie sagte nichts. Sie stellte sich ihn ‚beinahe' nackt vor.

„Knöpf dein Hemd für mich auf, Annie!", sagte Ryan–nein
Kyle–leise. „Knöpf es langsam auf! Reibe dabei mit deinen Fingern sanft über deine weiche, schöne Haut, jedes Mal wenn du
einen Knopf öffnest!"

Seine Stimme hypnotisierte sie. Sie merkte, dass sie am obersten Knopf herumfummelte, damit spielte, ihn aber noch nicht
tatsächlich aufknöpfte.

„Was machst du, Annie?", fragte er, und seine Stimme klang
wie eine Liebkosung, die auf ihren Armen Gänsehaut auslöste.

„Ich liege in meinem Bett und höre dir zu."

„Gut, dann hör mir *wirklich* zu! Knöpfe deine Knöpfe auf,
dann streichle deine Brüste mit deinen Fingerspitzen und stelle
dir vor, ich wäre es, der dich berührt!"

Sie erschauerte. Langsam ließ sie einen Knopf durch das
Knopfloch schlüpfen. „Ich habe den obersten Knopf aufgemacht."

„Gut. Mach weiter!"

„Ich habe den nächsten aufgeknöpft."

„Und?"

„Und . . . meine Fingerspitzen streichen über meine Brüste."

Sie schloss die Augen und stellte sich vor, dass es Ryan wäre, der
sie berührte.

„Sind deine Brustwarzen hart?"

„Ja", flüsterte sie. „Sie sind hart", sagte sie, ohne es recht glauben zu können, dass sie dies tat. *Mit Ryan!* Aber er war ja nicht
Ryan, nicht wirklich. Er war Ryan, der vorgab, jemand anderer
zu sein. Das war die einzige Möglichkeit, wie er Sex mit ihr haben
konnte, aber hey, das würde sie hinnehmen.

„Zieh das Hemd aus, Annie!"

Sie zögerte nicht. Sie legte das Telefon hin und stellte es auf Lautsprecher. Dann zog sie das Hemd über den Kopf und warf es beiseite.

„Bist du jetzt nackt?" Seine verführerische Stimme erfüllte den Raum.

„Beinahe", sagte sie in einer bereits atemlosen Stimme. „Ich habe noch ein Höschen an. Rote Spitze."

Er sog zischend den Atem ein. „Zieh es auch aus! Ich will, dass du nackt bist für mich."

Annie tat, was er verlangt hatte. Die Vorstellung, dass er am anderen Ende der Leitung wusste, dass sie hier nackt dalag, erregte sie wie verrückt. Er klang genauso erregt wie sie. Mochte er Fantasie-Sex auch? Tat er so, als wäre sie jemand anders? Das musste er wohl.

„Schließe jetzt deine Augen!", sagte er zu ihr.

Annie legte den Kopf auf das weiche Kissen zurück und schloss die Augen.

„Sind sie zu?"

„Mm hmm."

„Gut. Nimm deine linke Hand und finde die Biegung deiner Kehle. Streichle sie, Annie! Sanft! Stell dir vor, dass ich es bin, der deine Kehle berührt und deinen Puls spürt!"

Sie stöhnte leicht auf.

„Das ist es, Annie. Lass mich dich spüren, Schatz!"

Der Klang seiner Stimme, das Bild von ihm in ihrem Kopf und die Tatsache, dass er sie gerade ‚Schatz' und nicht wie sonst ‚Schätzchen' genannt hatte, verursachten, dass sie ihre Oberschenkel zusammenpresste, als sich zwischen ihnen feuchte Wärme sammelte.

„Gleite mit deinen Fingern weiter hinunter! Lass sie über die Wölbung deiner hübschen Brüste laufen! Tu so, als sei ich es–Kyle–, der dich neckt und droht, noch tiefer zu tauchen und deine

Brustwarzen zu berühren."

Er könnte so oft sagen wie er wollte, dass er der fiktive Kyle sei. Sie hörte immer bloß Ryan. Sie sah nur ihn. Und sie fühlte nur ihn.

Sie erschauerte, als sie die Bedingungen erfüllte. Ihre Brustwarzen schmerzten sehnsuchtsvoll, und sie wollte sie tatsächlich berühren, aber sie genoss auch das Spiel. Sie genoss es, seine Anweisungen auszuführen, deshalb wartete sie.

„Gleite mit deiner Hand hinunter! Streife über eine deiner harten Brustwarzen mit deiner Handfläche und sag mir, wie sich das anfühlt!"

Sie strich mit einer ihrer Handflächen über ihre Brustwarzen, und dann drückte sie darauf und rieb in Kreisen darüber. Das Sehnen, das er in ihr ausgelöst hatte, berührt zu werden, war überwältigend.

„Es fühlt sich . . . so . . . gut an", sagte sie mit erstickter Stimme.

„Ich bin froh, Schatz. Ich wünschte, ich könnte dich sehen. Sag mir, wie deine Brüste aussehen!"

„Was?"

„Beschreibe sie mir!"

Sie biss sich auf die Lippe. „Sie sind eher klein . . ."

„Ich wette, sie sind genau richtig für meine Hände. Welche Farbe haben deine Brustwarzen? Braun? Pink?"

„Ein wenig von beidem", hauchte sie. „Ryan . . ."

„Mach weiter, Annie! Sind deine Brustwarzen hart und sehnen sie sich nach mir?"

„Ja", stöhnte sie.

„Gut. Nimm jetzt eine Brustwarze zwischen deine Finger!"

Sie winselte, was ihn veranlasste, zu sagen: „Verdammt, ja! Ich liebe es, das zu hören. Benutze auch deine andere Hand und ziehe nun an beiden Brustwarzen!"

„Ah . . . oh . . ." Annies Vagina war durchweicht. Sie wollte sie so dringend berühren, aber er hatte es ihr nicht gesagt. Noch nicht.

„Du hast wundervolle Brüste. Nur an sie zu denken und an dich, wie du dich berührst, lässt mich ganz hart werden, Annie."

„Deine Stimme . . . *du* lässt mich ganz feucht werden", sagte sie in einem heiseren Flüsterton, während sie spürte, wie ihr Verlangen nach ihm zwischen ihren Oberschenkeln hinunterlief.

„Mmm, ja, das ist gut. Wenn ich da wäre, würde ich mich selbst davon überzeugen. Ich würde deine Feuchtigkeit spüren, aber ich würde sie nicht schmecken. Noch nicht. Ich würde zuerst andere Stellen kosten wollen."

Gott–er war erstaunlich mit diesem Fantasie-Spiel. Er trieb Kyle wirklich bis zum Äußersten. Und sie liebte es. „Wo würdest du mich als erstes berühren?"

„Hinter deinen Ohren zuerst, dann würde ich mein Gesicht in deinem seidig-weichen Haar vergraben. Dein Haar riecht so angenehm und feminin."

„Ich kann beinahe deine Lippen auf meinem Hals fühlen und deine Zunge über mein Schlüsselbein gleiten spüren." Sie ergriff das Kissen neben sich und stopfte es sich zwischen ihre Oberschenkel, während er redete. Sie berührte immer noch ihre Brustwarzen, während sie daran dachte, wie er sie küsste, und sie drehte und zog daran, wobei sie spürte, wie sie noch härter wurden.

„Ich küsse und schmecke jetzt deinen Hals. Ich grase mit meinen Zähnen ganz leicht über deine Haut, bis du mich bittest, dass ich zubeißen soll. Würde dir das gefallen, Annie? Würde es dir gefallen, wenn ich in deinen Hals beiße?"

„Ja . . ."

Annie umschloss ihre Brust fest mit ihrer Hand und drückte zu. Ein weiteres Stöhnen entwich ihrer Kehle.

„Würde es dir gefallen, wenn ich weiter knabbern würde bis hinunter zu deinen Brüsten? Würdest du gerne meine Lippen auf deinen Brustwarzen spüren? Wie wär's mit meiner Zunge? Hättest du gerne, dass ich dich lecke? Würdest du zulassen, dass ich deine Titten drücke?"

„Ja!", hauchte sie. „Das hätte ich sehr gern, Ryan–ich meine, Kyle. Ich würde es zulassen." Sie hatte fast nicht genug Luft, um zu sprechen. Sie hatte vergessen, zu atmen, als sie seiner verführerischen Stimme zugehört hatte, die leise im Raum wogte.

„Macht es dich feucht, daran zu denken? Ist deine Muschi durchnässt, wenn du dir ausmalst, ich hätte meinen Mund auf dir?"

„Es bedeckt bereits meine Oberschenkel."

„Mmm, ich mag das. Leg deine Hand dort hin, Annie! Berühre bitte deinen Venushügel für mich. Und reibe ihn nun langsam! Berühre aber noch nicht deine Klitoris!"

Annie rieb langsam mit ihrer Hand über ihren Venushügel. Sie hatte immer noch das Kissen zwischen den Beinen und drückte es fest, während sie sich selbst erregte. Sie schnappte nach Luft–es fühlte sich so gut an, dass sie schon fürchtete, sie würde gleich kommen. Sie sehnte sich nach Befriedigung, aber gleichzeitig wollte sie, dass es noch andauerte, damit ihre gemeinsame Zeit nicht endete. Noch nicht.

„Kannst du es riechen, Annie? Riechst du nach Sex, Schatz?"

„Ja", sagte sie mit heiserer Stimme, während sie mit ihren Fingern weiter nach unten glitt, über ihre nassen Schamlippen strich und die Feuchtigkeit über ihre Falten verteilte. Sie kippte den Kopf zurück in das Kissen und bog ihren Rücken leicht durch. Ihre Beine bebten.

„Berührst du dich selbst auch?", fragte sie mit rauer Stimme.

„Dieser Anruf ist für dich, Annie", erwiderte er.

Das war nicht das, was sie hören wollte. „*Ich* berühre mich selbst, und ich hätte gerne etwas Gesellschaft."

„Sag es mir, Annie! Sag mir, was du tust!"

„Ich berühre mich gerade zwischen meinen Beinen mit einer Hand und–und ich bin so nass! Ich presse meine Hüften ins Kissen und drücke mit der anderen Hand meine Brust. Ich drehe und ziehe an meiner Brustwarze."

„Nimm etwas dieser Feuchtigkeit zwischen deinen Beinen und verteile sie um deine Brustwarzen herum! Verteile sie überall darauf und schließe dann wieder deine Augen! Stelle dir vor, wie ich sie ablecke! Ich schlecke diesen süßen, cremigen Saft deiner Muschi auf."

„Ahh!" Annies Atemzüge kamen schneller, abgehackter. Sie tat, was er verlangte, nutzte ihre eigene Erregung, um auf ihre Brustwarzen zu malen, schlüpfte aber schnell mit ihrer Hand wieder zwischen ihre Beine zurück. Ihr fielen beinahe die Augen aus dem Kopf, als ihre Finger über ihre harte Klitoris streiften, die zwischen ihren geschwollenen Schamlippen wie ein harter Berggipfel aufragte.

„Du willst gefickt werden, nicht wahr? Dir würde es sehr gefallen, wenn sich ein großer, harter Schwanz in dieser nassen Muschi vergraben würde, oder?"

„Mmm hmm."

„Sag's mir!"

„Ja!"

„Schlüpfe mit einem Finger in dich hinein!"

„Ahh! Ohh!"

„Jetzt zwei, Annie! Nimm zwei Finger und führe sie hinein und heraus–genauso wie ich es tun würde, wenn ich da wäre."

„Oh Gott!"

„So ist es gut, Schatz. Male dir aus, wie meine Zunge über deine Brustwarzen streicht, während du dich selbst mit deinen Fingern fickst! Stell dir vor, wie mein Mund eine deiner Brustwarzen fest umschließt, heftig an ihr saugt und sie leckt, während meine Finger die andere kneift und rollt . . ."

„Oh, nein. Ryan! Oh Gott!"

„Fick dich selbst, Annie! Reibe deine Klitoris und bewege deine verführerischen Hüften. Strecke und stoße sie aus dem Bett hoch!"

Sie tat, was er verlangte. Sie hatte jetzt die Kontrolle verloren und hätte nicht aufhören können, auch wenn sie gewollt hätte. Sie ritt auf ihrer eigenen Hand, drückte ihr Becken in das Kissen, tauchte mit ihren Fingern so tief ein wie es ging, während sie sich im Bett wild hin- und herwarf. Ihr Kopf war leer, ihr Körper betäubt, ihre Atemzüge laut und keuchend, bis ihr gesamter Körper sich plötzlich anspannte–eine *nicht aufzuhaltende* Explosion–dann fing ihre Vagina an, sich rhythmisch zusammenzuziehen. Annie schaukelte sanft an ihrer Hand, während jede einzelne Welle ihres Orgasmus durch sie hindurch rauschte. Dann lag sie still und stumm da. Sie konnte Ryans deutliches, ungleichmäßiges Atmen am anderen Ende der Leitung hören.

„Ich–ich bin gekommen. *Wow!*", sagte sie. Es war mehr ein Ausdruck der Verwunderung denn eine Feststellung einer Tatsache.

Sie erwartete, dass er lachte, aber das tat er nicht.

Das ließ sie sich fragen . . .

Er hatte sich so angehört, als würde er das, was sie taten, auch genießen. Nicht als Freund, der einem anderen einfach einen Gefallen tat. Er hatte sie nicht gebeten, eine andere Person zu sein, regte es ihn also auch an, wenn er *sie* heiß machte? Wenn er *Annie* heiß machte? „Bist du auch gekommen?", flüsterte sie.

„Dieser Anruf ist für dich", rief er ihr ins Gedächtnis. „Also sag mir", bat er mit einer Spur zärtlicher Belustigung in seinen Worten, „hast du dich unanständig gefühlt?"

Schon, dachte sie. Es hatte sich unglaublich angefühlt. Weil es mit Ryan gewesen war.Am Ende hatte sie seinen Namen ausgerufen, aber er hatte so getan, als wäre er jemand anderer. Er hatte unbedingt darauf bestanden, das Gleiche zu tun. Und das war einfach traurig. Aber nicht so traurig wie die Tatsache, dass sie mehr wollte.

Was wäre, wenn er auch mehr wollte? Was wäre, wenn der Grund, dass er nicht wollte, dass sie nach Las Vegas fuhr, wäre, dass die Vorstellung, dass sie mit einem anderen Mann zusammen sein könnte, ihn eifersüchtig machen würde? Hatte er dieses Spiel genauso genossen wie sie?

Sie bekämpfte ihre eigene Feigheit und fragte dann zögernd: „Willst du nochmal herüberkommen und mir noch mehr Möglichkeiten zeigen, unanständig zu sein?"

Die Stille war mit Händen zu greifen.

Die Sekunden verstrichen, und mit jeder einzelnen fühlte Annie das Pochen der Demütigung in ihren Adern umso stärker. Es schnürte ihr förmlich die Kehle und ihren Geist ab.

„Annie . . .", fing er schließlich an, und seine Stimme war viel zu zögerlich.

„Ich meine", fügte sie schnell hinzu in dem Versuch, sich aus dem tiefen Loch der Verlegenheit, in dem sie sich befand, herauszuarbeiten, „ich sagte das nur, weil ich dachte, ich könnte mich revanchieren. Du hast dich für mich eingesetzt."

„Annie. Schätzchen!"

Sie zuckte zusammen. Nun war sie wieder sein ‚Schätzchen', nicht mehr ‚Schatz'.

„Vergiss es, das war eine blöde Idee. Außerdem muss ich morgen früh aufstehen für meinen Flug. Ich bin dir dankbar für das, was du getan hast, Ryan. Es war eine großartige Möglichkeit, sich für Las Vegas aufzuwärmen."

Als sie sich vorstellte, morgen das Flugzeug zu besteigen, rollte eine plötzliche, mächtige Woge der Einsamkeit durch sie hindurch. Schmerz und Wut folgten gleich darauf.

Er hatte all die Dinge zu ihr gesagt, um sie zum Höhepunkt zu bringen, aber er hatte keines davon so gemeint. Natürlich nicht! Er war Kyle gewesen. Sie war dumm, wenn sie etwas anderes dachte.

„Annie, das kann nicht dein Ernst sein. Du hast immer noch vor, nach Las Vegas zu fahren? Denn ich verstehe nicht–"

„Du brauchst das nicht zu verstehen." Sie gab ihr Bestes,

ihren Tonfall leicht und locker zu halten, obwohl es ihr innerlich Schmerzen bereitete. Schmerzen der Sehnsucht nach *ihm*. Was ja das genaue Gegenteil von dem war, worum es bei dem Ziel, unanständig zu sein, eigentlich gehen sollte. „Dies ist für mich, hier geht es um mich. Ich muss mir selbst etwas beweisen. Ich will zur Abwechslung einmal abenteuerlustig sein. Und es gibt nichts, was du oder irgendjemand anderer tun kannst, um mich davon abzuhalten."

„Aber—"

„Ich werde jetzt schlafen. Ich wünsch dir eine gute Nacht, und ich werde später mit dir sprechen, okay?"

„Annie—"

„Gute Nacht, Ryan", sagte sie und unterbrach die Verbindung, ehe er die Schluchzer hören konnte, die auf einmal aus ihrem Inneren hervorbrachen.

KAPITEL FÜNF

ALS RYAN EIN KIND WAR, nahmen ihn seine Großeltern an eine Stelle am Fluss mit, in der Gegend, wo er wohnte. Sie angelten und Ryan rannte herum, spielte und kletterte auf die Felsen. Wenn es warm genug war, tauchte er in den Fluss und kühlte sich ab. Seine Großmutter hatte alles für ein Picknick vorbereitet, das sie in einer kleinen Höhle aufbaute, die vor den tosenden Elementen geschützt lag. Sie war eine ausgezeichnete Köchin, und diese Nachmittage gehörten zu den schönsten Zeiten, die er je erleben durfte. Seit dem Sommer, in dem er vierzehn wurde und sein Großvater starb, war er nicht mehr dort gewesen. Manches Mal hatte er daran gedacht, wieder dorthin zurückzukehren, aber es war einer jener Orte, zu denen man mit Menschen kommt, die man liebt.

In seinem Traum war er mit Annie dort, und es war Nacht. Sie hatten ihr Picknick-Abendessen gegessen, lagen auf dem Rücken und schauten hinauf zum Sternenhimmel. Er erklärte ihr die verschiedenen Sternbilder und erfand dazu Geschichten, sie lachte über seine witzigen Erzählungen. „Mir ist heiß. Ich glaube, ich gehe ein wenig schwimmen. Willst du mitkommen?"

„Ich habe keinen Badeanzug dabei", sagte Annie.

Ryan hatte bereits begonnen, sich auszuziehen. „Du brauchst keinen Badeanzug", meinte er. „Ich habe auch kein Badezeug dabei."

Annie blickte ihn seltsam an. „Schwimmst du in deiner

Unterwäsche?"

„Nö. Ich gehe im Adamskostüm."

Er war schon bis auf die Boxershort ausgezogen. Mit einem Grinsen kletterte er über die Felsen, die sie vom Fluss trennten. Dann zog er die Boxershort aus und bemerkte sogar in seinem Traum, dass er ein gewagtes Risiko einging. Er spritzte herum, nachdem er in den Fluss gewatet war, versuchte, ihre Aufmerksamkeit auf sich zu ziehen. Schließlich sah er, dass sie aufstand und über die Felsen schaute.

„Es ist erfrischend", berichtete er. „Du solltest auch reinkommen. Du wirst es nicht bereuen."

„Nackt?", rief sie. „Nein, danke."

„Dann lass einfach deinen BH und deinen Slip an. Sie decken genauso viel ab wie ein Bikini, nicht wahr?"

Ihr Kopf verschwand. Einige Minuten später tauchte sie wieder auf, und zu seiner Überraschung trug sie nur einen roten Spitzen-BH und ein winziges rotes Höschen. Sie war kurvig gebaut und wunderschön, so wie sie vor ihrer Gewichtsabnahme war. Sie hatte genau die Rundungen, die er liebte. Ihr hübscher Bauch sah so aus, wie er ihn sich immer vorgestellt hatte. Weich. Einladend.

„Also kommst du rein?", fragte er.

„Nein, ich wollte einfach nur so in meiner Unterwäsche herumstehen."

„Damit bin ich auch einverstanden", meinte er mit einem Grinsen.

Annie streckte ihm die Zunge heraus und steuerte auf das Wasser zu. Im Mondlicht sah sie fantastisch aus, und er musste aufpassen, dass er nicht zu ihr hinüberschwamm und sie in seine Arme nahm. Sie watete langsam ins Wasser, und als er auf sie zuging, sagte sie: „Nein. Du bleibst weg, Mister Nackedei."

„Ach, komm schon, Annie!", rief Ran schmollend. „Ich möchte nur einen ganz kleinen Kuss."

„Bleib weg!", schrie sie und spritzte in seine Richtung.

Er ging weiter auf sie zu, während sie ihn anspritzte und mit jedem Schlag kühner wurde. Der Abstand zwischen ihnen schrumpfte immer mehr zusammen, und sein Schwanz schwoll gegen das heranspritzende Wasser immer mehr an. „Ich scherze nicht", sagte sie, aber sie lachte.

Ryan wollte sie packen, aber sie trat einen Schritt zurück, stolperte und fiel ins Wasser. Ryan tauchte unter und trug sie an die Oberfläche zurück.

„Oh, Gott, Annie! Es tut mir so leid!", sagte er, wobei er sich schrecklich fühlte, weil er ihren Sturz verursacht hatte. Er dachte, sie weinte. Ihre Schultern zitterten, und ihr Haar hing ihr ins Gesicht. Sie strich es zurück über ihre Schultern, und da konnte er sehen, dass sie lachte. Er war so erleichtert, dass er, ohne überhaupt nachzudenken, sie küsste.

Es war kein freundschaftlicher Kuss. Es war ein harter Kuss, einer, der leidenschaftlich geworden wäre, hätte er ein paar Sekunden länger gedauert. Sie wich zurück, und er konnte sehen, wie sich ihre Brust hob und senkte.

„Es tut mir leid—"

„Mir nicht", sagte sie, dann bedeckte sie seinen Mund mit ihrem.

Ryans Herz schlug vor lauter Aufregung schneller, er legte seine Arme um ihre Taille und zog sie näher an sich heran. Er konnte nicht glauben, dass er sie so nah an sich gedrückt hielt, wobei sich seine nackte Brust an ihren nassen, spärlich bekleideten Körper presste. Nach all der langen Zeit hatte sie ihn geküsst. Sie begehrte ihn.

Ihre harten Brustwarzen strapazierten den Stoff des BHs, und seine Erektion übte Druck auf ihren geschmeidigen Oberschenkel aus. Ihre Lippen teilten sich etwas, und er verstand dies als Einladung. Seine Zunge schlängelte sich in ihren warmen Mund und begann ihre Erkundung. Ihre Zunge fing auch an, sich zu bewegen, verwob sich mit seiner, während er mit seinen Händen auf der seidigen, nassen Haut ihres Rückens hinauf und hinunter streichelte. Dabei kam er am Träger ihres BHs vorbei, unsicher, was sein nächster Schritt jetzt wohl sein sollte. Annie nahm ihm diese Entscheidung ab. Sie hakte den Vorderverschluss ihres BHs auf.

Ryan unterbrach den Kuss, um zuzusehen, wie ihre großartigen Brüste aus dem roten BH hervorquollen, die Brustwarzen hart wie die Kiesel im Fluss unter seinen Füßen. Er bog ihren Rücken leicht zurück und konnte somit mit seinen Lippen einen guten Halt an ihrer bombastischen Brustwarze finden.

Annie erbebte und wölbte ihren Rücken, um ihm besseren Zugang zu gewähren. Ryan saugte gierig und ließ gleichzeitig seine Zunge um die Brustwarze kreisen. Mit seiner Hand glitt er an ihrem Kreuz entlang hinunter, bis er eine Pobacke ergreifen konnte, die er dann knetete. Annie stöhnte auf, und ihre Hüften zuckten. Sie packte sein nasses Haar, zog ihn an ihre Brust . . . spornte ihn an, weiterzumachen. Langsam brachte er sein Bein hoch und ließ es zwischen ihre Beine gleiten. Dabei konnte er die Hitze spüren, die von ihrer Muschi ausstrahlte, während er gegen ihren Venushügel drückte. Eine ihrer Hände wanderte zu seiner Brust, und ihre Fingernägel zogen leichte Spuren über seine harten Muskeln, hinunter bis zu seinem Bauch und langsam in Richtung seines–

Der schrille Ton seines Weckers riss Ryan in den Wachzustand. Eine Minute lang starrte Ryan an die Zimmerdecke, mit keuchendem Atem und schmerzendem Körper, der sich nach Annies Berührung sehnte.

Verdammt, daran konnte er sich erinnern. Diese Träume! Die Gefühle von Frustration und Verlangen nach etwas, das er nie haben würde. Jahrelang hatte er mit diesen Gefühlen gelebt, ehe er letztendlich akzeptiert hatte, dass Annie nicht dasselbe für ihn empfand wie er für sie. Das war schon damals in der High School so gewesen. Oder zumindest im College. Verdammt, vielleicht hatte er es nie wirklich akzeptiert, erst seit ein paar Jahren.

Aber der Punkt war, letztendlich hatte er es doch akzeptiert und zwar bevor er etwas Dummes getan hatte, wie zum Beispiel ihr zu sagen, was er wirklich empfand.

Gerade nochmal davongekommen!

Letzten Endes hatte alles doch noch hingehauen.

Auch wenn Annie sich zu ihm hingezogen fühlte und sie beide sich ihren Gefühlen gemäß verhalten hätten, hätte er sie am Ende doch enttäuscht. Verletzt. Wie sich im Laufe der Zeit bereits herausgestellt hatte, fiel es Ryan schwer, sich festzulegen, ob es auf ein Hauptfach im College war, auf eine Berufslaufbahn oder auf eine romantische Beziehung. Andererseits hatte er nie Mühe gehabt, sich bei seinen Freunden festzulegen, wahrscheinlich weil er solchen Freundschaften zugeneigt war, die besonders unproblematisch waren.

Annies Freundschaft war bei weitem das Unproblematischste gewesen, auf das er sich je festgelegt hatte.

Also warum jetzt? Warum war er genau jetzt wieder an dem Punkt, wo alles begonnen hatte–Annie so sehr zu begehren, dass es wehtat?

Oh ja, richtig!

Ihre Liste der unanständigen Dinge.

Der Kuss.

Der superheiße Telefonsex.

Ächzend schloss Ryan die Augen und legte seine Handflächen auf seine Augenhöhlen.

Es hatte ihn Stunden gekostet, bis er nach ihrem Telefonanruf letzte Nacht eingeschlafen war, und der einzige Grund, warum es letztlich doch noch geklappt hatte, war, weil er nachgegeben hatte und sich doch einen runtergeholt hatte.

Zu Fantasievorstellungen mit Annie.

Mit einem Ächzen setzte er sich in seinem Bett auf und schaute mit trüben Augen auf die Uhr auf seinem Nachttisch. Fünf Uhr in der Früh. Er hatte fünfundvierzig Minuten bis er seinen

Kumpel Cole im Fitness-Studio treffen würde, um zu trainieren. Cole lebte in L.A. und betrieb zusammen mit ihrem gemeinsamen Kumpel Luke eine private Sicherheitsfirma namens Frontline Inc. . Die Geschäfte liefen gut und immer besser, sodass sie bereits darüber nachdachten, eine zweite Filiale in San Francisco zu eröffnen. Cole hatte die vergangenen Tage damit verbracht, mögliche Klienten zu treffen, und sie hatten vereinbart, sich heute zu einem gemeinsamen Training zu treffen, ehe Cole wieder zurück nach Süden flog.

Ryan stieß einen Atemzug aus. Das Letzte, worauf er jetzt Lust hatte, war Gewichte stemmen. Aber es war auch nicht so, dass er das tun konnte, was er wirklich tun wollte.

Er starrte hinunter auf die harte Zeltstange, die das Bettlaken anhob. Gott, dieser Traum, den er von Annie gehabt hatte, war relativ harmlos gewesen, aber dieser Zustand seiner ständigen Erregung, den er seit des besagten sexy Telefonanrufs letzte Nacht hatte, grenzte schon ans Groteske. Auch wenn er versucht hatte, ein wenig auf Abstand zu gehen, indem er so getan hatte, als wäre er der Mann ihrer Fantasievorstellung, Kyle, hatte er doch seinem eigenen Körper nichts vormachen können. Die Geräusche ihres Atmens, Stöhnens und ganz deutlich auch ihres Höhepunktes hatten seine sexuellen Fantasien von ihren guten Zeiten wieder aufleben lassen.

Er konnte immer noch ihre heisere Stimme hören, als sie ihm gesagt hatte, wie sie sich selbst berührte. Konnte immer noch ihre Lustschreie hören, als sie seinen Anweisungen gefolgt war, ihre Brüste zu berühren, an ihren Brustwarzen zu ziehen und sich selbst mit den Fingern zu ficken.

Sie war wahnsinnig sexy gewesen. Und als sie vorgeschlagen hatte, dass er zu ihrem Apartment zurückkommen solle, um noch unanständigere Dinge mit ihr zu tun, hatte er bereits nach seinen Schlüsseln gegriffen, ehe er sich gezwungen hatte, zu erstarren.

Sie machte anscheinend gerade eine besonders verletzliche

Phase in ihrem Leben durch–wenn sie dieses ‚Terrain sondieren'
wollte–wobei Ryan aber nicht derjenige war, den sie wollte, sonst
hätte sie ihn ja nicht ausgerechnet am Vorabend ihres fick-nen-
Fremden-in-Vegas-Trip zum allerersten Mal angemacht. Noch
dazu nachdem er ihr geholfen hatte, zu einem Höhepunkt zu
kommen mit ihrem Fantasie-Typen Kyle.

Wer *verdammt* nochmal war Kyle?

Wenn er zu ihrem Apartment zurückgekommen wäre, wäre
er bloß ein Ersatzmann für ihre Fantasievorstellung gewesen, eine
Annehmlichkeit, nichts weiter als ein warmblütiges Sex-Spielzeug. Das war nicht das, was er von ihr wollte, und es wäre auch
nicht wert gewesen, deswegen ihre Freundschaft aufs Spiel zu
setzen.

Deshalb war es darauf hinausgelaufen, dass er sie stattdessen
abgelehnt hatte.

„Verdammte Scheiße", murmelte er, als er aufstand und ins
Badezimmer eilte.

Er beugte sich über das Waschbecken und starrte mit ver-
schwommenen Augen sein Spiegelbild an. „Du hättest mal lieber
nicht diese eine gute Beziehung, die du je gehabt hast, vermasseln
sollen, Hennessey!", sagte er.

Eine Stunde später hatte er es zum Fitness-Studio und aufs
Laufband geschafft, auf das neben dem, auf dem Cole bereits
rannte. Um sie herum hoben Männer und Frauen Gewichte, trai-
nierten an verschiedenen Herz-Kreislauf-Maschinen und boxten
in Sandsäcke. Es ging hier recht ernsthaft zur Sache, und Cole
war ein konzentrierter Übungspartner. Weil er ein privater Bodyguard war, war es für ihn ein wesentlicher Bestandteil dessen, wie
er sich definierte, und das galt auch für Ryan.

„Hast du irgendetwas Neues von Eric gehört?", fragte Cole.

Während des Laufens trank Ryan einen Schluck aus seiner
Wasserflasche, schluckte und antwortete dann: „Nö. Es ist mehr
als seltsam. Er hat Brianne geliebt, seit dem Tag, an dem er sie

sah."

„Wir alle lieben Brianne", sagte Cole zwischen zwei Atemzü-
gen. „Vielleicht ist genau das das Problem."

„Was meinst du?"

„Wir lieben Brianne, weil wir sie schon so lange kennen. Vielleicht erkannte Eric, dass er nicht an dieselbe Frau gekettet sein
wollte, mit der er schon seit dem College beisammen war."
Mit anderen Worten, romantische Liebe hielt nicht dauerhaft
an. Nicht so wie Freundschaft anhielt. „Vielleicht. Ich nehme an,
dass wir die Wahrheit erst erfahren werden, wenn er wieder auftaucht oder mit einem von uns Kontakt aufnimmt."

Erics Verschwinden hatte sie alle ziemlich verwirrt. Klar, ihre
Clique war nicht mehr so eng befreundet wie zu College-Zeiten,
aber es gab doch eine tiefe Verbindung untereinander, die sie zusammenhielt. Ähnlich der Verbindung, die er mit Annie hatte. Er
wusste nicht, was er tun sollte, falls Annie sich plötzlich aus dem
Staub machen würde, in die weite Ferne.

Es hatte den Anschein, dass Annie durch die Gewichtsabnahme sich nicht nur äußerlich, sondern auch innerlich verändert
hatte.

Irritiert, wohin seine Gedanken wieder abdrifteten, stellte er
die Geschwindigkeit des Laufbandes höher und sprintete, bis ihm
der Schweiß aus allen Poren tropfte. Ja, das war genau richtig, er
würde sich Annie aus dem Leibe schwitzen.

Aber dreißig Minuten später, nach dem Laufband, als er eine
Langhantel über seinem Kumpel Cole in die Höhe hielt, der gerade seine Position auf der Sitzbank zum Gewichtheben einnahm,
hatte Ryan immer noch Annie auf dem Schirm. Verdammt!

„Könntest du die Hantel etwas höher halten?", fragte Cole.

„Mach ich", antwortete Ryan und konzentrierte sich auf die
schwere Langhantel. Doch seine Gedanken wanderten schon
wieder zu Annie, und die Hantel entglitt ihm–nur ein wenig, aber
es reichte aus, um Cole ruckartig wieder aufrecht sitzen zu lassen,

mit loderndem Blick.

„Trottel! Willst du mir vielleicht sagen, warum–oder we-gen wem–du so abgelenkt bist? Ich vermute, der Grund ist ein Mädchen."

Ryan ließ das schwere Gewicht auf die Halterung sinken und rieb sich mit einer Hand über das Gesicht. „Ja, das könnte man so sagen."

„Samantha? Ich dachte, du hast mit ihr Schluss gemacht, so wie du immer mit allen Schluss machst."

Der Kommentar schmerzte ein wenig. Er machte nicht mit al-len Frauen Schluss, mit denen er ausging–manche verließen auch ihn, wenn sie merkten, dass er sich nicht enger binden wollte.

„Ich hab nicht mit ihr Schluss gemacht. Es beruhte auf Gegensei-tigkeit. Aber du hast Recht. Ich treffe mich nicht mehr mit ihr."

Ryan wischte sich den Schweiß von der Stirn und setzte sich auf die Bank neben Cole.

„Also wer ist . . ." Plötzlich leuchtete Verständnis in Coles Au-gen auf. „Ach! Geht es etwa um Annie?"

Überrascht wandte Ryan seinen Blick und traf Coles gleichbleibend festen Blick. „Woher weißt du das?"

Cole zuckte die Achseln. „Dieses Mädchen bedeutet dir mehr als all deine anderen Freundinnen zusammen. Und du legst so eine beschützende Art an den Tag. Dazu kommt gleichzeitig noch deine Denk-ja-nicht-an-ihre-Titten-Mentalität."

Ryan schaute ihn finster an.

„Es ist wahr", sagte Cole. „Witzig allerdings, wie diese beiden immer Hand in Hand auftauchen. Zum ersten Mal ist mir das im College aufgefallen, als Annie zu Besuch kam und du keinem von uns erlaubt hast, sie zu fragen, ob sie ausgehen wolle. Du hast ge-sagt, keiner von uns sei gut genug für sie. Aber seit Jahren ist klar, dass du nicht findest, dass *du* gut genug für sie *bist*. Zumindest nicht gut genug, um sie zu halten oder flachzulegen und mit ihr befreundet zu bleiben."

„Pass auf, was du sagst!", warnte ihn Ryan.

Cole lachte. „Siehst du? Schon wieder! Du willst sie beschützen, und je mehr du sie beschützen willst, desto mehr willst du sie ficken. Aber du weigerst dich, selber so zu denken, deshalb quälst du dich selbst. Es ist ein grausamer, endloser Teufelskreis, Alter!"

„Du weißt nicht, wovon du sprichst."

„Wirklich? Warum erzählst du mir dann nicht, was dich so auf die Palme gebracht hat?"

Ryan konnte nicht. Er würde Annies Vertrauen missbrauchen, wenn er jemandem von ihrer Liste der unanständigen Dinge erzählen würde. Aber . . .

„Sie fliegt heute nach Las Vegas. Allein."

„Warum ist sie . . ." Wieder blitze dieser Ausdruck von Erkenntnis auf dem Gesicht seines Kumpels auf. „Ah! Ein wenig wie du mir, so ich dir, vielleicht?"

„Wie bitte?"

„Letzte Woche warst du in Vegas wegen dieser Junggesellenparty. Vielleicht stellt sie sich vor, dass du dort all jene Dinge tun konntest, die sie so verdammt sauer machen, und deshalb will sie es dir mit gleicher Münze heimzahlen?"

Diese Idee erstaunte Ryan. Das war doch nicht möglich! Annie spielte doch solche Spielchen nicht. Naja, die alte Annie jedenfalls nicht. Diese neue Annie hatte ihm nicht einmal gesagt, dass sie nach Vegas fuhr.

Cole reichte ihm eine Wasserflasche. Ryan starrte sie an.

„Du weißt, dass sie ziemlich viel abgenommen hat in letzter Zeit", begann er langsam.

Nickend sagte Cole: „Ja, sie ist jetzt schon ziemlich dünn–ich mochte sie mit etwas mehr Fleisch auf den Knochen. Aber ich muss zugeben, sie schien sehr verändert zu sein auf der Hochzeit. Selbstbewusster. Sie fliegt also nach Vegas, um genauer herauszufinden, was ihr neuer Körper für sie tun kann?"

„Kann sein", grummelte Ryan. „Ich hab versucht, ihr das auszureden, aber . . ."

Eine geraume Zeit saß Cole einfach nur da, starrte das geschäftige Treiben des Fitness-Studios an. Schließlich sagte er: „Wann fliegt sie ab?"

„In drei Stunden."

„Du weißt, was man sagt . . .", meinte Cole.

Ryan hob den Kopf. „Nein. Was sagt ‚man'?"

„Wenn du sie nicht schlagen kannst, dann schließe dich ihnen an."

„Und das bedeutet?"

„Fahr mit ihr mit! Und während du dort bist, finde heraus, was du willst! Wenn du sie haben könntest, würdest du sie dann wollen?"

Sein erster Gedanke war: Zur Hölle, ja! Annie war wunderschön. Klug. Witzig und freundlich. Alle Frauen, mit denen er sich verabredet hatte, kamen schlecht weg im Vergleich mit Annie. Aber das Problem war, er wollte Annie gerne für ein ganzes Leben, und um das sicherzustellen, war es am besten, wenn man Sex aus der ganzen Sache heraushielt. „Ich möchte bloß ihr Freund sein."

„Aber wenn du mehr sein könntest?"

„Sie ist an mir nicht auf andere Weise interessiert, bloß an Freundschaft", sagte Ryan. „Das war schon in der High School so, und jetzt ist es auch so. Sie hat es selbst gesagt. Sie wolle ‚das Terrain sondieren', und ein Mädchen, das so etwas vorhat, ist jemand, der bereit ist, augenblicklich weiterzuziehen. Wie du bereits klar gestellt hast, ist das eigentlich die standardmäßige Vorgehensweise für mich. Letzten Endes wäre es für einen von uns beiden nicht genug, und damit würde ich sie für immer verlieren." Dieses Risiko war es nicht wert. „Lass uns von etwas anderem reden. Gibt es irgendwelche Neuigkeiten an der Immobilienfront?"

Cole hatte seinen eigenen Wohnsitz in der Innenstadt von

L.A., aber das Haus seiner Mutter, das in einem der umgebenden Vororte lag, zu verkaufen, hatte er immer vor sich hergeschoben. Seine Mutter war vor drei Monaten an Brustkrebs gestorben. Auch wenn er nicht davon sprach, so hatte er doch eine recht enge Bindung zu seiner Mutter gehabt, die ihn allein großgezogen hatte. Cole würde noch lange Zeit um sie trauern, aber das Haus zu verkaufen würde bedeuten, dass er einen wichtigen Schritt nach vorne gemacht hätte.

„Noch nichts", sagte Cole. „Ich habe mir so viel Zeit frei genommen, als sie–du weißt schon, als sie so krank war–und auch danach. Ich kann nicht alles Luke überlassen, dass er mit allem allein klarkommen muss." Er stand auf und drehte sich bei dem Geräusch von mädchenhaftem Gekicher um. Auf den Laufbändern waren einige junge Frauen, die Cole und Ryan zuwinkten.

Ryan schmunzelte. „Sieht so aus, als hättest du einen Fanclub."

„Das ist wegen dir. Sie wollen etwas Feuerwehr-Mann-Liebe", erwiderte Cole.

„Nein, sie wollen sicher etwas Motorrad-Fahrer-Aktion. Warte mal! Ich glaube, ich kann ihre Lippen lesen." Er sprach leise, aber mit einem leicht mädchenhaften Tonfall. „Schau dir den an, der mit all diesen Tattoos. Oh . . . er ist *sooo* traumhaft! Stell dir nur mal vor, wie es sich anfühlen würde, all diese harten Muskeln zu berühren. Diesen Kinnbart auf deiner Haut zu spüren. Auf seinem . . . *Motorrad* zu fahren."

Cole schnaubte. „Hör schon auf, verdammt nochmal! Und da du dich ja anscheinend einen Teufel um mich scherst, werde ich mich um dich kümmern. Ich will nicht in einem Hochhaus feststecken, wenn ein Feuer ausbricht, und mir dann Sorgen machen müssen, ob dein fetter Arsch es wohl bis zum obersten Stockwerk schaffen wird, um mich zu retten."

Ryan grinste und machte mit seinem Training weiter. Da müsste schon die Hölle einfrieren, ehe Cole jemanden bräuchte, der ihn retten müsste. Er wäre der Erste, von dem Ryan sich auf den Rücken nehmen lassen würde. Und es war auch nicht so, dass Cole viel Muskelmasse hatte und kein Herz. Jedes zweite Wochenende organisierten seine Motorradfreunde und er ein Rennen für irgendeinen guten Zweck. Meistens war es für eine wohltätige Organisation für Kinder, in der letzten Zeit machten sie auch Fahrten, um auf Krebs aufmerksam zu machen. Vor zwei Wochen hatten Cole und seine knallharten Bikerfreunde heiße, pinkfarbene Brustbinden getragen, um die Aufmerksamkeit für Brustkrebs zu schärfen.

Cole blickte wieder auf die Mädchen zurück, als er sich nach Ryan umschaute.

„Warum gehst du nicht einfach rüber und sagst hallo?", meinte Ryan.

„Nö. Sie sind süß, aber ich habe keine Zeit, mich in irgendetwas einzulassen."

„So wie sie dich ansehen, könnten sie auch auf eine Mitfahrgelegenheit aus sein."

Cole kicherte. „Nicht einmal dafür habe ich Zeit. Du, dagegen, hast das ganze Wochenende frei."

Ryan zog eine Augenbraue hoch. „Du schlägst vor, dass ich rübergehen und sie anquatschen soll?"

„Nö. Ich weiß, dass du nicht interessiert bist. Und irgendetwas sagt mir, dass du auch keine Zeit für sie haben wirst."

„Wie das?"

Cole warf Ryan ein Handtuch zu. „Du wirst dich ziemlich ins Zeug legen müssen, wenn du diesen Flug nach Vegas noch erwischen willst."

KAPITEL SECHS

DER ERSTE FLUGAUFRUF FÜR ANNIES Flug hallte durch den Flughafen von San Francisco. Alle Leute um sie herum versuchten, sich in eine gute Position zu drängeln, obwohl es auf dem Flug zugewiesene Sitzplätze gab.

„Uff!", grunzte Annie, als sie sich bückte, um ihre Reisetasche anzuheben und von einer ziemlich unachtsamen Gruppe von Reisenden zu entfernen. Nachdem sie abgenommen hatte, hatte sie ihre Klamotten zusammengepackt und zu einem örtlichen Obdachlosenheim gebracht; dann hatte sie sich neue, figurbetonende Kleidung gekauft, um ihr neues Aussehen hervorzuheben. Aber enganliegende Jeans bedeuteten genau das–enganliegend. Und sich in Hosen vorzubeugen, die sozusagen auf den Körper gemalt waren, erwies sich als ausgesprochen schwierig.

Und natürlich hatte sie noch allerhand anderes Zeug in ihre Reisetasche gestopft.

Aber nicht ihr neues Spielzeug.

Das hatte sie tief in ihren Reisekoffer gesteckt, der vermutlich mittlerweile irgendwo im Bauch des Flugzeugs war. Auf keinen Fall würde sie riskieren, dass die Angestellten der Sicherheitskontrolle des Flughafens dieses Spielzeug herausziehen könnten, damit es jeder sehen könnte.

Ihr Magen krampfte sich zusammen, und eine Woge der Panik überspülte sie. Würde sie sich tatsächlich trauen, in Las Vegas unanständige Dinge zu tun? Neben ihr stand eine junge Frau mit einem Latte Macchiato in der Hand und plauderte mit einer nahezu identischen Frau. Beide Mädchen waren in der Mitte ihrer zwanziger Jahre und trugen Designer-Kleidung, die ihren spindeldürren Körpern wie angegossen passte. Eines der Mädchen erzählte davon, wie sie am Abend zuvor flachgelegt worden war und wie fantastisch es gewesen war.

Annie konnte sich kaum mehr an das letzte Mal erinnern, als sie flachgelegt worden war. Ryan hatte ihr in der Nacht zuvor durch Schmeichelei recht leicht einen Orgasmus entlocken können, doch das war ein Gefallen gewesen, und es war ja nicht so, dass sie das noch einmal tun würden. Vielleicht war Sex mit einem Fremden genau das, was sie brauchte. Damit wären keine Erwartungen verknüpft. Keine verwirrenden Gefühle. Einfach heißer, verschwitzter Sex, einzig und allein aus Spaß am Vergnügen.

Jep, dieser Trip würde wirklich den Wendepunkt bei ihrer Verwandlung markieren.

Letzte Nacht, als sie zum Klang von Ryans Stimme diesen gewaltigen Höhepunkt erlebt hatte, hatte sie endlich den Mut aufgebracht, ihn zu sich einzuladen. Um ihm ihren Körper anzubieten. Aber er hatte sie nicht gewollt. Das war durch sein Schweigen als Antwort deutlich geworden. Offensichtlich hatte der arme Kerl versucht, sich eine Möglichkeit zu überlegen, wie er sie freundlich ablehnen könnte. Gott, wie demütigend! Sie hatte die nächsten paar Stunden damit verbracht, diese Verlegenheit wieder und wieder zu erleben, was zu einem ruhelosen Nachtschlaf geführt hatte.

Aber das lag nun alles hinter ihr. Sie würde ihren Plan jetzt durchziehen, über ihn hinwegkommen und nicht mehr all diese widerstreitenden Gefühle durchleiden müssen.

Die Durchsage, dass ihre Gruppe nun an Bord gehen sollte, erklang laut und deutlich. Sie schulterte ihre Reisetasche und stellte sich hinter den beiden jungen Frauen an. In ihrer rückwärtigen Hosentasche summte ihr Handy. Sie zog es heraus und sah, dass es eine Nachricht von Ryan war.

Sofort waren ihre Gedanken und ihr Körper wieder da, wovon sie sie eigentlich pflichtschuldigst abgehalten hatte, hinzuwandern–nämlich bei der letzten Nacht. Als Ryans heisere Stimme sie gefragt hatte, was sie anhatte, und sie gebeten hatte, sich selbst zu berühren. Trotz der Umstände hatte es sich so natürlich angefühlt–so *richtig*–aber letztendlich hatte ihr dies alles eine Lektion erteilt: je mehr Ryan ihr gab, desto hungriger wurde sie. Sie musste die Dinge zwischen ihnen unbedingt auf einem freundschaftlichen Level halten.

Während sie sich zusammen mit ihrer Gruppe vorwärts Richtung Gangway bewegte, las sie seinen Text:

Bist du okay?

Sie zögerte nur eine Sekunde, ehe sie antwortete. Klar.

Letzte Nacht . . .

Sie hielt den Atem an. Wartete. Aber als kein weiterer Text kam, erwiderte sie: Hat zwischen uns absolut nichts geändert.

Bist du sicher? Ich möchte nicht, dass die Dinge zwischen uns eigenartig werden.

Sie schloss die Augen. Er *fühlte* sich eigenartig. Das war offensichtlich. Und sie hatte auch bereits gewusst, wie er sich heute Morgen fühlen würde. War er betrunken gewesen? War das der einzige Grund gewesen, warum er fähig gewesen war, so mit ihr zu sprechen, wie er es getan hatte?

Das wird nicht der Fall sein, schrieb sie. Aber können wir das unter Verschluss halten?

Du willst vorgeben, es wäre nicht passiert?

Es ist nicht passiert. Nicht zwischen uns. Es war zwischen mir und Kyle, und dabei will ich es auch belassen. Okay?

Wenn du es so willst.

War es nicht das, was *er* wollte? Aber ehe sie antworten konnte, schrieb er schon wieder.

Kann ich dennoch eines sagen?

Oh Gott, dachte sie. Wollte er versuchen, die Stimmung auf-
zuhellen? Witze darüber reißen, wie sie geklungen hatte? Sie aufziehen, wie absolut lächerlich sie sich gemacht hatte? Sie wappnete sich.

Okay.

Du warst unglaublich. Verdammt sexy. Du hast mehr Unanständigkeit in dir als du denkst.

Sie konnte nicht antworten. Sie starrte den Text an und fühlte
Funken von Freude und kribbelnde Erregung, zerdrückte sie aber
fest entschlossen.

Du hast so wunderschön geklungen wie ich weiß, dass du ausgesehen hast. Danke, dass du mir vertraut hast.

Danke, dass du versucht hast, mir zu helfen, schrieb sie
schließlich.

Versucht hast? Also willst du immer noch nach Las Vegas?

Sie lächelte leicht, da sie sein Stirnrunzeln in seinen Worten
praktisch hörte. Ja. Ich kann jetzt nicht mehr zurück.

Ich kann dich nicht umstimmen?

Nein. Und jetzt hör auf, mich zu belästigen! ☺

Ich bin um dich besorgt. Las Vegas kann ein gefährlicher Ort
sein.

Sie seufzte. Sie verstand. Ryan war ein guter Freund–gut genug, dass er sich dazu gezwungen hatte, Telefonsex mit ihr zu haben, um Gottes willen–und er war um sie besorgt.

Die Menschenschlange vor ihr bewegte sich weiter und sie mit
ihr, bis sie plötzlich vor dem Flugzeug stand. Sie müsste zurück-
schreiben, aber gerade jetzt musste sie ihren Sitzplatz finden. Sie
musste mehrere Minuten hinter anderen Leuten warten, bis diese ihre Reisetaschen in den Gepäckablagen verstaut hatten, aber
schließlich hatte sie ihren Fensterplatz im hinteren Teil des Flugzeugs erreicht. Glücklicherweise waren die plappernden jungen
Frauen, die sie vorher etwas genervt hatten, irgendwo im vorderen Teil platziert. Das Flugzeug war nicht überfüllt, und sie war

erfreut, dass es einige freie Sitze um sie herum gab.

Sie schob ihre Reisetasche auf die Gepäckablage über ihr und machte es sich in ihrem Sitz gemütlich. Als der Flugzeugmotor startete, schrieb sie Ryan zurück.

Ich finde toll, dass du dich um mich sorgst, aber es muss sein– Las Vegas. Die Liste der unanständigen Dinge. Es gibt nichts, was du tun kannst, um mich aufzuhalten.

„Vielleicht kann ich dich nicht aufhalten, aber ich kann mich auf jeden Fall dir anschließen."

Annie versteifte sich und schnappte nach Luft, zuckte ungläubig zusammen, als sie sah, dass Ryan über ihr aufragte. Er trug eine Baseball-Cap, abgetragene Jeans, ein blaues Henley-Hemd und ein breites Grinsen.

„Wa-Was tust du hier?", brachte sie erstickt hervor. Das konnte doch nicht wahr sein! Sie fürchtete, den Verstand zu verlieren, und blinzelte mehrere Male. Aber nein, er war immer noch da und grinste wie ein Verrückter.

Oh Scheiße, dachte sie, während ihre Wangen rot anliefen. Wahrscheinlich hatte er ein unerlaubtes Bild von ihr in seinem Kopf herumwirbeln, wie sie gerade mit einem Kissen bumste.

Er verstaute seine Reisetasche und ließ sich auf den Gang-Sitz neben ihr fallen, wobei seine muskulöse Gestalt seitlich über den schmalen Sitz hinausragte.

„Was *tust* du hier?", rief sie aus.

Ryan fummelte am Sicherheitsgut herum. „Wie ich schon sagte, ich schließe mich dir an."

„Was? *Warum?* Du kannst nicht mit mir mitkommen!" Panik, Besorgnis und Verärgerung kämpften jeweils um die Vorherrschaft. Warum um alles auf der Welt war Ryan hier? Und was meinte er damit, er schloss sich ihr an? Wie schloss er sich ihr an?

Schließlich wandte er sich ihr zu. „Da ich dir deinen verrückten Plan nicht ausreden kann, gehe ich mit dir mit als dein Aufpasser."

„Mein Aufpasser?"

„Jep, irgendjemand muss sicherstellen, dass dir nichts passiert. Es hat den Anschein, dass du in letzter Zeit nicht gerade viele Gedanken an deine Sicherheit verschwendest."

Tatsächlich? Er traute ihr nicht zu, ein gutes Urteilsvermögen zu haben, um sich selbst vor Schaden bewahren zu können? Ja, klar, sich einen fremden Mann in Las Vegas auszusuchen und einen One-Night-Stand zu haben, mochte schon gewisse Risiken beinhalten, aber sie hatte vorausgeplant. Sie hatte ihr Hotelzimmer nahe beim Sicherheitsbüro gebucht. Und sie hatte jede Menge Kondome eingepackt.

„Und was schlägst du vor, um meine Sicherheit zu gewährleisten? Wirst du mir überallhin folgen? Mit mir in meinem Hotelzimmer bleiben? Den Hintergrund eines jeden Typen, mit dem ich flirte, überprüfen?"

„An die Hintergrundüberprüfungen hab ich gar nicht gedacht. Hört sich aber nach einer guten Idee an."

„Ryan!" Das war eine entsetzliche Idee. Eine schreckliche Idee! Es ging einfach nicht, dass er mit ihr diese Reise machte. Er würde *alles* ruinieren. Sie sollte endlich über ihn hinwegkommen und sich nicht noch mehr in ihn verlieben, und nach letzter Nacht . . . Wenn er jetzt so nah bei ihr saß und dann noch die Erinnerung an seine heisere Stimme, die ihr sagte, sie solle sich berühren . . .

„Außerdem brauchte ich eine Pause von der Arbeit", sagte er. „Ich habe dieses Wochenende frei, und ich kann meine freie Zeit sogar noch ausdehnen. Es wird Spaß machen, mit dir abzuhängen. Erinnerst du dich an das letzte Mal, als wir zusammen nach Las Vegas gefahren sind?"

Ist doch klar! Immerhin hatte jene Reise sie auch zu diesem Reiseziel inspiriert. Die Mädchen hatten sich nur so auf Ryan gestürzt–er hatte mehrfach Sexangebote an jenem Wochenende bekommen, alle von prachtvollen, jungen, sexy Frauen. Nun wollte sie, dass ihr das Gleiche passieren sollte, damit sie ihr Herz in *dieser* Hinsicht für alle Zeit von ihm befreien konnte.

Sie konnte sich auf dieses große Abenteuer von Unanständigkeit nicht einlassen, wenn ihr bester Freund an ihrer Seite war–genau der Mann, über den sie ja eigentlich hinwegkommen wollte–und Flügelmann spielte.

Zum ersten Mal fiel ihr auf, wie erschöpft und besorgt er aussah. Sie fragte sich, ob wohl mehr mit ihm los war als er letzte Nacht durchblicken hatte lassen. Sie wollte ihn fragen. Sich vergewissern, dass er okay war. Aber nun war wirklich nicht der geeignete Zeitpunkt.

„Ich mache diesen Trip nicht, um abzuhängen und an Glücksspielautomaten zu spielen", sagte sie. „Ich mache das, um mein Leben etwas aufzupeppen. Und es tut mir leid, aber ich brauche dich nicht dazu–und ich will wirklich nicht–dass du mit mir abhängst, während ich versuche, einen Mann kennen zu lernen, mit dem ich mich amüsieren kann."

„Zu schade." Ryan zuckte die Achseln und wandte den Blick ab; dann langte er in die Tasche am Sitz vor sich und holte ein Bordmagazin heraus. „So schaffe ich es, mir meinen Seelenfrieden zu bewahren. Du kannst ja so tun, als sei ich dein Bruder. Wenn ein Typ wirklich Interesse hat, dann wird ihn das nicht davon abhalten, dich anzubaggern. Aber es wird die Arschlöcher davon abhalten, dich abzuschleppen."

Die Flugbegleiterin bat jeden, sich in seinem Sitz anzuschnallen, und schon bald würden sich die Türen des Flugzeugs schließen . . .

„Ich brauche dich nicht bei mir. Ich *will* nicht, dass du mitkommst!" Sie schäumte vor Wut, stieß einen scharfen Atemzug aus und wünschte, dass es wirklich wahr wäre. Sie öffnete seinen Sicherheitsgurt und deutete den Gang hinunter. „Los, steig aus diesem Flugzeug aus! Jetzt!"

„Das wird nicht geschehen", sagte er und blätterte durch die

Zeitschrift, als hätte er ihren Wutausbruch nicht bemerkt.

Sie riss ihm das Magazin aus den Händen. „Ryan Hennessey, ich schwöre . . ."

Plötzlich umfasste er mit seinen Händen ihr Gesicht, sodass ihre Worte erstarben.

„Hör mir zu, Annie!", sagte er. „Wenn du darauf bestehst, mit deinem lächerlichen Plan weiterzumachen, werde ich dir nicht im Weg stehen–verdammt, ich werde dir sogar helfen, einen Typen auszusuchen, den du bumsen kannst, wenn du willst–aber ich *werde* sicherstellen, dass du unverletzt und unversehrt wieder nach Hause kommst." Er beugte sich vor und gab ihr einen sanften Kuss mit geschlossenem Mund. „Darauf kannst du Gift nehmen!"

NACHDEM SIE GESTARTET WAREN, VERSUCHTE Ryan, seine langen Beine auszustrecken, was bedeutete, dass er seine Füße unter den Sitz vor ihm schieben musste, nur damit er seine Knie nicht fast im Gesicht hatte. Er blickte zu Annie hinüber, die aus dem Fenster starrte und ihn mit stiller Verachtung strafte. Mit seinen Händen rieb er sich übers Gesicht und fragte sich, ob er einen schlimmen Fehler machte, indem er ihr nach Las Vegas folgte. Würde er sie durch sein Beschützenwollen dermaßen verärgern, dass ihre Freundschaft irreparablen Schaden nahm?

Und wem machte er hier etwas vor? Durch die Vorgänge von letzter Nacht hatte ihre Freundschaft bereits eine gewaltige Veränderung erfahren. Er wusste nicht, was er sich dabei gedacht hatte, mit Annie Telefonsex zu beginnen, und er wusste auch jetzt nicht, was er gerade dachte.

Er wusste nur, dass er sie nicht allein in Las Vegas herumziehen lassen wollte.

Sie starrte immer noch aus dem Fenster, aber ihre Miene war

etwas weicher geworden, so, als wäre sie tief in Gedanken über ihr bevorstehendes Abenteuer versunken, zu tief, als dass sie noch wütend auf ihn sein könnte.

Gott, sie verursachte die Schmerzen in seiner Brust. Annie war klare, reine Schönheit, und sie hatte keine Ahnung, wie sehr er sie begehrte. Natürlich verstand er, dass sie mehr Selbstvertrauen wollte, aber sie sollte nicht versuchen, dies zu erreichen, indem sie vorgab, jemand zu sein, der sie nicht war. Und er konnte auch nicht Coles Fragen in seinem Kopf herumspuken lassen. Annie wollte nicht mehr als Freundschaft von ihm. Denn wenn das Fall wäre, würde sie nicht nach Las Vegas eilen, um flachgelegt zu werden, vor allem jetzt, da er wieder Single war. Sie tat genau das, was sie ihm letzte Nacht gesagt hatte–sie probierte die Wirkung ihres neuen Aussehens aus und wollte etwas Gelegenheitsspaß haben.

Er musste unbedingt praktisch an die Sache herangehen. Er würde Annie von dem Jobangebot erzählen, das er bekommen hatte, aber erst nachdem sie sich mit dem beschäftigt hatten, was mit ihr los war. Sie würden sich etwas mehr anstrengen müssen, um ihre Freundschaft zu pflegen, wenn er weiter weg leben würde, aber sie könnten es dennoch schaffen.

Er wünschte bloß, er könnte sich davon abhalten, daran zu denken, dass er hier und jetzt mit ihr Dinge tun wollte, die über das rein freundschaftliche Maß hinausgingen. Er stellte sich vor, dass sie beide sich ins Badezimmer stehlen würden und–

Herrgott, dachte Ryan und brachte seine Gedanken kreischend zum Anhalten. *Hör auf!* Er wandte sich an Annie, wollte auf andere Gedanken kommen. „Also, wo wohnen wir?", fragte er.

Annie funkelte ihn kurz wütend an, ehe sie sich wieder dem Fenster zuwandte.

„Komm schon, Annie!", drängte er. „Du weißt, dass ich nur

dein Bestes will, nicht wahr?"

Er sah ihr zu, wie sie sich umdrehte und ihn anstarrte, deshalb wiederholte er: „Nicht wahr?"

Ihr versteifter Körper schien sich ein wenig zu entspannen, und sie seufzte. Sie rieb sich die Schläfe. „Ich weiß das, Ryan. Du bist ein guter Freund. Mein *bester* Freund. Aber ich bin eine erwachsene Frau. Und du behandelst mich wie ein Kind."

„Ich möchte lediglich mehr Zeit mit dir verbringen, Annie. Zeit, um zu verstehen, was in deinem hübschen Kopf vor sich geht. Ich weiß, dass du kein Kind bist." Er überlegte schnell, was er sagen sollte, um sie zu überzeugen, ihm zuzuhören. „Falls du beschließt, mit deinem Plan weiterzumachen, verspreche ich, mich nicht einzumischen. Wie ich schon sagte, ich werde dir sogar helfen, einen Typen auszuwählen, mit dem du heute Abend flirten kannst. Aber ich muss mich vergewissern, dass du sicher sein wirst. Willst du mir dieses Zugeständnis machen? Bitte?"

Ein Schatten flackerte über ihr Gesicht. „Treasure Island", sagte sie schließlich.

„Was?"

„Das Hotel, wo ich wohnen werde. Also, wirst du auch halten, was du versprochen hast? Dich rauszuhalten? Denn ich werde mehr tun als nur mit einem Typen flirten. Und den Typen kann ich übrigens auch alleine finden."

Er schaute sie an, dann zwang er sich, zu sagen: „Zu Befehl, Kumpel!"

Sie lächelte, und er seufzte dramatisch. „Da ist dieses Lächeln! Du weißt, dass ich es nicht ertragen kann, wenn du wütend auf mich bist. Außerdem glaube ich, habe ich dir letzte Nacht eine Menge Gründe gegeben, um zu lächeln, würdest du das nicht sagen?"

Sie errötete tief, schaffte es aber dennoch, ihn mit zusammengekniffenen Augen anzuschauen. „Das war Kyle, erinnerst du dich?"

„Ja, richtig. Außerdem vergaß ich, das liegt ja unter Verschluss."

Dann zog er sich seine Kappe tief übers Gesicht und meinte: „Ich denke, ich werde ein kleines Schläfchen halten."

Er schloss die Augen und tat so, als würde er eindösen.

Einige Minuten später fragte Annie: „Ryan, was ist los mit dir?"

Er schob seine Mütze mit seinen Fingerspitzen zurück und sagte: „Ich weiß nicht, was du meinst."

„Ich meine letzte Nacht. Den Kuss, den du mir gegeben hast. Den Gefallen am Telefon. Deine Anwesenheit in diesem Flugzeug."

Er quälte sich damit, wie er antworten sollte. Sie spürte offenbar, wie zerrissen er innerlich war, aber sie gab ihm auch keinerlei Hinweis, dass sie mehr von ihm wollte als nur seine Freundschaft.

„Wenn ich mich untypisch verhalte, Annie, dann bloß, weil ich mit dir Schritt halten will."

„Ich suche nach Abenteuer. Wonach suchst du?"

„Wonach ich immer suche. Dein Freund zu sein."

„Ist es das? *Einfach* mein Freund?"

Hatte sie Angst, dass er womöglich versuchen würde, sie anzumachen? Und ihre Chancen verderben würde, mit einem anderen Mann anzubändeln? Verärgerung rauschte durch ihn hindurch. Er hatte doch bereits zugestimmt, sie ihren verdammten Plan durchziehen zu lassen, wenn er sie schon nicht umstimmen konnte. Was wollte sie denn noch? Dass er es mit Blut unterschrieb?

Er zögerte. „Dein Freund zu sein ist das Wichtigste auf der Welt für mich, Annie. Deshalb, ja! Einfach dein Freund. Wie immer."

Sie lächelte angespannt. Nickte. „Das ist auch für mich das Wichtigste, Ryan."

Er erwiderte das Lächeln, zog sich die Mütze wieder übers Gesicht und schloss die Augen.

Aber Frieden war das Allerletzte, was er fühlte.

KAPITEL SIEBEN

B IS DAS FLUGZEUG GELANDET UND das Zeichen für das Schließen der Sicherheitsgurte ausgeschaltet worden war, redeten Annie und Ryan kein Wort miteinander. Gott sei Dank hatte er die längste Zeit des Fluges geschlafen, sonst hätte er sie dabei erwischt, wie sie ihn beäugte. Immer wieder hatte sie den überwältigenden Wunsch, ihn zu berühren–überall–aber was wäre das gewesen? Sie erschauerte, als sie sich vorstellte, dass er aufwachen könnte und sie dabei erwischen würde, wie sie seinen Schwanz streichelte. Außerdem, selbst wenn er gewillt wäre, ihr Kyle-Spiel noch einen Schritt weiter zu treiben, so wäre sie letztendlich doch dasselbe Mädchen, das sie im Spiegel des Waschraums von Finnigans Restaurant gesehen hatte–mit vor Liebeskummer roten, geschwollenen Augen.

Auf keinen Fall! Sie hatte genug davon, diese Frau zu sein.

„Hast du dich ausgeruht?", fragte er.

„Nein. Ich bin zu aufgeregt, um schlafen zu können." Sie stand in ihren neuen, hochhackigen Sandalen da, durch die sie sich sexy fühlte. Wenn es nur nicht so ein Kampf wäre, auf ihnen das Gleichgewicht zu halten, ganz zu schweigen von ihren Zehen, die bereits taub geworden waren, bis sie am Flugsteig angelangt war. „Es ist nicht zu spät, den Rückflug für dich zu buchen. Ich werde ihn dir sogar bezahlen."

„Auf gar keinen Fall." Er hielt an der Tür inne und ließ sie zuerst durchgehen, folgte ihr dann die Rampe hinauf und durch das

Terminal bis zum Gepäckrückgabeband, wo sie schweigend warteten. Als ihre Koffer ankamen, wollte Ryan nach ihrem greifen. „Ich hab ihn schon. Ich bin kein kleines Mädchen mehr, weißt du noch?"

Er verdrehte seine Augen, ging aber nicht weiter darauf ein. Annie liebte ihre Unabhängigkeit, und normalerweise hatte Ryan auch kein Problem damit, aber seit neuestem wollte er alles für sie tun, wie eben auch diese ganze Sache der Verfolgung nach Las Vegas. Ging es dabei wirklich nur um seinen Beschützerinstinkt? Vertraute er ihrem Urteilsvermögen einfach nicht mehr, bloß weil sie etwas mehr Pfeffer in ihr langweiliges Leben bringen wollte?

Egal. Sie hatte genug davon, sich mit ihm anzulegen, da er ja offensichtlich nicht umzustimmen war.

„Hast du ein Auto reserviert?", fragte er, als sie sich von der Gepäckausgabe entfernten.

„Nein, ich werde mich vom Shuttle-Bus des Hotels abholen lassen. Ich habe nicht vor, mich vom Las Vegas Strip zu entfernen. Alles, wonach ich suche, befindet sich in fußläufiger Reichweite oder in meinem Hotel."

„Darauf hast du schon hingewiesen", sagte er mit zuckenden Kiefermuskeln.

Es war leicht, das Shuttle zu erreichen, und dauerte weniger als dreißig Minuten, um zu ihrem Hotel zu kommen. Vor ihrer Unterkunft spielte sich gerade eine Piraten-Show ab, und Annie hielt kurz inne, um zuzuschauen. Hier war es ziemlich überfüllt, und Ryan stand dicht hinter ihr. Sie spürte seinen heißen Atem in ihrem Nacken, und das Bild von ihm, wie er seine Hände um ihre Taille legte und seine Lippen auf die Stelle legte, wo sie ihn gerade atmen spürte, wirbelte durch ihren Kopf. Sie erbebte und schloss die Augen für eine Sekunde, um dieses Bild abzuschütteln.

Von da begab sie sich zum Einchecken in ihr Zimmer. Ryan schaffte es irgendwie, das Zimmer neben ihrem zu ergattern, dank der sehr ‚hilfsbereiten‘ Empfangsdame, die unbedingt sicherstellen wollte, dass sie ihren Aufenthalt genossen. Während sie durch das Kasino Richtung Aufzug gingen, strich sein Arm an ihrem entlang, und sie stellte sich vor, wie Ryan sie packte, an die Wand drängte und leidenschaftlich küsste.

Sie erreichten die fünfte Etage, wo ihre Zimmer waren. Sie schob ihre Schlüsselkarte ins Schloss, stieß die Tür auf und ließ das ordentliche, geräumige Zimmer auf sich wirken. Um wirklich auf alle Eventualitäten vorbereitet zu sein, hatte sie sich für die Zusatzausstattung entschieden: einen kleinen Esstisch und eine Küchennische. Das überbreite Doppelbett sah riesig und behaglich aus. Als sie bemerkte, dass Ryan ihr gefolgt war, drehte sie ihm ihr Gesicht zu und sah, dass sein Blick auf das Bett geheftet war. „Ryan?"

Er zuckte zusammen. Räusperte sich. „Ich bin ziemlich hungrig. Willst du mit mir einen Happen essen gehen oder lieber gleich durch Vegas schlendern, um Männer aufzureißen?"

Sie stupste ihn am Arm, wobei sie die Muskelmasse dort spürte und eine leichten Schauder erlebte. „Klingt beides verlockend. Das ist echt eine schwierige Auswahl", antwortete sie mit einem Lächeln. „Doch eigentlich klingt Mittagessen großartig. Gib mir etwas Zeit, mich umzuziehen und herzurichten, um das Gefühl von ‚Flugreise‘ loszuwerden!"

„Gut." Ryan betrachtete sie von oben bis unten, zog seine Augen dabei mit solch erotischer Intensität über ihren Körper, dass sie merkte, wie ihr Gesicht heiß wurde und sich ein Schwall von Feuchtigkeit zwischen ihren Beinen sammelte. Seine Zunge schoss bloß ganz leicht zwischen seinen geteilten Lippen hervor, ehe er sagte: „Okay, dann bis gleich!"

Annie schloss die Tür hinter ihm und lehnte sich dagegen, versuchte, wieder zu Atem zu kommen. Sie wollte die Gedanken an Ryan abschütteln, während sie ihre Sachen aufräumte und sich für den freien Nachmittag in Las Vegas zurechtmachte. Als erstes nahm sie ein kurzärmeliges, enganliegendes, rotes Kleid heraus. Es endete kurz oberhalb des Knies und sah hübsch aus, war aber auch praktisch. Es bewegte sich mit ihr mit und war wirklich bequem.

Sie war gerade fertig geworden, als es an die Tür klopfte. Es war Ryan, und er stieß einen leisen Pfiff aus, als sie ihn hereinließ. „Wow! Ich dachte, du würdest mir etwas Zeit geben, dir die Idee auszureden, dir einen One-Night-Stand zu suchen."

Sie errötete, aber sie wusste nicht, ob es wegen Ryans Kommentar war oder wegen der Tatsache, dass er wusste, dass sie einen One-Night-Stand versuchen wollte. „Wirst du wohl aufhören?", schimpfte sie wieder. „Jetzt gerade wollen wir zum Mittagessen gehen. Aber ab morgen setze ich meinen Plan mit voller Kraft in die Tat um."

„Und dieses Tattoo, lässt du dir das heute oder morgen machen?"

„Erst am Montag. Das gibt mir Zeit, die anderen Punkte meiner Liste heute und am Sonntag abzuhaken. Dann beende ich das Wochenende mit einem Tattoo. Ich habe recherchiert und bereits einen Termin in einem bekannten Studio ausgemacht. Großartige Arbeit und makelloser Ruf. Ich schätze, es würde nicht viel Sinn ergeben, das Tattoo zuerst machen zu lassen." Sie lächelte verführerisch und zog die Augenbrauen hoch. „Grenzt die Stellen zu sehr ein, wo ein Typ seine Hände hinlegen könnte oder seinen Mund."

Seine Augen weiteten sich beinahe unmerklich, und rote Flecken erschienen auf seinen Wangenknochen. „Also wo kommt das Tattoo hin?"

„Das hab ich noch nicht genau entschieden", erklärte sie ihm. „Was meinst du?"

„Welche Art Tattoo willst du dir stechen lassen?"

„Ich habe ein Bild, das etwas ganz Besonderes für mich ist", erzählte sie ihm. „Eine kleine Anordnung von Blüten, wirklich farbenfroh und sehr feminin. Das gefällt mir." Tatsächlich erinnerte es sie an ihren ersten Blumenstrauß, den sie jemals von einem Kerl bekommen hatte. Ryan hatte ihr die Päonien zu ihrem Schulabschluss gekauft.

„Lass mich mal sehen!", meinte er.

Sie verspannte sich und zögerte, fragte sich, ob er die Bedeutung dieses Tattoos wohl erkennen würde. Unwahrscheinlich. Sie nahm ein Blatt Papier aus ihrer Handtasche und entfaltete es. Sie reichte es ihm, und er begutachtete es ein paar Sekunden lang. Dann sagte er: „Komm her!"

Ihre Augen weiteten sich. War es bloß ihre Einbildung, dass er diesen Befehl in derselben verführerischen, heiseren Stimmlage geäußert hatte, die er letzte Nacht am Telefon verwendet hatte, als er mit ihr gesprochen hatte? „Entschuldige?" Sie zuckte zusammen, weil ihre Stimme so bebte, aber sie konnte es nicht ändern. Die Erinnerung an all das, was sie letzte Nacht getan hatten–an *sein* Drängen–brachte sie dazu, sich heiß und zittrig zu fühlen.

Denke an den Verschluss, sagte sie sich selbst. Halte es unter Verschluss!

„Ich will die Skizze an dich hinhalten und sehen, was die möglichen Optionen sind."

Definitiv war seine Stimme tiefer als normal. Aber sein Gesicht war gefasst. Zaudernd ging sie einen Schritt näher auf ihn zu. Er hielt die Zeichnung an die Seite ihres Armes und schüttelte seinen Kopf.

„Hier sieht es zu militärisch aus."

„Militärisch?"

„Ja, Soldaten haben Tattoos auf ihren Deltamuskeln. Und Typen namens Bubba, die zu viel Krafttraining machen. Ich denke, du passt zu keiner der beiden Gruppen."

Sie lachte schwach. „Hmm . . . Soldaten und Typen, die viel trainieren, sind normalerweise ziemlich lecker."

Ryan trat näher an sie heran. „Jedoch nicht so lecker wie

Feuerwehrmänner, oder?"

Als würde sie überhaupt je in Erwägung ziehen, diese Frage zu stellen. Sicher nicht. Er ließ das Bild über den dünnen Stoff ihres Kleides gleiten und senkte es auf den oberen Bereich ihres Oberschenkels. Durch das knisternde Papier spürte sie die Wärme seiner Berührung durch. Den Druck jeder einzelnen Fingerkuppe. Annies Puls raste, und sie fing an, sich schwindelig zu fühlen, ehe sie bemerkte, dass sie den Atem angehalten hatte.

„Auch nicht ganz richtig. Dreh dich um!", wies er sie an.

Sie drehte ihm ihren Rücken zu, und er hob ihr Haar hoch und legte es nach vorn über ihre Schulter. Seine Finger strichen über ihren Nacken, und sie erzitterte. Gänsehaut prickelte an ihren Armen hinauf, und sie hoffte, er würde es nicht bemerken. Er hielt das Bild an den oberen Teil ihres Rückens zwischen ihre Schulterblätter, und sie hörte, wie er sich räusperte.

„Was?", fragte sie.

„Nichts. Dein–ich meine, mir gefällt, wie dein Rücken geschwungen ist. Hat mir immer gefallen."

„Hoffen wir mal, dass dies dem Mann, den ich heute Abend treffe, auch gefällt", sagte sie, voll frustriert von Ryan. Schon wieder gab er ihr die Bestätigung, dass er sie bereits vor ihrer Gewichtsabnahme attraktiv gefunden hatte. Warum wies er sie plötzlich ständig darauf hin? Er hatte sich immer mit der ‚pummeligen' Annie zufrieden gegeben und war nicht auf große Veränderungen aus, wenn es um seine Freundschaften ging. Das war alles. Er wechselte seine Hauptfächer, wechselte seine Jobs, wechselte seine Bettgenossinnen . . . naja, das war wieder eine ganz andere Geschichte.

Er fuhr damit fort, das Papier hinuntergleiten zu lassen und landete auf dem unteren Teil ihres Rückens. Er platzierte eine Hand auf jede ihrer Hüften, während er das Papier an sie hielt. Annies Mund war extrem trocken geworden. Es schien so, als würde er in diesem Bereich besonders lange brauchen.

„Irgendwelche Ideen?", fragte sie und versuchte, ihn zur Eile anzutreiben, ehe sie auf die Knie fiel. Gott, was für Dinge er mit seinen Händen in dieser Position tun könnte.

„Ich denke, das ist die Stelle", sagte er.

„Wie ein Arschgeweih?", sagte sie, drehte sich um, um die Stelle in Augenschein zu nehmen, und rümpfte die Nase.

Ryan grinste. „Hast du etwas dagegen wegen der Bezeichnung oder aus einem anderen Grund?"

Sie stieß einen Seufzer der Erleichterung aus, als sie merkte, dass er sie losließ, und gleichzeitig fehlte ihr seine Berührung. Sie wandte sich ihm zu. „Ich sagte nicht, dass ich dagegen sei. Aber du hast Recht, ich mag es nicht, wenn die Menschen es so bezeichnen."

„Es ist bloß ein Name", sagte er. „Wen kümmert es, was die Leute sagen? Das, was *du* denkst, das zählt." Er langte hinüber und steckte ihr eine verirrte Haarsträhne hinters Ohr. „Genauso wie es absolut nichts bedeutet, ob du dich als nett oder unanständig bezeichnest. Du bist eine komplexe Person. Dich in ein wildes Wochenende zu stürzen ändert nichts daran, was du tief im Inneren bist."

Sie legte die Stirn in Falten. „Menschen ändern sich, Ryan. Das ist wirklich wichtig für mich."

„Das hab ich verstanden, Annie. Ich frage mich nur, warum du überhaupt etwas an dir ändern willst." Er stand wieder zu nah bei ihr, und Annie rang um Atem. „Es ist ja nicht so, dass du dich nicht verabredest oder dich nicht verabreden könntest, wenn du wollen würdest. Warum willst du nicht eine Beziehung sich auf natürlichem Wege entwickeln lassen, um dann Sex zu haben?"

„So wie du das immer getan hast?", fragte sie und dachte, wie scheinheilig er war. „Außerdem warst du einige Monate nicht in der Stadt. Woher willst du wissen, dass ich nicht jede einzelne Nacht mit irgendjemandem Sex gehabt habe, als du nicht da warst? Vielleicht kann ich nicht genug bekommen und deshalb wollte ich nun in der Stadt der Sünde einen neuen Versuch wagen."

Ryan schmunzelte, und sie wollte ihm eine reinhauen. „Du hast dich nicht so stark verändert, Annie. Das ist es ja, was mich an der ganzen Sache so verwirrt. Warum hast du plötzlich beschlossen, einen Fremden aufzureißen? Das ist nicht die verantwortungsvolle Annie, die ich all diese Jahre gekannt und geliebt habe."

„Vielleicht musst du nicht alles über mich wissen und verstehen", sagte sie.

„Vielleicht nicht", sagte er. „Aber so lange ich Fragen stelle, die du nicht beantworten willst, lass mich dich dies fragen–mit wie vielen Jungs warst du tatsächlich zusammen, Annie?"

„Das fragst du mich allen Ernstes?", sagte sie, geschockt, dass er den Nerv dazu hatte. Aber immerhin war es derselbe Junge, der so nebenbei vorgeschlagen hatte, Telefonsex mit ihm zu haben. Wie war es möglich, dass sie Ryan nicht so gut kannte, wie sie gedacht hatte?

Er zuckte die Achseln. „Ein One-Night-Stand ist eine ernsthafte Sache. Ich frage mich, ob du erfahren genug bist, damit umzugehen."

„Ich bin überaus erfahren", schnauzte sie. Die Wahrheit war, sie konnte die Männer, mit denen sie Sex gehabt hatte, an einer Hand abzählen, aber sie war mit allen in einer Beziehung gewesen, deshalb waren es viele Male in vielfachen Positionen.

Ryans Mundwinkel drehten sich nach unten. „Wenn derjenige etwas Perverses anstellen will, wird das dann für dich okay sein? Denn du kennst diesen Typen ja nicht. Wer weiß, worauf er aus ist? Oder vielleicht hast du ja bereits Perverses ausprobiert?"

„Pervers wie was zum Beispiel?", fragte sie.

„Ich weiß nicht. Was ist, wenn er dich schlagen will?"

Annies Gesicht brannte. Ryan verlor den Verstand.

„Nun ja, ich *bin* hier, um unanständig zu sein", sagte sie. „Vielleicht schließt das etwas Schlagen mit ein. Wenn nicht, dann hab ich auch Klebeband zum Fesseln in meiner Handtasche dabei."

„Und ich wette, das befindet sich noch in der Verpackung. Was ist mit obszönen Ausdrücken? Magst du es, wenn ein Mann mit dir obszön spricht?"

„In der richtigen Situation sicherlich", sagte sie.

„Was ist mit letzter Nacht?"

Annie fühlte, wie ihr Gesicht sogar noch heißer wurde, als er ihre Telefonunterhaltung erwähnte. „Was ist damit?", fragte sie.

„Mochtest du es?"

Sie konnte es nicht tun. Konnte ihm nicht mehr in die Augen schauen. Sie drehte sich um, entdeckte dabei ihr Spiegelbild im Spiegel oberhalb der Kommode. Sie sah so erregt und kribbelig aus wie sie sich fühlte. „Welchen Teil . . . genau?"

Ryan positionierte sich direkt hinter ihr. „Hmm . . . wie wär's mit dem Teil, als ich dir sagte, du sollest dich selbst berühren, während ich an deinen Brustwarzen sauge? Mochtest du diesen Teil, Annie?"

Sie konnte ihn im Spiegel sehen, wie er nur wenige Millimeter von ihr entfernt dastand. Sie konnte seinen Atem an ihrem Nacken spüren, und nun konnte sie sich lebhaft ausmalen, wie er an ihren Brustwarzen saugte. *Versuchte* er, sie anzumachen?

„Ja", hauchte sie schließlich. „Dieser Teil war . . . okay . . ."

„Bloß okay? Da muss ich etwas falsch gemacht haben."

„Nein, ich denke, du hast es genau richtig gemacht."

„Was hast du sonst noch gemocht, Annie?", sagte er jetzt noch dichter an ihrem Ohr. Sie hatte eine Vision, wie er von hinten seine Hände um sie legte und ihre Brüste umfasste.

Sie erschauerte, schloss die Augen und flüsterte: „Ich mochte das alles, Ryan. Offenbar mehr als du."

„Warum denkst du, ich hätte es nicht genossen?"

„Sagst du gerade, dass du es genossen hast?" Sie drehte sich um, um ihn direkt anzuschauen, wollte klare Sicht auf sein Gesicht, wenn er ihr seine Antwort gab. Er verhielt sich so flirtend, aber als sie gestern Nacht ihr Angebot gemacht hatte, hatte er sie abgelehnt.

Ryan blinzelte und machte einen Schritt zurück. Er schaute sie lange an, und dann sagte er: „Letzte Nacht ging es um dich."

„Und Kyle."

Er runzelte die Stirn. „Wer ist überhaupt dieser Kyle-Typ?" Aber dann schüttelte er den Kopf. „Egal. Das brauchst du nicht beantworten. Worauf es ankommt ist, ich hoffte, dass du erkennen würdest, dass du andere Möglichkeiten hast und nicht diese Reise durchziehen musst. Ich habe versagt und bin enttäuscht."

Vielleicht meinte er, dass *sie ihn* enttäuscht hatte. Plötzlich konnte sie das Gefühl nicht abschütteln, dass genau das, was sie eigentlich vermeiden wollte–dass Ryan sie beurteilte oder sie irgendwie nicht für gut befinden könnte, sogar als Freundin–dass genau dies geschah. Dieses Wissen zusammen mit seiner hartnäckigen Anwesenheit und ihren unerschütterlichen Gefühlen für ihn rissen in ihr Inneres ein Loch. „Spielst du deshalb jetzt mit mir? Kommst du mir deshalb so nah? Willst du mich mit dem aufziehen, was ich nicht haben kann? Damit du beweisen kannst, dass ich in der falschen Liga bin, wenn es um dich und andere Frauenhelden geht?" Sie blinzelte heftig, als sie spürte, wie ihr Tränen in die Augen stiegen.

Ryan schaute sofort entsetzt drein. „Verdammt, Annie. Nein!"

„Du hast Recht, Ryan. Ich habe nicht so viel Erfahrung wie du. Oder *Kyle*. Aber das werde ich jetzt ändern. Ich habe eine Zeitlang sehr unanständige Gedanken gehabt, und ich werde ihnen jetzt endlich nachgeben. Du kannst nun entweder mit mir zu Mittag essen, bevor du nach San Francisco zurückfliegst oder du kannst sofort abreisen. So oder so, ich treffe meine eigenen Entscheidungen."

Annies Beine zitterten, als sie ihre Handtasche ergriff, und sie sich zur Tür begab. Ehe sie dorthin gelangte, hielt Ryan sie mit einer sanften Handbewegung an ihrem Arm auf.

„Annie, es tut mir leid. Ich–ich weiß nicht, was in mich gefahren ist. Warum ich jene Fragen gestellt habe." Er strich sich mit einer Hand durchs Haar und setzte eine grüblerische Miene auf. „Ich bin bloß besorgt."

Sie ließ den Kopf hängen und starrte ihre tollen, neuen Sandalen und die kokette Pediküre an. Warum bemühte sie sich überhaupt, abzunehmen und neue Kleidung zu tragen? Sie hatte sich selbst an der Nase herumgeführt mit ihrem ‚Komm über Ryan hinweg'-Plan. Tief im Inneren, so befürchtete sie, wusste sie, warum sie ihn mit ihrem neuen Aussehen überraschen hatte wollen. Ein Teil von ihr hatte gehofft, dass er einen Blick auf sie werfen würde und auf wundersame Weise merken würde, dass er sie bereits die ganze Zeit geliebt hatte.

Stattdessen hatte sie ihm nur Sorgen bereitet.

Sie kämpfte nicht gegen ihn an, als er mit einem Finger ihr Kinn anhob, damit sie in seine ernsthaft blickenden Augen schauen konnte. „Du bist die wichtigste Person auf der Welt für mich, Annie. Verzeih mir! Bitte?"

Ihr Herz schmolz. Als würde sie dem Typen wiederstehen könne, wenn er solche Sachen zu ihr sagte, sie anschaute, als würde er sterben, wenn sie weiterhin wütend auf ihn wäre. Es war nicht sein Fehler, wenn er ihre Gefühle nicht erwiderte. Mit einem letzten Schniefen nickte sie. „Gut. Aber das Mittagessen geht auf dich. Und ich will deine Meinung über meine Liste nicht hören, während wir essen."

„Aber–"

„Es ist mir ernst, Ryan. Entweder lässt du es einstweilen auf sich beruhen oder wir werden einige ernste Probleme haben."

Sein Kiefermuskel zuckte, als er darum rang, was er sagen sollte, dann nickte er schließlich. „Also gut. Ich werde während des Mittagessens nicht von der Liste sprechen. Kann ich jetzt bitte eine Umarmung haben?"

Er wartete ihre Antwort nicht ab, ehe er sie in seine Arme einhüllte. In diesem Moment vergaß sie ihre Liste, vergaß, unanständig sein zu wollen, und umarmte einfach ihren Freund.

KAPITEL ACHT

ANNIE UND RYAN LIESSEN SICH zum Mittagessen in einem netten Steakhaus des MIRAGE nieder. Die Tischanweiserin war eine kleine Blondine, die einen Rock trug, der Annies Meinung nach viel zu wenig der Vorstellung überließ. Während das Mädchen sie zu ihrem Tisch geleitete, umschmeichelte sie Ryan und reichte ihm die Speisekarte. Annies Speisekarte legte sie einfach auf den Tisch vor sie hin.

Wenigstens war sie in ihrer Reichweite.

„Woher kommt ihr?", fragte sie. Obwohl sie ‚ihr' sagte, schaute sie dabei überhaupt nicht in Annies Richtung.

„Aus San Francisco", erwiderte Ryan.

„Oh! Dort wollte ich schon immer mal hin. Ich bin so weit aus Tennessee hierhergekommen, habe es aber noch nicht bis nach Kalifornien geschafft. Wenn ich jemanden kennen würde, den ich besuchen könnte, jemanden, der mir die Sehenswürdigkeiten zeigen würde, dann könnte ich mich vielleicht motiviert fühlen, nach Westen aufzubrechen."

Annie lachte beinahe laut auf. Welch ein lächerlicher Versuch!

Das fand Ryan offenbar nicht. Er lächelte eines seiner *Ich-würde-dich-am-liebsten-flachlegen* Lächeln. „Ich bin Feuerwehrmann bei Feuerwache 54 in San Francisco. Falls du jemals dorthin kommst, such mich auf! Ryan Hennessey. Ich werde dir alle heißen Plätze der Stadt zeigen. Keiner weiß besser, wo es heiß ist, als ein Feuerwehrmann."

Das Mädchen kicherte, und Annie, die hinter dem Rücken des Mädchens zu Ryan schaute, zog ein Gesicht im Sinne von *ach-wie-witzig*. Sie konnte von seinem Gesicht ablesen, dass er versuchte, nicht zu lachen.

„Tja, dann muss ich bald einen Trip planen", sagte sie.

Dann, als ob sie plötzlich bemerken würde, dass Annie auch anwesend war, schaute sie sie an und sagte: „Was kann ich dir zu trinken bringen, Süße?"

„Eistee, bitte", sagte Annie.

Die Platzanweiserin drehte sich zu Ryan und lächelte, diesmal so breit, dass sie ihr Grübchen offenbarte. „Und für dich, Süßer?"

„Ich nehme welches Bier auch immer ihr vom Fass habt", gab er lächelnd zur Antwort.

Annie konnte am Gaumen die Galle hochsteigen spüren. Als die Platzanweiserin gegangen war und Ryan endlich seine Augen von ihrem Hintern losgerissen hatte, sagte Annie: „Woher weiß sie, dass wir kein Pärchen sind?"

„Dies ist Las Vegas. Vielleicht wollte sie uns beide anmachen."

„Na klar. Während der ersten fünf Minuten hatte sie nicht einmal bemerkt, dass ich da war."

Ryan schmunzelte, beließ es aber dabei.

Ein paar Minuten später brachte ihnen ein Kellner die Getränke und nahm ihre Bestellungen auf. Die Tischanweiserin war wieder auf ihren Posten gegangen, aber immer wenn sie vorbeigeschlendert kam, machte sie Ryan schöne Augen. Da war sie nicht die einzige. Zwei Mädchen im College-Alter, die ihnen gegenüber saßen, konnten auch ihre Augen nicht von Ryan losreißen. Immer wenn er in ihre Richtung blickte, steckten sie ihre Köpfe zusammen und kicherten.

„Also, was ist der Plan für heute Nachmittag?", fragte er sie. Bei all der Aufmerksamkeit, die er bekam, vermutete Annie, dass sie froh sein konnte, wenn er überhaupt merkte, dass sie da war.

„Ich möchte mich hier zwischen den Hotels ein wenig

umschauen. Mir die Clubs etwas genauer anschauen, bevor sie
überfüllt sind, um herauszufinden, in welchen ich gehen will. Oh!
Und bevor ich tanzen gehe, möchte ich auf jeden Fall noch eine
Show sehen. Vielleicht eine Zaubershow!"

„Du willst dir eine Zaubershow anschauen, ehe du dich mit
einem Fremden für heißen, schweißnassen, anonymen Sex einlässt?", fragte er.

Sie funkelte ihn wütend an, dann erzwang sie ein Lächeln.
„Genau. Magie vor meiner Nacht der Magie."

Ryan und Annie hatten nicht bemerkt, dass der Kellner mit
ihrem Essen schon an ihrem Tisch stand. Der junge Kerl räusperte sich, um Aufmerksamkeit auf sich zu lenken. Er stellte Ryans
Gericht ab, konnte aber anscheinend seine Augen nicht von Annie losreißen. Dann lächelte er breit, als er Annies Teller vor ihr
abstellte.

„Brauchen Sie sonst noch etwas?", fragte er sie.

Bevor sie überhaupt reagieren konnte, sagte Ryan: „Ich könnte etwas Ketchup brauchen."

Der Kellner wandte sich ihm zu und erwiderte: „Ja, gern, ich
werde ihn sofort bringen." Dann wandte er sich wieder an Annie und sagte: „Was ist mit Ihnen? Kann ich Ihnen noch etwas
bringen?"

Annie lächelte. „Nein, danke. Bei mir ist alles bestens."

„Das mit Sicherheit", gab er mit einem Augenzwinkern zurück. Er ging, kam dann Sekunden später mit der Ketchup-Fla-
sche zurück.

Als er endlich gegangen war, sagte Ryan: „Siehst du, was ich
meine?"

„Was?"

„Dieser Widerling hat uns von deiner wilden Nacht reden hören, und schon lief ihm das Wasser zu beiden Seiten des Mundes
heraus. Es war ekelerregend."

„Ich fand eher, dass er ziemlich süß war."

Ryan schaute finster drein. „Der ist doch nicht mal zweiundzwanzig. Wahrscheinlich auch noch Jungfrau, um Himmels willen!"

Annie kicherte. „Hmm, das könnte Spaß machen. Ich könnte so etwas wie diese Mrs. Robinson-Geschichte durchziehen."

Ryan verdrehte die Augen. Aber während der restlichen Zeit des Mittagessens bellte Ryan immer wenn der Kellner in die Nähe ihres Tisches kam: „Danke, alles bestens."

Annie konnte nicht anders als sich zu fragen, ob er etwa eifersüchtig war. Aber dann erklärte sie sich sein Verhalten wieder einmal mit seinem Beschützerinstinkt. Wenigstens bekam er eine Ahnung davon, wie sie sich fühlte, wenn die Frauen sich ständig ihm an den Hals warfen.

„Möchtest du eine Nachspeise?", fragte er, nachdem sie aufgegessen hatten.

„Nein, danke", sagte sie. „Ich habe schon zu viel gegessen. Da werde ich morgen früh meine Pfunde wieder wegtrainieren müssen."

„Du hast kaum etwas gegessen, Annie. Ich finde, dass du diese Diät-Sache zu weit treibst."

„Ich dachte, du wolltest aufhören, dir über mein Gewicht Sorgen zu machen."

„Ich wollte nur sichergehen, dass du weißt, dass nichts gut ist, wenn man es exzessiv betreibt."

„Das weiß ich. Ich bin Krankenschwester, schon vergessen? Solche Dinge lernen wir in unserer Ausbildung."

„Entschuldigung. Ryan?", unterbrach eine weibliche Stimme.

Sie wandten sich um und sahen ihre Tischanweiserin nah bei ihnen stehen. „Du hast mich eingeladen, nach San Francisco zu kommen, deshalb will ich nur sichergehen . . ." Sie schaute Annie an. „Das heißt . . ." Sie drehte sich zu Ryan um. „Ähm, bist du Single?"

Er starrte sie einige Sekunden an, dann schaute er Annie an

mit einem Gesichtsausdruck, der Unbehagen zu erkennen gab.
Sie stand abrupt auf. „Das ist er natürlich. Aber das dauert nie lange an, deshalb wärst du intelligent, wenn du ihn jetzt anmachst." Sie zwang sich dazu, die Blondine fröhlich anzulächeln. „Ryan, ich werde draußen warten. Mir ist ein wenig kalt. Könntest du die Rechnung bezahlen und ich zahle es dir später zurück?"

„Annie . . .", begann er.

Sie drehte sich nochmal um. „Ja?"

Er zögerte. Sah zerrissen aus. „Das Mittagessen geht auf mich, schon vergessen? Ich werde die Rechnung bezahlen und dich in einer Sekunde draußen treffen. Sieh zu, dass du nicht in Schwierigkeiten kommst ohne mich!"

Mit einem Seufzen verließ Annie das Restaurant. Draußen war es warm und angenehm. Sie war an der Seitentür des Kasinos hinausgegangen und befand sich auf der Rückseite des Hotels. Hier gab es nicht sehr viel Fußvolk, und es war einfach schön, einen Moment für sich selbst zu haben, um durchzuatmen.

Sie schaute zum Bereich des Las Vegas Strip hinaus und sah die Leute vorbeischlendern. Jeder sah aufgeregt aus. Glücklich. Sie wusste nicht, warum Ryan dachte, dass sie mit diesem Ort nicht alleine klarkommen könnte. Es war wie Disneyland für Erwachsene.

Um sich von Ryan abzulenken, der seine Zeit brauchte, um mit dieser Tischanweiserin anzubändeln, ging Annie hinüber, um von einer der Bronzestatuen, die das Mirage umgaben, ein Foto zu machen. Sie hatte gerade ihr Handy herausgezogen und wollte das Foto schießen, als sie plötzlich einen scharfen Ruck an ihrer Umhängetasche spürte.

Erschrocken packte sie sie fester, aber dann riss der Gurt mit einer Gewalt, die sie rückwärts in die Büsche taumeln ließ. Der Erdboden war nass und matschig, wodurch sie ausrutschte und hart rückwärts auf den Hintern fiel.

Ein massiger, kahlköpfiger Mann, der nun ihre Handtasche hatte, beugte sich vor und ergriff die Halskette, die ihr Ryan gerade erst gegeben hatte. Er zerrte sie von ihrem Hals und stürzte rennend davon.

Alles geschah so schnell, dass Annie kaum Zeit hatte, alles zu verarbeiten.

„Annie! Oh mein Gott, was ist geschehen? Bist du in Ordnung?", rief Ryan besorgt, als er aus dem Kasino herausgestürzt kam und Annie in den Büschen ausgestreckt daliegen sah.

„Er hat meine Halskette", war alles, was sie sagen konnte. Ihr stiegen Tränen in die Augen. Wegen der Handtasche machte sie sich keine Sorgen. Alles, was darin war, konnte ersetzt werden. Aber die Halskette . . .

Ryan hatte sie ihr gegeben, kurz bevor er sie geküsst hatte.

„Wer war das? Wie sah er aus?" Er überflog die Menschenmenge nach jemandem, dem er hinterherjagen konnte. Menschen schwirrten herum und starrten sie an.

„Er war kahlköpfig. Trug ein weites Sweatshirt. Auf der linken Wange hatte er eine Narbe. Oh Gott, wie sehe ich aus! Alle starren mich an. Ich bin *erbärmlich*."

„Hier." Ryan beugte sich hinunter und schlüpfte mit seinen Armen unter sie. Er zog sie in eine Riesenumarmung und hob sie hoch. Als sie wieder auf den Füßen war, trat er etwas zurück, ohne sie gehen zu lassen. „Oh, Schatz, bist du okay? Ich werde diesen Dreckskerl umbringen!"

„Ich bin okay", sagte sie. „Bloß traurig, dass meine Halskette weg ist. Und beschämt . . ."

„Annie, dieser Widerling hat dich angegriffen. Du könntest verletzt sein. Es gibt nichts, weswegen du beschämt sein müsstest. Hier", sagte er und nahm sein Handy heraus. „Ich werde, die Polizei anrufen."

Ryan benutzte sein Handy, um die Nummer der Polizeidirektion von Las Vegas herauszufinden, und während er wählte, merkte Annie, dass sie ihr eigenes Handy immer noch in ihrer Hand umklammert hielt. Während Ryan am Telefon sprach, versuchte Annie, sich sauberzumachen. Es hatte keinen Zweck. Je mehr sie wischte, umso stärker wurde der Schmutz in ihre Kleidung und auf ihre Haut gerieben. Ihre neuen Schuhe waren von Schlamm verschmiert, und als sie gestürzt war, hatte sie sich ihr Knie an dem kleinen schmiedeeisernen Zaun aufgeschlagen, der die Statue umgab. Es blutete ein wenig und pochte stark. Einige der herumstehenden Leute waren so freundlich, sie zu fragen, ob sie Hilfe brauchte. Sie lehnte dankend ab.

Ich kann mein Glück echt nicht fassen. Jeder kommt nach Las Vegas, putzt sich heraus und amüsiert sich großartig. Ich komme nach Las Vegas und werde niedergeschlagen und ausgeraubt. Stell dir das mal vor!

Ryan beendete den Anruf. „Wir sollen ins Polizeihauptquartier kommen, damit du eine offizielle Aussage machen kannst. Bist du dafür bereit? Wenn nicht, dann sag ich ihnen, dass sie uns im Hotel treffen sollen."

„Kann ich mich erst noch waschen und umziehen?" Sie bemühte sich sehr, nicht zu weinen, doch der Stachel der Peinlichkeit brannte in ihrer Brust. Die Tränen machten sich selbständig und strömten ihr übers Gesicht.

Ryan schaute entsetzt drein. Er nahm sie in die Arme und sagte: „Es tut mir so leid. Ich hätte dich nicht alleine lassen sollen!"

Durch seine Worte musste sie nur umso mehr weinen. Schließlich hob sie ihren Kopf von seiner Schulter und sagte: „Es ist nicht deine Schuld. Ich bin erwachsen. Ich sollte keinen Babysitter brauchen. Ich fühle mich nur so gedemütigt. Schau mich an!"

„Du bist wunderschön", sagte er. „Und sobald wir nach Hause kommen, kaufe ich dir nochmals eine Halskette, dieselbe wie diese."

Sie wollte wieder losweinen, kämpfte aber die Tränen zurück. „Das musst du nicht. Kann ich mich bitte umziehen?" Sie konnte das Gefühl nicht abschütteln, dass jeder, der vorüberging, sie immer noch anstarrte. Sie als die Frau betrachtete, die mit Las Vegas allein nicht umgehen *konnte*.

„Ja, natürlich", sagte er. „Danach nehmen wir uns ein Taxi zur Polizeistation."

Sie begannen, zu ihrem Hotel zurückzugehen. Er legte einen Arm um sie und zuckte bei jedem humpelnden Schritt von ihr aus Mitleid zusammen. Er war wirklich ein guter Freund, und sie hatte Glück, ihn zu haben. Als sie auf den Hauptboulevard zurückkamen, verhielt sich Ryan so, als würde er die vielen sie anstarrenden Menschen gar nicht wahrnehmen.

„Es tut mir leid, dass du dich hier mit so einer furchtbar derangierten, katastrophal aussehenden Person sehen lassen musst. Jeder sieht fantastisch aus, herausgeputzt für Las Vegas. Und ich sehe einfach nur lächerlich aus."

„Du bist nicht furchtbar", sagte er, versuchte offenbar einen Witz zu machen. Seine Stirn legte sich in Falten. Er sah so aus, als würde er eine Minute lang um Worte verlegen sein, ehe er sagte: „Halte dich kurz an diesem Zaun fest! Lass nicht los! Ich will nicht, dass du stürzt!"

Annie hielt sich an dem Zaun fest, der den für Fußgänger öffentlich zugänglichen Bereich von dem Marmor-Springbrunnen abtrennte, und fragte sich, was Ryan wohl im Schilde führte. Er blickte sich um, als würde er sich vergewissern, dass niemand zusah und setzte über den Zaun hinweg.

Annie blieb der Mund offen stehen. „Was machst du?"

Ryan grinste, beugte die Knie, dann sprang er in den spritzenden Springbrunnen. Er breitete seine Arme aus und stand so unter dem Sprühregen, ließ sich von Wasser durchweichen, während Annie ihn unter Schock beobachtete. Dann schwang er sich wieder über den Zaun zurück und hob unter einem Busch etwas Matsch auf. Den schmierte er sich über die Brust. „So, wer sieht nun nach einer schlimmeren Katastrophe aus, Schatz?"

Eine kleine Menschenmenge hatte sich angesammelt, und es gab vereinzelt Applaus. Ryan lächelte in die Menge und verbeugte sich.

Annie schüttelte den Kopf und lachte. „Du bist verrückt. Ich kann nicht glauben, dass du das getan hast."

„Ich würde alles für dich tun, Annie. Ich hoffe, es ist dir nicht zu peinlich, mit mir gesehen zu werden."

„Natürlich nicht, du Spinner!"

„Das war genau mein Punkt." Er legte wieder seinen Arm um sie. Nass, durchweicht und über beide Ohren grinsend eilten sie zu ihrem Hotel zurück.

An der Rezeption hielten sie an und erstatteten Bericht vom Diebstahl von Annies Handtasche, in der sich die Zimmerschlüsselkarte befunden hatte. Das Mädchen am Empfang entschuldigte sich übermäßig, als wäre es ihre Schuld; dann machte sie Annie eine neue Schlüsselkarte, zahlte ihr fünfzig Dollar in Chips aus und versprach ihr eine Gratisflasche Champagner, die später auf ihr Zimmer geliefert werden würde.

Ryan half Annie in den Aufzug, und als sie am Zimmer angelangt waren, steckte er die Schlüsselkarte ins Schloss und öffnete die Tür. Als Annie merkte, dass er ihr ins Zimmer folgte, sagte sie: „Oh, ich bin okay. Vielen Dank, Ryan."

„Gern geschehen, aber ich werde noch nicht gehen. Du wirst dich duschen und dann werde ich deine Verletzung säubern und dein Knie verbinden."

„Aber du musst auch deine nassen Sachen ausziehen."

Ryan schloss die Tür hinter sich und bewegte sich zum Fenster. „Ich werde in der Sonne trocknen", entgegnete er mit einem Grinsen.

„Du bist so ein Sturkopf", meinte Annie.

„Jep", war seine einzige Erwiderung.

Annie schüttelte wieder den Kopf und ging ins Bad. Bevor sie die Tür schloss, sagte er: „Dein Knie sieht ziemlich schlimm aus.

Bist du sicher, dass du mich nicht brauchst, um dich in der Dusche festzuhalten?"

„Ich–ich bin sicher." Langsam machte Annie die Tür zu, dann lehnte sie sich dagegen und befahl ihrem Herzen per Willenskraft, aufzuhören, in ihrer Brust so wild zu schlagen.

Sie hätte ihn bei diesem Angebot augenblicklich beim Wort genommen, wenn sie gedacht hätte, dass er es ernst meinte.

∽⁓⁂⁓∽

ALS ANNIE DIE TÜR ZUMACHTE, stieß Ryan den Atem aus, den er angehalten hatte, seit er Annie im Matsch liegend vorgefunden hatte. Wenn ihr irgendetwas passiert wäre . . .

Er konnte es nicht ertragen, sich so etwas vorzustellen. Es war schlimm genug, dass sie so erschreckt und gedemütigt wurde, dass er diesen Mistkerl am liebsten in Stücke reißen würde. Doch es war seine Schuld gewesen, sie aus seinem Sichtfeld geraten zu lassen. Auf keinen Fall sollte so etwas noch einmal passieren, während sie hier waren.

Ryan nahm das Zimmertelefon zur Hand und rief an der Rezeption an. „Können Sie mir bitte einen Erst-Hilfe-Koffer heraufschicken? Und ich werde auch noch Verbandsmaterial und einen Eisbeutel brauchen, falls Sie so etwas haben."

„Natürlich, mein Herr. Wir bringen das alles sogleich hinauf."

Bevor Annie aus der Dusche kam, waren die Erste-Hilfe-Utensilien und die Gratisflasche Champagner bereits geliefert worden. In einem leichten Baumwollbademantel kam Annie mit nassem Haar heraus und duftete nach einem Rosengarten. Sofort fiel ihr Blick auf den Erste-Hilfe-Koffer und auf den Champagner.

„Super! Davon könnte ich jetzt ein Glas vertragen!"

„Aber klar doch." Ryan nahm die Magnumflasche zur Hand, und als Annie ihre Ohren zuhielt, öffnete er sie. Der Korken knallte an die Zimmerdecke, und die perlende Flüssigkeit schäumte

aus dem Kopf der Flasche und über Ryans Hand. Schnell schenkte er sie in zwei Sektflöten ein, die zusammen mit der Flasche gebracht worden waren, und reichte Annie ein Glas.

Sie nahm es mit zittriger Hand entgegen, und er fluchte inner-
lich. Annie war offenbar immer noch sehr aufgebracht, dass ihre
Handtasche gestohlen worden war. Gott, wenn er bloß diesen
Mistkerl in die Finger kriegen könnte, der–

Annie erhob ihr Glas. „Ich möchte auf meinen besten Freund
anstoßen."

Ryan zögerte. Er wusste, er war ihr bester Freund. Er liebte es,
ihr bester Freund zu sein. Aber verdammt, immer wenn er in letzter Zeit diese Worte hörte, musste er daran denken, was sie einander sonst noch sein könnten. „Auf uns!", sagte er schließlich.

Sie stießen an und tranken. Er sah zu, wie ihre Halsmuskeln
arbeiteten, während sie schluckte, und konnte kaum den Drang
unterdrücken, ihr das Glas aus der Hand zu nehmen und den
Champagner direkt von ihrem Mund zu schmecken.

Was da mit ihm auch passierte, es war definitiv nicht gut. Anstatt zu fantasieren, wie er Annie küssen würde, sollte er sich um
ihre Verletzungen kümmern. Fest entschlossen stellte Ryan das
Glas ab, rieb seine Hände aneinander und sagte: „Du weißt schon,
wie viel Glück du hast, oder?"

„Glück?"

„Klar, du hast einen ausgebildeten Feuerwehrmann-Schrägs-
trich-Rettungssanitäter zu deiner Verfügbarkeit. Ich werde dich
so gut verbinden, dass du nie wieder zum Arzt gehen willst. Sondern immer gleich zu mir kommen wirst."

„Damit werde ich mir eine Menge Geld sparen", sagte sie lachend. „Außer du verlangst eine Entschädigung?"

„Da ich niemals Geld von dir annehmen würde, schätze ich,
ich muss mir eine andere Möglichkeit überlegen, wie du dich bei
mir revanchieren kannst." Ihre Wangen erhitzten sich, als sie ihn
anstarrte, und er wollte sich schon selbst beglückwünschen. Sie

hatte auf seine sexuelle Anspielung so reagiert wie man es erwarten würde, bloß dass er sie gar nicht erst hätte machen sollen.

„Rutsch mal dort hinauf an das Kopfende!"

Annie tat wie geheißen, und Ryan setzte sich mit dem Erst-Hilfe-Kasten und dem Eisbeutel neben sie. Er desinfizierte seine Hände, legte dann den Eisbeutel unter ihr Knie und sagte: „Lege hier dein Bein drauf!"

Annie legte ihr Bein auf die kühlende Eispackung. Ryan bewegte seine Hand und genoss dabei, wie sich ihre weiche Haut unter seinen Fingern anfühlte.

Als nächstes öffnete er den Erste-Hilfe-Kasten und fand eine Tube Neosporin. Er gab etwas von der Wundsalbe auf ein sauberes, weißes, zweilagiges Stück Gaze. Dann drückte er es auf die Wunde an ihrem Bein, und Annie sog scharf den Atem ein.

„Habe ich dir weh getan?", fragte er besorgt.

„Nein, es hat bloß etwas gebrannt. Jetzt fühlt es sich gut an."

Ryan legte ein Stück medizinischen Verbandsmull über die Gaze und nahm dann das Verbandsmaterial zur Hand. „Ich werde an deinem Oberschenkel anfangen, weil ich es nicht zu eng um dein Knie wickeln will und nicht deine Blutversorgung abschneiden will, okay?"

Annie nickte.

Ryan nahm den aufgerollten Verband und schlüpfte damit unter den unteren Teil ihres Oberschenkels. Seine Hand zitterte, als er sie berührte, und er hoffte, dass Annie das nicht bemerken würde. Er kam sich vor wie ein Junge im Highschool-Alter, der sein erstes Mädchen berührte. Er wickelte den Verband um ihr Bein, wiederholte seine Bewegungen mehrmals. Jedes Mal wenn er ihren Oberschenkel hochhob und dabei ihre warme Haut berührte, wurde seine Jeans ein Stückchen enger. Annie beobachtete wie gebannt seine Hände. Gänsehaut breitete sich auf ihrer Haut aus.

Man konnte es nicht mehr leugnen. Er wusste, seine

Berührung löste etwas in ihr aus, so wie es bei ihm auch etwas auslöste, sie zu berühren. Es wäre nicht klug, deswegen etwas zu unternehmen, doch es kostete auch all seine Willensstärke, die er hatte, zu widerstehen. Ryan schaute Annie an, dabei ließ er seinen Blick merklich auf ihren hart gewordenen Brustwarzen verweilen, was sogar durch den Baumwollmantel erkennbar war. „Ist dir kalt?"

Annie atmete hörbar ein. „Nein, mir–mir geht's gut."

Ryan behandelte weiter ihr Bein, bewegte den Eisbeutel ein wenig, als er ihr Knie erreichte, umwickelte es solange bis er an ihrer muskulösen Wade angelangt war. Irgendwie war er traurig, als er am Ende der Rolle angelangt war. Annie hatte wunderbare Beine. Straff und glatt. Er wollte nur zu gern den Streifen Haut an der Rückseite ihres Knies erforschen und an ihren süßen kleinen Zehen knabbern; die Zehennägel waren in einem dunklen Pinkton lackiert und erinnerten ihn an reife Beeren. Mit einem Stück medizinischem Pflaster sicherte er den Verband, strich dann langsam mit seinen Händen an ihrem Bein entlang, vom Oberschenkel zur Wade, als würde er den Verband glatt streichen.

„So gut wie neu!", konstatierte er.

Sie starrte ihn an. Ihr Atmen hatte sich beschleunigt, und ihre Wangen waren zu einem hübschen Pink errötet. Sein Blick war wieder zu ihrer Brust zurückgekehrt, die im Augenblick immer noch von dem Bademantel verborgen war. Er fragte sich, wie weit nach unten ihr Körper wohl erröten konnte. Welche Farbe wohl ihre Brustwarzen hatten? In jener Nacht hatte sie ihm am Telefon gesagt, sie seien pink und braun, aber da gäbe es doch so viele wunderhübsche Möglichkeiten. Er fragte sich, ob sie ihr Schamhaar mit Wachs entfernte oder einen Streifen davon oberhalb ihres Venushügels behielt.

Gott, ihre Oberschenkel waren so blass. So cremeweiß. Und er wettete, sie würde fantastisch schmecken. Er wettete–

„Vielen Dank", sagte sie und brachte ihn damit dazu, mit

seinem Blick wieder zurück in ihr Gesicht zu wandern. Sie trank den Rest ihres Champagners aus. „Du bist ein guter Freund."

Ihre Hand zitterte leicht.

„Hättest du gern mehr?"

Sie strich ihr Haar glatt. „Nein, ich sollte lieber nicht betrunken in die Polizeistation hineintorkeln", meinte sie mit einem Lächeln. „Lass mich jetzt mich fertigmachen, und schon können wir los. Wirst du dich umziehen?"

„Warum? Ist es dir peinlich, mit mir gesehen zu werden, da ich nun der einzige bin, der katastrophal daherkommt?"

„Niemals", sagte sie. „Außerdem mochten dich die Frauen immer schon in nassem Zustand. Weißt du noch, wie viele Mädchen du im Sommer vor dem College am Swimming-Pool aufgegabelt hast? Ich dachte mir, du würdest eine Art Weltrekord aufstellen."

Er runzelte die Stirn, während er ihr nachschaute, wie sie ins Bad ging. „Richtig." Hatte sie absichtlich andere Frauen ins Spiel gebracht, weil sie ihn dabei erwischt hatte, wie er sie anstarrte? „Wenn ich mich recht erinnere, haben jede Menge Mädchen mit mir geflirtet, aber sie sind nie lange dageblieben, wenn sie erst einmal gemerkt hatten, dass sie es nicht mit meinem besten Mädchen aufnehmen konnten."

Annie hielt an der Badezimmertür inne, dann schaute sie ihn über die Schulter hinweg an. „Das ist süß von dir, aber dabei vergisst du den Tag, als du mich am letzten Tag, an dem das Schwimmbad geöffnet war, wegen Angie Florentine stehen gelassen hast."

„Was? Ich habe dich nie stehen lassen!"

Sie lächelte beinahe traurig. „Doch, das hast du getan. Aber das ist schon okay. Ich habe immer gewusst, wie viel ich dir bedeute. Ich bin eben deine beste Freundin, nicht wahr?"

„Richtig", bekräftigte er sanft.

Aber sie war bereits ins Badezimmer gegangen und hatte die Tür zugemacht.

KAPITEL NEUN

N ACHDEM RYAN SICH UMGEZOGEN HATTE, fuhren sie mit dem Taxi zum Polizeirevier. Unterwegs telefonierte Annie, um all ihre Kreditkarten sperren zu lassen. Sie hatte kein Geld. Sie hatte nicht einmal ihren Personalausweis. Ihr unanständig-wildes Las Vegas-Abenteuer hatte sich in eine Katastrophe verwandelt.

Fast fing sie wieder an zu weinen, aber sie unterdrückte diese aufsteigenden Emotionen. Sie würde nicht in Selbstmitleid verfallen und irgendeinem Scheißkerl erlauben, ihren Wochenendtrip zu zerstören.

Nachdem sie den Anruf zur Sperrung ihrer letzten Karte beendet hatte, rief sie ihre Schwester an. „Hallo, Janie!"

„Hallo, Schwesterchen, was gibt's? Ich dachte, du wärst mittlerweile in Las Vegas."

„Bin ich", erwiderte Annie. Dann erzählte sie Janie was passiert war. „Sag bitte Dad nichts davon! Er würde sich bloß Sorgen machen."

„Oh Mann, Annie! Es tut mir so leid. Doch du bist okay?"

„Ja! Aber du musst mir einen Gefallen tun."

„Gern, jederzeit."

„Du müsstest für mich an dieses gemeinschaftliche Sparkonto, das wir haben, rankommen und mir etwas Geld schicken."

Die Großmutter von Janie und Annie hatte den beiden etwas Geld hinterlassen, das sie auf einem Sparkonto angelegt hatten, auf das sie beide zugreifen konnten. Sie nannten es ‚Geld für einen Regentag‘, also für Notzeiten. Das war genau so ein Tag.

„Klar, kein Problem. Wohin soll ich es schicken?"

Annie nannte ihrer Schwester die Summe, die sie brauchte, und den Namen des Hotels, zu dem sie es senden sollte. „Schicke es an Ryan Hennessey, damit er es mit seinem Personalausweis abholen kann."

„Hey, warte mal! Ryan ist mit dir gefahren?" Ihre Schwester wusste genau, was Annie für ihren besten Freund empfand. Sie drängte Annie immer, es Ryan zu sagen, bevor es zu spät war und er mit jemand anderem etwas Ernstes anfing. Durch den Tonfall, der in Janies Stimme mitschwang, wusste Annie genau, was Janie sich dachte.

„Er hat sich sozusagen selbst mit eingeladen."

Ryan lächelte.

„Das ist ein gutes Zeichen", meinte Janie .

„Wir reden später weiter", sagte Annie zu ihrer Schwester, da sie nicht sicher war, ob Ryan Janie hören konnte oder nicht.

„Klar. Reden wir später über Ryan. Wie immer!"

„Tschüss, Janie! Ich hab dich lieb. Und danke!"

„Hab dich auch lieb. Gern geschehen. Und pass auf dich auf!"

„Klar. Grüße Dad von mir!"

Nachdem sie aufgelegt hatte, sagte Ryan: „Ich hätte dir etwas Geld geliehen."

Annie legte ihre Hand auf seine. „Ich weiß, aber du hast schon genug getan. Du bist sogar in einen verdammten Springbrunnen gesprungen, du verrückter Kerl!", sagte sie lachend.

Eine Stunde später, nachdem sie ihre Aussage gemacht hatten, begaben sich Annie und Ryan zum Hotel zurück. Glücklicherweise war das Geld, das ihre Schwester geschickt hatte, bereits angekommen, deshalb holten sie es sofort ab. Als sie sich vom Empfangstisch wegdrehten, prallte Annie in eine breite Brust. Es fühlte sich an, als würde sie auf eine Wand treffen.

„Ach, du liebe Güte, es tut mir leid!", sagte sie. Der Mann, mit dem sie zusammengeprallt war, war ausgesprochen attraktiv, mit blond-braunem Haar und leicht grünlichen Augen. Er war gut gebaut, hatte eine elegante, überaus verführerische Statur. Und sein Lächeln war definitiv das eines Bad Boys.

„Das war meine Schuld. Ich habe nicht darauf geachtet, wohin ich ging." Der Mann drehte sich um, sah Ryan an und lächelte. „Ryan?"

„Max! Das ist ja toll, dich zu treffen. Annie, das ist Max Dalton. Er und sein Bruder Rhys sind Freunde von Jamie Whitcomb. Und nun sind wir auch Freunde. Wir haben uns auf Erics Junggesellenabschied kennen gelernt."

„Ah!" Annie dachte an die Junggesellenparty. Wie wild es dort zugegangen sein musste. Und wie gut Max aussah. Nicht so gut wie Ryan, aber angesichts all der heißen Typen, die dort zugegen waren–einschließlich Jamie, Cole, Luke, Gabe und Eric, alles Freunde von Ryan–mussten die Frauen um sie herum dort reihenweise in Ohnmacht gefallen sein. „Schön, dich kennen zu lernen, Max!"

„Es ist mir ein Vergnügen, dich kennen zu lernen. Entschuldigt, dass ich so ungeschickt war. Ich war in Gedanken noch bei der Arbeit, und es war ein sehr anstrengender Tag."

„Max hat den allercoolsten Job überhaupt. Er ist professioneller Zauberer und hat gerade ein Theater eröffnet. Jamie hat uns alles darüber berichtet. Er sagte, es sei umwerfend und für die kommenden Wochen bereits ausgebucht."

„Das ist ja unglaublich", sagte Annie. „Herzlichen Glückwunsch! Ich habe schon viel von eurem Zaubertheater gehört. Es wird behauptet, die Show sollte man nicht verpassen!"

„Vielen Dank. Also was macht ihr beide hier? Euch vielleicht zu der kleinen weißen Hochzeitskapelle davonstehlen?"

Ryan und Annie lachten beide etwas verkrampft.

„Wir sind einfach auf einem Wochenendausflug", erwiderte

Ryan.

Max langte in seine Jackett-Tasche und zog zwei Eintrittskarten heraus. Er reichte sie Annie und sagte: „Als Entschuldigung
für meine Ungeschicklichkeit. Ich hoffe, ihr habt noch keine anderen Pläne."

Annie schaute die Tickets an. Das waren Karten für die Eh-
renloge in seiner Zaubershow heute Abend. Annie kreischte auf
vor Freude und sagte: „Selbst wenn, dann würde ich es absagen.
Herzlichen Dank!"

Ryan grinste. „Sie wollte gerade sagen, dass sie unbedingt eine
Zaubershow sehen wollte, wie sie heute bereits eher erwähnte.
Du hast ihren Tag gerettet!"

„Großartig", sagte Max. „Wirst du es auch schaffen, Ryan?"

„Würde ich auf keinen Fall verpassen wollen!"

„Dann sehe ich euch heute Abend. Meine Verlobte Grace wird
heute nicht da sein können, aber ihr werdet bei Rhys und Melina
sitzen. Und nach der Show werde ich euch treffen."

„Ich kann es nicht erwarten", sagte Annie aufgeregt.

Nachdem er davongegangen war, meinte Annie: „Es ist schon
witzig, wie eines zum anderen führt."

„Was meinst du?", fragte Ryan sie.

„Naja, wenn ich nicht angegriffen worden wäre, wären wir
wahrscheinlich nicht hier, um auf deinen Freund Max zu stoßen,
und wir hätten jetzt keine VIP-Tickets für eine fabelhafte, ausver-
kaufte Zaubershow. Deshalb finde ich, dies ist ein Beweis dafür,
dass es immer einen Grund gibt, optimistisch zu sein."

Ryan schaute auf die Uhr. „Die Show beginnt erst in ein paar
Stunden, aber warum machen wir uns nicht schon fertig? Wir
können vorher noch einige andere Dinge unternehmen."

Sie gingen in ihre jeweiligen Zimmer, um sich umzuziehen.
Annie nahm den Verband ab und behandelte die verbliebenen
Kratzer mit einer Lotion, dann suchte sie ein weiteres neues Kleid
heraus, das sie speziell für Las Vegas gekauft hatte. Es war ein

körperbetonendes, jadegrünes Minikleid, das vorne ihre Brüste vollständig bedeckte, hinten aber rückenfrei bis zur Taille war. Dazu trug sie Sandalen mit einem niedrigen Absatz. Sie lockte ihr Haar an den Spitzen, ließ es aber offen über die Schultern fallen. Sorgfältig legte sie Makeup auf, wobei sie einen Hauch purpurfarbenen Lidschatten auftrug, durch den ihre Augen leicht golden schimmerten.

Sie war gerade fertig geworden, als es an der Tür klopfte.

Ryan riss die Augen auf, als er sie sah. „Wow! Du siehst fantastisch aus, Annie!"

Sie lächelte und sagte: „Vielen Dank. Du aber auch!" Ryan trug eine schwarze Hose und ein langärmeliges, dunkelblaues Hemd, das so weich aussah, dass Annie es am liebsten berühren wollte. Doch die Wahrheit war, dass sie immer Ryan berühren wollte.

„Willst du an den Spielautomaten spielen?"

„Das könnten wir", meinte er. „Wir könnten aber auch eine Gondelfahrt beim VENETIAN unternehmen. Das wollte ich schon immer einmal machen."

„Wirklich? Ist das nicht eigentlich für Pärchen gedacht?"

„Es ist eine Fahrt, das ist alles. Komm schon, das wird Spaß machen!"

„Okay, danach können wir immer noch spielen", meinte sie. „Seit wir mit Max zusammengestoßen sind, habe ich das Gefühl, hat sich mein Glück gewandelt."

Ryan grinste. „Du kannst ein Wochenende mit mir in Las Vegas verbringen. Wie viel glücklicher kann man noch sein?"

Oh, da gab es viele Wege. Wenn er doch bloß etwas mehr als Freundschaft für sie empfinden würde!

Sie begaben sich hinunter zum VENETIAN. Es war ein ziemlich langer Spaziergang, aber es befand sich auf halber Strecke zu ihrer Show, und es war ein wirklich schöner Tag. Sie gingen durch das Kasino und fuhren mit dem Aufzug in die zweite Etage. Die

Zimmerdecken waren bemalt, und die Beleuchtung gedämpft. Man fühlte sich wie auf einer romantischen Straße in Venedig, wenn man unter einem Sommerhimmel dahinschlendert, der mit großen, weißen, bauschigen Wolken übersät ist. Annie seufzte.

„Wo liegt das Problem?"

„Problem? Gar kein Problem", antwortete sie mit einem Lächeln. „Dies ist erstaunlich. Ich habe immer davon geträumt, meine Flitterwochen in Venedig zu verbringen."

„Mit irgendjemandem Bestimmten?"

„Einfach mit Mister Perfekt!", lachte sie.

„Also dann mit mir?"

Sie schaute weg, hatte Bedenken, dass ihre Gefühle in ihren Augen ablesbar sein könnten, als er ganz plötzlich seinen Arm bei ihr einhakte. „Kommen Sie mit, Frau Hennessey! Wir müssen unsere Flitterwochen genießen."

Sie begaben sich zum Verkaufskiosk der Eintrittskarten im Hauptbereich des Einkaufszentrums. Ryan wandte sich an sie und fragte: „Würdest du die Gondelfahrt lieber innerhalb oder außerhalb machen?"

Annie zuckte die Achseln. „Ich habe weder das eine noch das andere gemacht, deshalb weiß ich es nicht."

Ryan fragte die Fahrkartenverkäuferin, welche Fahrt besser wäre.

„Beide sind großartig", sagte sie. „Die innerhalb ist ein winziges Stück länger, so um die fünf Minuten denke ich."

„Okay, dann nehme ich zwei Karten für diese", erwiderte er.

„Privates Boot oder mit anderen zusammen?", fragte die Verkäuferin.

„Privat", antwortete er mit einem Grinsen.

Das Mädchen gab ihm die Karten, dann nahm Ryan Annies Hand und führte Annie zu einem anderen Aufzug und hinunter, wo sie sich für die Gondelfahrten anstellten. Ein Boot mit einem

älteren Ehepaar glitt vorbei, die beide ziemlich gelangweilt drein-
schauten. Im nächsten Boot, das vorbeifuhr, saß ein jüngeres Pärchen in einem leidenschaftlichen Kuss versunken.

Ohne sich dessen bewusst zu sein, malte sich Annie aus, sie
und Ryan wären auf ihrer echten Hochzeitsreise. Sie hätten sich
selbst in ihrer Flitterwochen-Suite eingesperrt, würden nur her-
auskommen, um zu essen, romantische Spaziergänge zu unternehmen und dann um ihre Gondelfahrt zu machen und um dem
schmelzenden Gesang ihres Gondolieres zuzuhören. Sie stellte
sich vor, wie sie in der Gondel sitzen würden, sie zwischen seinen
Beinen, mit dem Kopf an seine Brust gelehnt. Sie malte sich aus,
wie er seine starken Arme um sie legen würde und mit seinen
Lippen sanft über ihren Nacken streifen würde. Wenn sie dann in
ihrem Zimmer zurück wären, würden sie in einer leidenschaftlichen Umarmung verschmelzen und–

„Hey, Erde an Annie . . .”

„Oh Mist, entschuldige!"

„Woran hast du gedacht?", fragte Ryan sie.

„Ach einfach nur Tagträumereien", entgegnete sie, wobei sie
merkte, wie ihre Wangen heiß wurden. „Schau, wir sind an der
Reihe. Wollen wir diese Flitterwochen beginnen!"

Ryan hielt ihre Hand, als sie in eine weiße Gondel stiegen,
die kunstvoll geschnitzt und mit goldenen, verschnörkelten Ver-
zierungen versehen war. Sie saßen eng nebeneinander. Der Gon-
doliere stellte sich als Marco vor. Er sah gar nicht italienisch aus,
aber als sie dann den Kanal hinunterfuhren, schmetterte er eine
italienische Opernarie, die so wunderschön war, dass Annie beinahe Tränen in die Augen stiegen.

Während er sang, steuerte er sie am Markusplatz vorbei,
durch kleine Kanäle, die von hübschen Geschäften und Cafés
gesäumt wurden und unter gewölbten Fußgängerbrücken hindurch, wo beeindruckte Touristen stehenblieben und zuhörten.
Marcos Stimme war wunderschön, und Annies romantische und

neugierige Ader konnte nicht anders, als sich zu fragen, worüber er wohl sang.

Sie wandte sich Ryan zu, und ihre Oberschenkel streiften aneinander. Annie fühlte eine Aufwallung von Hitze durch ihren Körper rieseln.

„Was denkst du, was er gerade singt?"

„Ich weiß genau, was er singt."

„Wirklich? Du hast also die geheime Fähigkeit, Italienisch zu verstehen, und hast es vor mir verheimlicht?"

„Nö. Ich weiß einfach, wovon er singt."

„Dann erzähl's mir!"

„Er singt von einem hübschen Mädchen mit langem Haar mit Glanzlichtern, die im Mondlicht schimmern wie Gold."

Annie grinste und lehnte ihren Kopf an seine Schulter. „Erzähl weiter!"

„Er sagt, die Spiegelung des Mondes im Wasser ist kaum wahrnehmbar, weil ihre Augen heller strahlen, wie wertvolle Steine."

Annie schloss die Augen, entspannte sich an ihm und lächelte weiter. „Was sonst noch?"

Ryan legte seine Lippen nah an ihr Ohr, was Schauer auslöste, die an ihrer Wirbelsäule und an ihren Armen hinunterjagten. „Er sagt, sie sollte kommen und sich zu ihm legen."

„Warum?", hauchte Annie in einem kaum vernehmbaren Flüstern. Ryan verlagerte ganz leicht seine Position, wobei sein Arm über eine ihrer kalten, harten Brustwarzen strich. Das Prickeln, das sich zwischen ihren Oberschenkeln ausgebreitet hatte, verwandelte sich in eine Welle von Feuchtigkeit, und Annie presste automatisch ihre Beine zusammen.

„Sie ist wunderschön, und er will, dass sie beide alleine zusammen sind. Er will sie ganz für sich allein haben. Er will sie vergessen machen, dass die übrige Welt existiert."

Annie holte tief Atem. „Was würde er tun . . . wenn er sie für sich alleine hätte?"

Ryan senkte seine Stimme noch weiter und sprach noch näher an ihrem Ohr, sodass sie ihn über Marcos sanftes Summen hinweg hören konnte, als er sagte: „Er würde sie so leidenschaftlich lieben, dass die Zeit still stehen würde und die Welt aufhören würde, sich zu drehen."

Langsam und mit immer noch geschlossenen Augen drehte Annie ihr Gesicht zu Ryan und drückte ihre Lippen auf seine. Sofort schlängelte sich seine heiße Zunge in ihren Mund, und seine Finger streiften über ihre Brust. Ihr Körper stand in Flammen, und Ryan war der einzige, der die Flammen löschen konnte.

Der Kuss dauerte mehrere Minuten, ehe Annie sich zurückzog. Ryan sah atemlos aus, seine Wangen gerötet. Er starrte sie an, mit Begierde und deutlicher Verwirrung in den Augen. Gott, natürlich war er verwirrt! Sie war zu sehr in ihrer Fantasievorstellung, seine Frau zu sein, verfangen gewesen, und das sagte sie ihm auch, wobei sie noch eine Entschuldigung nachschob.

„Bist du sicher, dass es nur das war?", fragte er als Antwort. „Das Verfangensein in einer Fantasievorstellung?"

Verlegen und alarmiert, dass sie zugelassen hatte, die Kontrolle zu verlieren, sagte Annie: „Natürlich. Was sollte es sonst gewesen sein? Du hast diese romantischen Sachen gesagt, und Marco hat mit so wunderschöner Stimme gesungen und . . . Wie ich schon sagte, es tut mir leid!"

Ryan umfasste ihr Kinn mit seiner Hand und hob ihr Gesicht schräg an in Richtung seines eigenen Gesichts. Dann drückte er ihr einen süßen Kuss mit geschlossenem Mund auf die Lippen. „Das soll es nicht." Er grinste. „Wär zu schlimm. Denn dieser Kuss zählt zu den fünf besten Küssen, die ich je gehabt habe."

Annie wusste, dass es eigentlich albern war, aber sie war enttäuscht. Die besten fünf waren nicht das Maß, wo sie sein wollte. Sie wollte, dass dieser Kuss der beste gewesen wäre, den er je gehabt hatte. Denn das war der Kuss für sie gewesen.

Sie räusperte sich und wich zurück. Sie spürte, wie ihr die

Röte ins Gesicht stieg. Den Rest der Fahrt verbrachten sie schweigend. Als sie vorbei war und sie wieder festen Boden unter den Füßen hatten, bemühte sie sich, etwas zu sagen. „Jetzt, da die Flitterwochen vorüber sind, willst du vielleicht spielen gehen?"

„Gern", sagte Ryan. „Wenn du nicht zuerst noch bei Madame Tussaud reinschauen möchtest, wo wir schon mal hier sind."

Annie blickte hinüber und sah, dass das Wachsmuseum sich gleich nebenan befand. „Okay, das könnte Spaß machen."

Wieder bezahlte Ryan den Eintritt und weigerte sich, Annies Geld anzunehmen. Als erstes gingen sie durch den Raum Viva Las Vegas. Auf einmal befanden sie sich unter den großartigen Persönlichkeiten, die die Geschichte von Las Vegas mit geprägt hatten–Elvis, das Rat Pack und Liberace.

Annie fotografierte die Blue Man Group, und Ryan posierte mit Celine Dion. Annie wollte gerade das Foto schießen, als Ryan seine Hand senkte und eine von Celines Brüsten umfasste.

„Ryan Hennessey!", schimpfte sie.

„Was? Wann werde ich nochmal die Chance bekommen, einen Superstar zu begrabschen? Außerdem hast du mich durch diesen Kuss so erregt. Was hast du erwartet?"

„So!", sagte sie und machte den Schnappschuss, wobei sie versuchte, sich seine Neckerei nicht zu Herzen zu nehmen. Das Foto würde in dem Album einen Platz finden, wo sie die meisten ihrer Fotos mit Freunden und der Familie sammelte. Sie bewahrte es neben ihrem Bett auf, damit sie–falls jemals ein Feuer ausbrechen sollte–es schnell packen und in Sicherheit bringen könnte, wenn sie aus dem Apartment rennen müsste.

Als nächstes gingen sie in die Sportler-Abteilung.

„Du übernimmst Muhammad Ali, und ich werde mich zu Chuck stellen", meinte Ryan.

„Warum? Glaubst du, dass ich mit Chuck Liddell nicht fertigwerden kann?"

„Ich bin sicher, dass du mit ihm fertigwerden kannst", meinte

Ryan mit einem Grinsen. „Aber Ali war der großartigste Kämpfer, den es je gab!", sagte er mit einer leisen, krächzenden Stimme, wobei er Ali imitierte.

Annie erwiderte das Grinsen, bevor sie ein Paar rote Boxhandschuhe, die der Aufseher ihr gab, anzog und zu Muhammad Ali in den Ring stieg. Er sah so echt aus einschließlich seines Mundschutzes. Annie hielt ihren Handschuh an die eine Seite seines Gesichts, und Ryan machte ein Foto, wie sie gerade den größten Boxer aller Zeiten k.o. schlug.

Ryan stellte sich mit Chuck Liddell in das Achteck, und Annie fotografierte. Doch Annies Lieblingsteil im Sportler-Raum war, als sie Ryan zusah, wie er versuchte, sich mit Shaquille O'Neal ‚Kopf an Brust' zu messen. Ryan unternahm drei Versuche, aber Shaq versenkte alle drei.

„Das ist bestimmt manipuliert", sagte Ryan.

„Ja, okay."

„Ich hätte auch als Basketballspieler Karriere machen können."

„Wenn du nur einen halben Meter größer wärst?", stichelte sie.

Sie begaben sich in den nächsten Raum. Der war voller Superhelden. Annie liebte Superhelden. Ryan neckte sie deswegen, ließ aber dennoch nie den neuesten Marvel Comics Kinofilm aus.

Annie brachte Ryan dazu, sie mit beinahe jeder Figur zu fotografieren. Spider Man war ihr absoluter Favorit, deshalb musste Ryan zwei Bilder von ihr mit ihm machen. Ryan bat eine Frau hinter sich, ob sie ein Foto von ihnen beiden zusammen mit Hulk machen könnte. Jeder stellte sich auf eine Seite des wuchtigen, grünen Monsters und demonstrierte seine jeweilige Superheld-Pose, während die Dame das Foto machte.

Als sie Ryan das Handy zurückgab, meinte die Frau: „Ihr seid so ein süßes Paar."

Annie erwartete, dass Ryan ihr erklärte, dass sie kein Paar

wären, aber das tat er nicht. Stattdessen bedankte er sich, und sie zogen weiter zu dem 4D-Erlebniskino der Show.

Nun konnten sie eine echt coole 4D-Superhelden-Show anschauen, und bevor sie hinausgingen, sang Annie noch für Simon Cowell, der ihr bestätigte, dass sie ‚grässlich‘ wäre. Ryan befummelte Katy Perry. Sie amüsierten sich prächtig.

„Ich glaube, wir haben hier drin etwas zu lang gebraucht", sagte Annie zu Ryan, als sie herauskamen. „Es ist beinahe sieben. Wir sollten uns lieber beeilen, rechtzeitig zur Show zu kommen. Vielleicht können wir danach noch etwas spielen?"

Ryan war einverstanden, und per Taxi fuhren sie zum Zaubertheater. Schickes, dunkles Holz mit rotem und schwarzem Dekor begrüßte sie. Als Ryan und Annie ihre Plätze einnahmen, saßen Max und eine hübsche Brünette auf den Plätzen neben ihnen. Bloß schien Max sie nicht zu erkennen.

„Annie", sagte Ryan, „das ist Rhys, der Zwillingsbruder von Max. Und seine Frau Melina. Sie leben hier in Las Vegas. Naja, in einem Vorort."

Sie standen beide auf.

„Ich freue mich, dass ihr gekommen seid. Gerade wollte ich Melina einen Drink holen. Hättest du auch gern einen, Annie?"

„Ähm, gern."

„Ich komme mit dir mit, Rhys." Ryan beugte sich herab und gab Annie einen Kuss auf die Wange. „Bin gleich zurück."

„Also was macht ihr beide hier in der Stadt?", fragte Melina.

„Bloß einen Kurzurlaub", erzählte Annie ihr. „Gefällt es dir, hier in Las Vegas zu leben?"

„Eigentlich schon, wirklich. Wir leben nicht in der Nähe von all dem hier", sagte sie und gestikulierte im Theater herum. „Unsere Nachbarschaft ist gemütlich und kinderfreundlich. Aber es macht Spaß, so nah an all der Aktion dran zu sein. Außerdem muss Rhys hier sein, und ich muss bei Rhys sein. Wenn es sein müsste, würde ich auch mit dem Nordpol klarkommen."

Annie erkannte die Liebe, die aus den Augen dieser Frau sprach, als sie von ihrem Ehemann erzählte.

„Also sind Ryan und du . . . ?"

„Er ist mein bester Freund."

Melina nickte. „Rhys und ich waren sehr gute Freunde, bevor wir Liebende wurden, und dann Mann und Frau. Er ist immer noch mein bester Freund. Ich glaube wirklich, so sollte jeder beginnen."

Annie schaute sich um, um sich zu vergewissern, dass Ryan nicht in der Nähe war. „Wie habt ihr das geschafft? Von Freunden zu Liebhabern zu werden? Wart ihr nicht besorgt, dass dabei die Freundschaft auf der Strecke bleibt?"

„Schon", sagte Melina. „Und ich muss gestehen . . . keiner von uns beiden war zunächst wagemutig genug, dieses Risiko auf sich zu nehmen. Jemand, der uns liebte, wusste, wie wir füreinander empfanden und gab den Dingen den entscheidenden Anstoß. Aber als wir uns der Idee erst einmal geöffnet hatten . . . nahmen die Dinge ziemlich schnell ihren Lauf."

„Und auf einmal habt ihr gewusst, dass alles in Ordnung sein würde?"

„Nein. Es gibt keine Garantie. Aber als es zu der sexuellen Ebene kam . . . naja, ich war mir sicher, dass es das Risiko wert wäre. Ich war mir sicher, Rhys wäre es wert. Und hier ist er auch schon."

Annie blickte gerade rechtzeitig auf, um zu sehen, dass Rhys mit den Getränken auf sie zukam. „Ryan kommt gleich hinter mir", sagte er. „Entschuldige, wenn ich hin und her eilen muss, aber da Max die Zauberkunststücke aufführt, muss ich mich darum kümmern, dass hinter der Bühne alles reibungslos klappt."

„Lass dich nicht von ihm an der Nase herumführen", warnte Melina Annie. „Er ist selbst ein ziemlich zauberhafter Kerl."

Rhys küsste seine Frau auf die Lippen und sagte: „Daher bekomme ich meine Zauberkräfte. Von ihr und den prachtvollen

Zwillingen. Ich bin gleich wieder zurück." Er ging, um sich seinen Aufgaben zu widmen, und Annie konnte den Ausdruck absoluter Bewunderung in Melinas Augen nicht übersehen, als sie ihm nachsah.

„Ihr habt Zwillinge?", fragte Annie.

„Ja, einen Jungen und ein Mädchen."

„Das ist ja toll", sagte Annie. „Eines Tages würde ich auch gern Kinder haben."

„Die Freude ist unbeschreiblich", bestätigte Melina.

„Welche Freude?", fragte Ryan, der sich gerade näherte.

„Mit deinem besten Freund Kinder zu haben", sagte Melina mit einem Augenzwinkern in Annies Richtung.

Sie errötete und beobachtete Ryan, der sie intensiv anschaute.

Die Zaubershow war so wundervoll wie sie sich vorgestellt hatte. Danach unterhielten sie sich noch mit Max, Rhys und Melina. Mittendrin tauchte Grace, Max' Verlobte, auf, um ihn zu überraschen. An ihrem Finger steckte ein wunderschöner Verlobungsring. Sie plauderten und lachten, und irgendwann merkte Annie, dass wenn jemand sie sehen würde, er sich denken würde, dass sie drei Paare wären, die einen Abend in der Stadt verbrachten.

Sie jedoch war kein Teil eines Paares.

Sie war eine ziemlich große Hochstaplerin, das war es, was sie war.

Abscheu füllte ihre Lungen und machte es schwer für sie, zu atmen.

Sie war nach Las Vegas gekommen mit einem speziellen Programm. Ein Teil dieses Programms war, Ryan von ihrem Bildschirm zu streichen. Doch seit dem Moment als er in San Francisco das Flugzeug bestiegen hatte–nein, seit der Nacht, als er sie geküsst und dann Telefonsex mit ihr gehabt hatte–war sie nicht mehr imstande, sich auf etwas anderes zu konzentrieren.

Als der Abend zu Ende ging, bedankte sich Annie bei Max noch einmal für die Einladung. „Ich habe mich wunderbar amüsiert."

Bevor sie gingen, legte Melina eine Hand auf ihren Arm und sagte: „Denk daran, Schätzchen, einige Risiken sind es wirklich wert. Sehr, sehr wert."

Mit einem Taxi fuhren Annie und Ryan wieder zum Hotel zurück. Ryan war recht gesprächig und stellte fest, wie prima Max seinen Job erledigt hatte, wobei er sogar erwähnte, dass es schon beneidenswert war, dass Max in seinem Beruf von lauter schönen Frauen umgeben war.

Annie wollte ihn schon anschreien: *Ich hab's verstanden! Wir sind bloß Freunde!* Aber natürlich tat sie das nicht.

„Werden wir nun zu den Spielautomaten gehen?", fragte Ryan, als sie am Hotel angekommen waren.

„Ich denke, ich möchte lieber ein Schläfchen halten. Vielleicht könnten wir später spielen, nach dem Abendessen."

„Geht es dir gut?"

„Ja, mir geht's gut. Es war nur ein langer Tag", meinte sie. „Wir sehen uns in einer Stunde oder so."

KAPITEL ZEHN

A NNIE BETRAT IHR ZIMMER, SCHLOSS die Tür hinter sich und ließ sich in ihr Bett fallen. Sie war dabei, sich selbst verrückt zu machen mit all den Fantasievorstellungen, die in ihrem Kopf herumwirbelten. Damit musste sie unbedingt Schluss machen und sich wieder auf ihren Plan konzentrieren.

Indem sie die Augen zumachte, versuchte sie, einzudösen, aber sie konnte an nichts anderes denken als an Ryan. Schließlich setzte sie sich auf und zog die Schublade neben ihrem Bett auf. Sie nahm das Blatt Papier, ihre Liste, heraus und las sie noch einmal durch. Sie holte tief Luft und schloss die Augen. Sie versuchte, sich vorzustellen, wie sie all diese Dinge tun würde, doch wieder konnte sie ihre Gedanken nicht von Ryan losreißen.

Sie dachte darüber nach, wie liebenswürdig er gewesen war, als sie angegriffen worden war. Sie dachte daran, wie er sie mit Blicken verschlungen hatte, als er sie abgeholt hatte, und wie romantisch die Gondelfahrt gewesen war. Sie dachte daran, wie viel Spaß sie im Wachsmuseum gehabt hatten, und sie fragte sich, ob es einen anderen Mann gäbe, den sie so begehren könnte und mit dem sie gleichzeitig so viel Spaß haben könnte.

Seufzend stand sie auf, zog ihr Kleid aus und legte sich in ihr großes Bett. Sie streckte sich aus, rollte herum und streckte sich wieder aus. Dabei achtete sie besonders auf ihr verletztes Knie. Die Matratze war weich und gemütlich, aber kalt und leer. Annie war fest entschlossen, Ryan aus dem Kopf zu bekommen.

Die Liste! Konzentriere dich auf die Liste!

Wie würde es sein, mit einem Fremden ins Bett zu gehen? Annie schloss die Augen und versuchte, sich dies vorzustellen. Sich aufzudonnern. Mit jemandem, den sie nicht kannte, zu flirten und zu tanzen. Tief in dessen Augen zu schauen, wenn er sagte, dass sie wunderschön sei und dass er sie küssen wollte. Wahrscheinlich würde sie erröten und antworten: ‚Das wäre schön.‘ Seine Lippen würden warm und weich sein, wenn sie ihre treffen würden, und sie würde ihre Lippen leicht öffnen, um seine Zunge hineinschlüpfen zu lassen. Sie würden sich intensiv küssen, und wenn sich die Leidenschaft erhitzt hätte, würden seine Lippen hinunter zu ihrem Hals wandern.

Sie versuchte sich vorzustellen, wie er aussehen würde. Sie konnte dunkles Haar sehen und eine gute Figur, aber jedes Mal wenn sie sich sein Gesicht vorstellte, war es Ryans.

Die Vorstellung, Ryan zu küssen, ließ sie erbeben. Sie malte sich aus, wie sie seine Unterlippe in ihren Mund sog und mit ihrer Zunge darüber streichen würde. Sie liebte seine Unterlippe und konnte in letzter Zeit kaum mehr daran denken, ohne sie beißen zu wollen. Sie dachte an den Kuss in der Gondel zurück. Erinnerte sich, wie süß seine Lippen geschmeckt hatten und wie heiß seine Zunge gewesen war, als sie zwischen ihre Lippen geschlüpft war und sich mit ihrer Zunge duelliert hatte. Vor allem erinnerte sie sich daran, wie begierig nach ihr er zu sein schien, und wie seine Finger über ihre Brust gestrichen waren, während seine Zunge in die warme Höhle ihres Mundes eingetaucht war. Annie erschauerte, stellte sich vor, dass seine Hände kühner würden, ihre beiden Brüste umfassen würden und dann sowohl verzweifelt als auch zurückhaltend über ihren Körper gleiten würden, als würde er ein wertvolles Kunstwerk erforschen.

Von den Seiten brachte sie ihre Hände nun zu ihren Brustwarzen, die sie durch den Stoff des BHs hindurch leicht rieb. Je mehr sie sie rieb und daran zog, desto stärker bemühten sie sich, aus dem hauchfeinen Stoff, der sie zurückhielt, auszubrechen. Letztendlich hakte Annie ihren BH auf, zog ihn aus und warf ihn beiseite. Sie legte sich wieder zurück, nahm ihre rechte Brust in die Hand und massierte sie zärtlich. Während sie an Ryan dachte, kniff sie ihre Brustwarze mit ihren Fingern. In ihrem Körper flogen Schmetterlinge auf, und ein Feuer entflammte in ihrem Bauch. Sie stieß ein langes Stöhnen aus, während sie die andere Hand dazunahm, um der anderen Brust dieselbe Aufmerksamkeit zu schenken. Mit geschlossenen Augen lag sie da und stellte sich vor, dass es Ryan wäre, der sie berührte.

Annie zog ihre Knie zu ihrer Brust herauf, dann ließ sie sie auseinanderfallen. Mit ihren Fingern legte sie eine Spur von ihren Brüsten hinunter über ihren Unterleib, über ihren Nabel und bis zu ihrem Venushügel, wo sie schließlich innehielt. Dort rieb sie mit ihrer Hand über den Satin und die Spitze ihres Höschens. Mit der Vision von Ryan frisch in Erinnerung steigerte sie nach wenigen Sekunden den Druck und fing an, im gleichen Rhythmus ihre Hüften zu bewegen. Annie stellte sich Ryans Lippen auf ihren vor und malte sich aus, dass es seine Hand wäre, die über ihr nasses Höschen strich. Ihr Atem ging stoßweise, und Annie schlüpfte mit ihrer Hand in ihr Höschen, erregt vom Spüren nackter Haut und dann heftig erschauernd, als sie ihre jetzt-angeschwollene, sehnsuchtsvoll schmerzende Klitoris mit ihren Fingern berührte.

Das Höschen war bloß im Weg, deshalb zog sie es schnell aus und warf es beiseite. Als sie mit ihrer Hand wieder zu ihrem Venushügel zurückkehrte, presste sie ihre Handfläche kurz oberhalb ihrer Klitoris fest dort hin. Dann rieb sie die Stelle sanft. Sie wollte nicht sogleich ihren Höhepunkt haben, obwohl sie bereits spürte, dass sie kurz davor war. Als sie ihre Hand bewegte, konnte sie ihre eigene Nässe nicht nur spüren, sondern auch hören. Sie hatte die Augen geschlossen und leckte sich die Lippen, während sie sich vorstellte, dass Ryan da war und mit seinem pochenden, harten Schwanz zwischen ihre Lippen und über ihre Zunge strich. Sie malte sich aus, wild an ihm zu saugen, während Ryan mit seinen Hüften stieß und dabei mit der Spitze seines Schwanzes an den Gaumen ihrer Kehle drückte, was ihn zum Stöhnen brachte.

Mit einer Hand spreizte sie sich, mit den Fingern der anderen Hand trieb sie sich weiter an, machte sich selbst immer wilder, zog und zerrte, rieb und drückte sie, wobei sie sich auf dem Bett zu drehen und winden begann. Sie stöhnte laut auf und erschauerte, als sie zwei Finger in sich hinein steckte. Doch das war nicht genug. Sie brauchte unbedingt, sehnte sich nach Ryans Schwanz, der sie ausfüllen sollte.

Sie blickte zum Nachttisch, dann Richtung Tür, um sicherzugehen, dass sie auch verschlossen war. Natürlich war sie verschlossen. Sie zog die unterste Schublade auf und schaute die Schachtel an, die den neuen Vibrator enthielt. Nervös machte sie die Schublade wieder zu und legte sich zurück. Doch das Kribbeln zwischen ihren Beinen und in ihren Brustwarzen wurde nur stärker, und das Wissen, dass Ryan in seinem Bett nebenan liegen könnte, geilte sie nur umso mehr auf. Sie fragte sich, ob er jemals an sie dachte, wenn er seinen Schwanz streichelte.

Unfähig, dem Bedürfnis zu widerstehen, wenigstens so zu tun, als ob er in ihr wäre, zog Annie die Schublade wieder auf. Diesmal nahm sie die Schachtel heraus und legte sie auf ihren Bauch. Sie machte den Deckel auf.

Da war es und starrte sie an. Sechzehn Zentimeter geripptes, pink-farbenes Latex, fünf Geschwindigkeiten, kegelförmig zugespitzt am Ende und bereits mit vier Batterien aufgeladen. Es war einsatzbereit, und sie auch.

Sie nahm ihr neues Sex-Spielzeug aus der Schachtel. Es fühlte sich seltsam an in ihrer Hand. Sie schaltete die niedrigste Stufe ein und sah zu, wie es zum Leben erwachte.

Annie hatte nie zuvor einen Vibrator verwendet. Zaudernd spurte sie damit über eine Brust und begann augenblicklich zu erschauern. Sie strich in langsamen Kreisen um ihre Brust, dabei wurden die Kreise immer enger, bis sie ihre Brustwarze erreichte. Während sie den Vibrator zwischen ihren gierigen Brustwarzen hin und her bewegte, konnte sie spüren, wie sich die Nässe zwischen ihren Beinen vermehrte. Sie schloss die Augen und stellte sich Ryan vor. Sie malte sich aus, wie er mit ihr im Bett lag, an ihren Brustwarzen saugte und leckte, sie zwischen seinen geschickten Fingern drehte, dass sie sich in ihrem Bett wie wild wand und krümmte. Sie schaltete die Geschwindigkeit höher und drückte den Vibrator gegen eine Brustwarze, während sie die andere zwickte. Ihr entwich ein leises Stöhnen, und ihre Muschi fing an, zu pulsieren, bat um Aufmerksamkeit. Ryans Aufmerksamkeit!

Sie zog den Vibrator über die weiche Haut ihres Bauches hinunter in Richtung ihres Venushügels. In freudiger Erwartung wölbten sich ihre Hüften leicht entgegen. Als sie ihn sachte zwischen ihre Oberschenkel gleiten ließ, glitt das Spielzeug über ihre geschwollenen Schamlippen und löste ein Schmerzen und Anschwellen ihrer Klitoris aus.

Während sie ihre Oberschenkel weiter spreizte, stellte sie sich Ryan mit seinem schönen Gesicht zwischen ihren Beinen vor. Sie drückte den Vibrator hart hinunter, öffnete dabei ihre Schamlippen leicht und strich über ihre sich sehnende Klitoris. In ihrer Vorstellung war es Ryans Zunge, die sich fest auf sie drückte und sich vor und zurück bewegte.

Sie stöhnte laut auf, und riss vor Schreck die Augen auf. Gott, war sie zu laut gewesen? Konnte Ryan sie durch die Wand hören? Sie sollte aufhören, aber sie wollte nicht aufhören. Sie wollte ihren Höhepunkt erleben, und sie wollte sich vorstellen, dass es Ryan war, der ihn ausgelöst hatte.

Sie strich mit dem vibrierenden Reizgeber an der Innenseite eines Oberschenkels entlang, dann am anderen, dabei mied sie ihre Muschi absichtlich, um den sehnsuchtsvollen Schmerz noch etwas länger andauern zu lassen. Die ganze Zeit ließ sie ihrer

Hand freien Lauf, ihre Brustwarzen zu drücken. Etwas unge-
stüm. So wie Ryan wäre, wenn er kurz vor dem Verlust seiner
Kontrolle stünde.

Wieder fuhr sie mit dem Vibrator an ihrem inneren Kern entlang, stellte sicher, dass er auch nass wurde, dann brachte sie ihn
zu ihren Brustwarzen zurück. Ihre eigene Erregung benutzte sie
dazu, den Schmerz ihrer sich sehnenden Spitzen zu lindern. Ihre
Hüften zuckten vor Begehren.

Vor ihrem geistigen Auge sah sie Ryan, wie er sich über ihr
aufstützte, wobei seine harte, nackte Brust glitzerte. Annie schob
den Vibrator hin zu ihrem glitschigen Eingang und brachte ihn
langsam zu ihrer Klitoris. Mittlerweile winselte sie, und je mehr
sie es zuließ, dass er an ihrer empfindsamen Knospe vibrierte, desto stärker konnte sie das Gefühl bis in ihre Zehen spüren, eine Intensität von Empfindungen, die sich in ihrem Inneren aufbauten.

Sie fuhr damit fort, den Vibrator auf und ab streifen zu lassen,
dabei brachte sie sich jedes Mal näher an den Abgrund. Es war
eine Qual, aber von der süßesten, verführerischsten Art. Als sie
sich immer weiter so folterte, sagte sie instinktiv Ryans Namen.
Einmal. Zweimal. Noch einmal.

Und sie wiederholte ihn immer öfter, während ihre Oberschenkel sich anspannten und ihr Körper sich durchbog, da er
um Erlösung bettelte. Ihre Klitoris pochte nun heftig, und Annie
schaltete das Sex-Spielzeug auf die höchste Stufe.

„Ryan", stöhnte sie und stieß das Spielzeug in sich hinein. Sie
stöhnte seinen Namen sogar noch lauter, während sie den Vibrator rein und raus bewegte, wobei sie ihre Hüften aus dem Bett
hob, um ihm entgegenzukommen.

Sie spürte, wie sich die Wellen ihres Orgasmus aufbauten. Sie
wollte schreien, aber ein Teil ihres bewussten Verstandes funktionierte noch. Der warnte sie, dass Ryan nebenan war. Dass dieses
Schreien sie verraten würde. Sie drehte den Kopf zur Seite und
packte das Plüschkissen mit den Zähnen. Mit Ryan vor Augen

ließ sie sich gehen, die verdammte Erlösung entlud sich in einer pulsierenden Explosion. Sie machte weiter, das Spielzeug in sich hineinzupumpen, während die Wellen ihres Höhepunktes durch ihren Körper hindurchbrausten. Alles in ihr kribbelte und krampfte sich zusammen, drückte sich um den Vibrator herum zusammen und überflutete sie mit Vergnügen.

Als es vorüber war, knipste sie die Vibrationen aus, behielt das Sex-Spielzeug aber noch in sich. Sanft massierte sie ihre Brüste mit einer Hand und wartete, dass die Empfindlichkeit ihrer Klitoris etwas abnahm. Sie stellte sich Ryan vor, wie er sanft an ihren Brustwarzen saugte, während er sie langsam streichelte, um ihr Zeit zu geben, sich abzukühlen, bevor er erneut loslegen würde, um seine eigene Befriedigung zu erreichen.

Als ihr Körper endlich zu zittern aufhörte, entfernte sie das Spielzeug von ihren Beinen, schaltete es aus und legte es auf das Nachtkästchen. Sie ringelte sich auf eine Seite zusammen und seufzte–nicht weil sie befriedigt, sondern weil sie traurig war.

Ihr Spielzeug war ein armseliger Ersatz gewesen für das, was sie wirklich wollte.

Nämlich Ryan!

Nicht bloß für eine Nacht, sondern für immer.

❦

ANNIE DRIFTETE IN EINEN SCHLAF und wachte dann eine Stunde später wieder auf. Sie rollte sich rum und sah das Spielgerät, das sie vorher benutzt hatte, bevor sie eingeschlafen war. Der Anblick löste bei ihr das Gefühl aus, weinen zu wollen. Sie fühlte sich leer. Innerlich hohl. Ihre Brust schmerzte wegen der erneuten Erkenntnis, dass Ryan niemals wahrhaftig der Ihre sein würde.

Sie warf die Bettdecken zurück und tappte ins Bad mit dem Spielzeug in der Hand. Während sie vor dem Spiegel stand und es abwusch, betrachtete sie ihr Spiegelbild und gelobte sich, sie würde sich niemals mehr selbst befriedigen, während sie an Ryan dachte. Es war zu schmerzvoll. Sie musste Ryan nun umso mehr, ein für allemal, aus ihrer Gedankenwelt löschen. Heute Abend würde sie ausgehen und einen neuen Mann finden, einen, der jeden Drang in ihrem Körper befriedigen würde oder der wenigstens in Zukunft ihre Fantasie beschäftigen könnte.

Nachdem sie das Spielzeug gereinigt hatte, legte sie es in die Schachtel zurück, zog den Morgenmantel wieder an und holte ihr Handy. Dann rief sie Ryan an.

„Hallo", sagte er mit schläfriger Stimme.

„Hab ich dich aufgeweckt?"

„Bin gerade aufgestanden. Hast du entschieden, was wir heute Abend machen wollen?"

„Ich habe entschieden, was *ich* heute Abend machen werde", gab sie in strengem Tonfall zurück. Ich verfolge meinen Plan weiter, Ryan."

Stille am anderen Ende der Leitung. Sie wartete lange darauf, dass er etwas sagte. Er tat es nicht.

„Ich weiß, dass du mit dieser Idee nicht einverstanden bist. Ich weiß, dass du um mich besorgt bist, und das schätze ich sehr. Doch ich bin nicht dumm. Ich werde vorsichtig sein."

„Du kannst so vorsichtig sein wie du willst, Annie, aber du weißt nie, wen du in dein Zimmer einlädst–und in deinen Körper–bis es nicht so weit ist."

„Ich habe gute Instinkte, was Menschen angeht, Ryan. Wenn du so sehr besorgt bist, kannst du ja mitkommen."

„Um was zu tun, während du einen Wildfremden auf der Tanzfläche zu verführen versuchst?", fragte er in mürrischem Tonfall.

„Alleinstehende Erwachsene schleppen für heißen Sex ständig irgendjemanden ab. Du selbst hast das schon getan, und ich werde es jetzt tun. Wenn du aus der Entfernung ein Auge auf mich werfen willst, kannst du das tun. Aber ich will nicht, dass du dich einmischst. Ich bin eine erwachsene Frau. Vergiss das nicht!"

Er grummelte etwas wie „Ja, ist gut."

Annie wollte eine deutlichere Bestätigung.

„Ryan, versprich mir, dass du dich raushältst, wenn ich nicht in echter Gefahr bin."

„Ich sagte ja", erwiderte er.

„Versprich es!", forderte sie.

„Okay, Annie, ich verspreche es." Sein Tonfall war immer noch missgönnend, aber sie wusste, dass er ein ihr gegebenes Versprechen nicht brechen würde.

„Ich werde in einer Stunde fertig sein", erwiderte sie.

KAPITEL ELF

FAST EINE STUNDE SPÄTER, GEGEN 22 Uhr, ging Annie zur Spiegelkommode hinüber, um ihre Ohrringe anzustecken. Sie warf einen letzten Blick in den Spiegel. Ihr schwarzes Kleid hatte einen tiefen Ausschnitt; an den Schultern war es von zwei schmalen Trägern gehalten, die im Zickzack über den Rücken liefen und im Kreuz an dem kurzen Rock befestigt waren. Der Rock endete gerade knapp im oberen Bereich ihrer Oberschenkel. Sie trug neue acht Zentimeter hohe Stöckelschuhe, außerdem die silberne Halskette, die ihr Ryan letztes Weihnachten geschenkt hatte, mit einem einzigen Diamanten und dazu passende Ohrringe.

Ihr Haar hatte heute Abend endlich mal kooperiert und lag in weichen Locken auf ihren Schultern und fiel über ihren Rücken. Sie sah gut aus. Sie sah bereit aus, einen Mann zu treffen, mit ihm zu flirten und so unanständig zu sein wie jedes andere Mädchen auch.

Aber ihr Herz war nicht bei der Sache.

Eine halbe Sekunde dachte sie darüber nach, Ryan anzurufen und die Sache abzublasen. Aber dann klopfte jemand an der Tür.

„Annie, bist du bereit?", rief er durch die Tür.

Sie war es nicht. Aber sie musste es sein! Sie holte tief Luft und öffnete die Tür.

Ihre Augen weiteten sich, als sie ihn sah. Er sah blass aus. Beinahe käsig.

„Wow, sehe ich so schlecht aus?", fragte sie ihn.

Er verdrehte die Augen. „Du siehst . . . wahnsinnig toll aus", sagte er zu ihr.

Annie spürte, wie ihr Herzschlag sich in ihrer Brust beschleunigte. „Wirklich?"

„Ja, wirklich", sagte er, während er eintrat und die Tür hinter sich zumachte.

„Warum schaust du dann so aus, als würdest du dich gleich übergeben müssen?"

Er strich sich mit den Händen durchs Haar. „Mensch, Annie! Du verstehst es einfach nicht, oder? Mein Magen verknotet sich bei dem Gedanken, dass du das durchziehst."

„Weil du dir Sorgen um mich machst?"

Er runzelte die Stirn. Presste die Lippen aufeinander. Er sah hin- und hergerissen aus. Zwiegespalten.

„Ryan?"

Er legte eine Hand in den Nacken, stieß einen tiefen Seufzer aus und schaute starr auf eine Stelle jenseits ihrer Schulter. „Es ist manchmal schwer. Mir vorzustellen, dass du mit einem anderen Mann zusammen bist."

Schock durchfuhr sie. Mit ausgestreckter Hand machte sie einen Schritt auf ihn zu, ließ sie dann aber fallen, als er einen Schritt zurück machte.

Sein Blick traf ihren. „Ich schätze, mir gefällt es ein wenig zu sehr, der wichtigste Mann in deinem Leben zu sein. Aber wenn du diese Idee wirklich durchführen willst, werde ich dich auf die Weise unterstützen, wie ein Freund es tun sollte."

Sie empfand einen Funken Hoffnung bei seinen Worten, und ihr Körper zitterte. Zögernd machte sie wieder einen Schritt auf ihn zu. Diesmal bewegte er sich nicht weg. „Hast du dir jemals uns zusammen vorgestellt, Ryan? Als mehr als bloß Freunde?"

Er hob seine Hand und umfasste ihre Wange. „In der Vergangenheit schon. Nachdem wir Telefonsex hatten, definitiv. Seit wir hier in Las Vegas sind? Da habe ich kaum an etwas anderes denken können. Aber was wir haben . . . das ist eine gute Sache, Annie. Das will ich nicht zerstören. Das *kann* ich *nicht* zerstören."

Er ließ seine Hand fallen und trat von ihr weg. Dann machte er es wieder. In diesem Moment, als das Gefühl seiner Berührung immer noch in ihrem Fleisch brannte, ihr Herz aber zu Eis verwandelte, erschien dieser kleine Abstand unüberwindbar. „Und du glaubst, das würde unsere Freundschaft zerstören?"

„Nicht?", fragte er mit forschendem Blick. Intensiv forschendem Blick.

Sie öffnete den Mund. Und schloss ihn wieder.

„Sag mir die Wahrheit! Ist dies–deine Liste der unanständigen Dinge–wirklich das, was du willst, Annie?"

„Ich will–ich will–" Sie leckte sich die Lippen. Schüttelte den Kopf. Zu viel. Sie wollte zu viel. Das hatte er selbst gesagt. Er dachte nicht, dass sie Sex haben könnten, ohne die freundschaftliche Beziehung zwischen ihnen zu zerstören. Und die Wahrheit war, dass auch wenn sie erregt davon war, zu hören, dass er zugegeben hatte, dass er daran gedacht hatte, mit ihr Sex zu haben, sie dennoch mehr wollte. Sie wollte, dass er verrückt nach ihr war und leidenschaftlich verliebt in sie wäre. Doch das war er nicht. Ende der Geschichte.

„Ich will heute Abend Sex haben, Ryan. Und dabei will ich nicht riskieren, dich zu verlieren." Sie zwang sich zu lächeln. „Deshalb ja, die unanständigen Dinge meiner Liste abzuhaken ist das, was ich will. Wer weiß? Vielleicht findest du selbst Eine, die du aufreißen kannst?"

Er starrte sie eine Minute lang an, ehe er den Kopf schüttelte, nicht als Kritik oder vor Enttäuschung, sondern als ob er ihn freimachen müsste. Auf einmal klatschte er in die Hände, und durch dieses Geräusch erschrak sie.

„Du hast Recht. Wir sind in Las Vegas, Schatz! Warum solltest du den ganzen Spaß haben? Also los, lass uns gehen und unsere

One-Night-Stands aufgabeln!" Ryan warf seinen Arm über ihre Schultern und führt sie zur Tür.

Sie musste sich ganz schwer zusammenreißen, um sich abzuhalten, loszuheulen.

∾⤳⥿∽

ALS SIE ERST EINMAL IM Aufzug waren, fragte Ryan sie: „Also wo möchtest du hingehen?"

Annie zuckte die Achseln. „Ich dachte, weil Gilley's gleich hier unten ist, könnten wir es dort als erstes versuchen. Wir sind in Las Vegas und haben die ganze Nacht Zeit, wenn sich da nichts Gescheites ergibt."

„Ich werde mich nicht mit dir streiten, solange der Plan heiße Bedienungen in Leder-BHs und mit ledernen Beinkleidern miteinschließt."

Dieser Kommentar diente nur dazu, Annies Wut anzustacheln. Wenn er zu Hause geblieben wäre, wo er eigentlich sein sollte, dann wäre ihr Kopf jetzt mit ihrem Plan beschäftigt und nicht mit den hautengen Jeans, die er gerade trug.

Als sie unten ankamen, nahm Ryan ihre Hand und führte sie durch das Kasino und in die Bar. Die ganze Inneneinrichtung war eindeutig auf Wildwest getrimmt; ein riesiger, langhörniger, texanischer, mechanischer Bulle mit Polsterung an seinen Hörnern befand sich in der Mitte einer gepolsterten Fläche. Laute Country-Musik spielte, und die Tanzfläche war voll. Einige der Leute an der Bar hatten Jeans und Stiefel an, die meisten jedoch waren fürs Ausgehen in ein Tanzlokal gekleidet. Wie Ryan vorausgesagt hatte, trugen die Bedienungen schwarze Leder-Bikini-Oberteile und lederne Beinkleider sowie schwarze Cowboy-Hüte.

Man musste Ryan zugute halten, dass er seine Augen streng auf Annie fixiert hatte. Dann ließ er ihre Hand los und sagte: „Okay, ich habe jetzt auf Bruder-Modus umgeschaltet. Viel Erfolg bei der Jagd!"

Die Hand, die er gehalten hatte, war kalt, und Annie wollte in diesem Moment nichts anderes als dass er sie wieder berührte. Sie war dabei, wegzugehen, hielt aber inne.

„Ich habe eine Idee", meinte sie. „Warum tanzt du nicht mit mir, wenn wir reinkommen? Tanze verführerisch mit mir, flirtend . . . ich weiß wirklich nicht warum, aber es hat immer den Anschein, dass Männer die Frauen wollen, die bereits vergeben sind, nicht wahr?"

Ryan hatte einen Ausdruck auf seinem Gesicht, den Annie nicht entschlüsseln konnte, aber er sagte: „Ja, du hast Recht." Dann nahm er wieder ihre Hand und führte sie hinein.

Sie entspannte sich, als er sie wieder berührte.

Ryan geleitete sie auf die Tanzfläche und legte seine starken, sexy Arme um ihre Taille. Annie legte ihre Arme um seinen Hals, und mit einem einfachen Ruck zog er ihren Körper so nah heran, dass er an seinem verschmolz. Annie fragte sich, ob Ryan ihren Körper zittern spüren konnte, als sie sich zu der leisen, langsamen Musik, die aus der Jukebox kam, zu bewegen begannen. Während sie tanzten, merkte Annie, wie Ryan seinen Mund immer näher an ihr Ohr brachte. Er benutzte ihn, um ihr Haar zurückzublasen, was einen Schauer des Begehrens auslöste, der ihre Wirbelsäule hinunterjagte. Als nächstes spürte sie seinen heißen Atem und die Vibrationen seiner sexy Stimme, als er ihr ins Ohr flüsterte: „Ich habe drei Typen gesehen, die fast von ihren Stühlen gefallen wären, als wir hereinkamen. Das kann ich ihnen kaum verdenken."

Annie musste sich wirklich konzentrieren, um genug Luft in ihre Lungen zu bekommen, um sprechen zu können. Schließlich war sie in der Lage, zu sagen: „Sind die Kerle heiß?"

Sein Körper verspannte sich. „Verdammt, wie soll ich das wissen?", erwiderte er. „Aber nur für den Fall, dass sie nach deinem Geschmack sind, werde ich ihnen eine gute Show bieten." Er wirbelte sie herum, dass ihr Rücken nun der Bar zugewandt war und sie an seine Brust streifte. Seine Finger berührten leicht ihre linke Hüfte und lösten ein Erschauern aus.

Sie konnte nicht sagen, ob er ihre Reaktion bemerkte oder nicht, aber ehe sie überhaupt darüber nachdenken konnte, spürte sie bereits, wie seine Hände langsam über ihr Kreuz und nach unten wanderten, und sich dann über die Rundungen ihres Hinterns legten. Er drückte sie sanft, und ihr Körper krümmte sich praktisch seinem entgegen.

Seine Hände bewegten sich zu ihren Hüften zurück, und er zog sie näher zu sich heran. Sein Körper fühlte sich hart und heiß an ihrem an, und zum ersten Mal spürte sie die Eisen-harte Länge an ihrem Oberschenkel.

Der Rest der Welt löste sich auf.

Er war erregt, der positive Beweis, dass er nicht gelogen hatte, als er ihr gesagt hatte, er fühlte sich von ihr angezogen. Sie konnte sich nicht abhalten, weiter zu drücken, ihren Griff fester zu machen und ihn einzuatmen. Er fühlte sich so gut an. Groß und hart und warm.

Er bewegte seine Hände hinauf zu ihrer Taille und legte eine Seite seines Gesichts an ihres. Sie schloss die Augen und genoss die zusätzliche Intimität.

Als sie die Hitze von Tränen hinter ihren Augenlidern spürte, blinzelte sie sie weg und räusperte sich. „Sollte ich dich auch begrabschen?"

„Das ist ein Angebot, das ich niemals ausschlagen würde", flüsterte er.

Dem neugierigen Zuschauer würde es so vorkommen, als tauschten sie geflüsterte, sexy Worte aus, während sie tanzten. Für Annie, deren Höschen bereits feucht und deren Inneres schon butterweich geworden war, fühlte es sich sogar so an. Irgendwie fühlte sie sich ermutigt, weiterzumachen, glitt mit ihren Armen an seinem Rücken entlang hinauf und massierte nebenbei seine harten Muskeln. Dabei spürte sie ihn auf eine Art und Weise wie nie zuvor. Als sie auf seinen Schultern angelangt war, glitt sie mit ihren Händen wieder den ganzen Weg hinunter bis zur Rückseite seiner enganliegenden, sexy Jeans. Sie schlüpfte in seine rückwärtigen Hosentaschen und spreizte ihre Oberschenkel, um seine Erektion zu umschließen und ihre Körper sogar noch enger aneinander zu drücken.

Er stöhnte auf und hielt sie noch enger umschlungen, während sie sich langsam zur Musik wiegten.

Er küsste ihr Ohr. „Sie schauen alle zu und stellen sich vor, sie würden dich selbst so in den Armen halten. Sie malen sich aus, deine Brüste zu umfassen und deine harten Brustwarzen an ihren Handflächen zu spüren. Vor ihrem geistigen Auge heben sie dieses winzige Kleid an und legen ihre Hände auf dein nasses Höschen. In ihrer Vision reiben sie mit ihren Fingern an deiner geschwollenen Klitoris . . ."

Annie biss sich auf die Lippe, um sich abzuhalten, zu schreien. Er redete unanständig mit ihr–er, *Ryan*, nicht jemand, der vorgab, der fiktive Kyle zu sein–und sie war felsenfest überzeugt, sie könnte durch den Klang seiner Stimme allein zum Höhepunkt kommen.

Ryans große Hände schlitterten ihre Arme hinauf und über ihre Schultern, ehe sie sich wieder an ihren Armen hinunter bewegten, um ihre Hände zu ergreifen. „Und jetzt stellen sie sich vor, dich mit in ihr Zimmer zu nehmen und nackt mit dir zu tanzen. So wie ich es mir vorstelle."

Annie wich zurück, um ihn anzustarren, als gerade die Musik stoppte.

Hatte er gerade gesagt, dass er sich vorstellte, nackt mit ihr zu tanzen?

Sie wartete darauf, dass er noch etwas sagte. Irgendetwas, damit sie tapfer genug sein konnten, den nächsten Schritt zu wagen, um über ihre Freundschaft hinauszuzielen und auf etwas zu, das weitaus intimer wäre. Doch er tat es nicht. Langsam ließ er ihre

Hände los, und sie hatte das Gefühl, als würde jede Hoffnung, mit ihm zusammen sein zu können, schwinden.

Annie schluckte schwer, versuchte, den Baseball-großen Frosch in ihrem Hals verschwinden zu lassen, und sagte schließlich: „Das war–ich meine, es war–danke, Ryan."

„Jederzeit gerne wieder", entgegnete er. Er strich ihr eine vereinzelte Haarsträhne aus dem Gesicht. Er steckte sie ihr hinters Ohr, und diese einfache Bewegung allein kam Annie vor wie der ultimative Akt der Verführung.

„Ich schätze, wir sollten uns trennen", meinte sie mit zittriger Stimme, die ihn anflehte, ihr zu sagen, dass sie sich irrte.

„Ja, schätze ich auch", sagte er. Das war nicht das, worauf sie gehofft hatte. „Pass auf dich auf, Annie! Tu nichts, wovon du nicht hundertprozentig überzeugt bist, okay?"

Sie nickte nur. Sie hatte immer noch diesen Frosch im Hals, und er drohte, hochzusteigen und den fragilen Damm einzureißen, der ihre Tränen zurückhielt. Annie sah zu, wie Ryan an der Bar Platz nahm. Sie folgte seinem Beispiel und setzte sich ans entgegengesetzte Ende der Bar.

„Was kann ich dir bringen?", fragte der Barkeeper.

„Einen Cosmopolitan", sagte sie, da sie bereits antizipiert hatte, dass sie etwas alkoholischen Mut brauchen würde, um durch diesen Abend zu kommen. Sie blickte Richtung Ryan. Er hatte bereits eine Bewunderin neben sich sitzen. Eine kleine Blondine zu seiner Rechten. Ryan hatte seinen Barhocker so gedreht, dass er dem mechanischen Bullen im Zentrum der Bar gegenübersaß. Die Frau war Ryan zugewandt und beugte sich viel zu nah an ihn heran.

„Hallo, du!" Annie hörte die männliche Stimme neben sich, war aber zu stark auf Ryan konzentriert, dass sie sie zunächst nicht bemerkte. Sie sah zu, wie die Blondine etwas zu Ryan sagte und dann mit ihrer perfekt manikürten Hand seinen Oberschenkel tätschelte, während sie lachten.

Der Barkeeper stellte ihren Drink vor ihr auf die Theke, und in genau diesem Augenblick realisierte sie, dass ein Mann neben ihr saß.

Erschrocken-überrascht sagte sie: „Hallo!"

„Hallo", sagte er mit einem Grinsen. „Ich dachte schon, das würde mein schnellster Fehlversuch aller Zeiten werden."

„Was?", fragte Annie ehrlich verwirrt.

Der Mann lachte und sagte: „Ich sagte hallo, aber du warst sehr beschäftigt. Das hat mein Ego zwar verletzt, aber nicht komplett demoliert. Noch nicht! Ich bin Clint."

Clint war ein gut aussehender Typ. Groß uns schlaksig, wahrscheinlich eins sechsundachtzig oder eins achtundachtzig, und er hatte dunkles Haar und große, braune Augen mit langen Wimpern. Gekleidet war er wie ein typischer Cowboy: Blue Jeans und ein schwarzes Cowboy-Hemd, schwarze Stiefel und ein schwarzer Westernhut aus Filz.

„Ich bin Annie", sagte sie und erzwang ein Lächeln. Da ihr klar wurde, dass er ihre Chance auf einen One-Night-Stand sein könnte, schöpfte sie Kraft durch einen letzten Blick in Ryans Richtung. Die Blondine saß bei ihm praktisch schon auf dem Schoß, und eine Brünette war an seiner anderen Seite. Ryan schien mit beiden zu flirten. Offenbar versuchte er seinen Plan in die Tat umzusetzen. Annie musste ihren umsetzen. Sie wandte sich wieder Clint zu. „Du trägst so viel schwarz. Macht dich das zu einem schlimmen Jungen?"

Sein Lächeln deutete an, dass er sich ehrlich amüsierte. Seine Gesichtszüge wirkten dadurch entspannter, was ihn sogar noch besser aussehen ließ.

Er tippte sich an den Hut. „Ich kann so gut oder so schlimm sein wie du willst", sagte er.

RYAN BEOBACHTETE ANNIE, WIE SIE mit dem Cowboy redete. Jeder Muskel seines Körpers war angespannt, seine Fäuste waren zusammengeballt und seine Beine kaum in der Lage, sich still zu halten, angesichts des starken Dranges, den er fühlte, zu ihr zu gehen. Und zwar jetzt!

Nein, schon seit sie zusammen getanzt hatten.

Schon seit sie diese verdammte Bar betreten hatten.

Verdammt, es hatte ihn all seine Energie gekostet, ihre Hotelzimmer zu verlassen und mit ihr hier herunterzukommen.

Er wollte nicht, dass sie sich mit einem anderen Mann einließ. Er wollte sie ganz für sich allein. Mit ihr hier in Las Vegas zu sein, ob sie nun gemeinsam aßen, sich albern wie Touristen aufführten oder sich heiß und hitzig in einer Gondel verhielten, all das bedeutete ihm mehr als jede andere Zeit, die er je mit einer anderen Frau verbracht hatte. Und es war nicht nur sein Herz involviert. Er spürte physischen Schmerz in Form von reiner Begierde nach ihr.

Sogar über die Entfernung konnte er den Umriss aus Spitze ihres BHs sehen, den sie unter dem Kleid trug. Er führte ihn in Versuchung. Brachte ihn dazu, sie hier und sofort ausziehen zu wollen, damit er ihre Brüste sehen konnte, wie sie von der Spitze umschlossen wurden, um dann sehen zu können, wie die Spitze von ihr ausgezogen wurde. Er würde sie gerne berühren, aber er würde es nicht tun. Er würde sie zunächst nur anschauen. Sich jede Rundung, jede Farbschattierung einprägen, bis ihr Bild in seinem Verstand gespeichert war. Und erst wenn er es vor Verlangen nicht mehr aushalten könnte, wenn sein Mund trocken wäre und er kurz vor dem Verhungern nach ihrem Geschmack wäre, erst dann würde er nachgeben.

Er fühlte ein schmerzhaftes Zerren in seinem Magen, nur wegen ihr. Wegen ihres Körpers. Wegen ihres Duftes. Wegen ihres Geschmacks und ihres Aussehens.

Er wollte das alles.

Er wollte Annie.

Und er wusste ohne den Hauch eines Zweifels, wenn sie erst einmal die Seine wäre, dann würde er sie nie mehr aufgeben wollen. Warum sollte er auf irgendeine andere Frau der Welt aus sein, wenn er seine beste Freundin haben konnte, in seinem Leben und in seinem Bett?

Aber das war nicht das, was Annie wollte. Sie war am anderen Ende der Bar. Flirtete mit einem anderen Mann. War auf der Jagd nach jemandem, der sich zwischen ihre Beine legen würde. Jemand anderem als ihm. Und was zur Hölle konnte er dagegen tun?

Nichts. Wenn sie wirklich einen Mann aufgabeln konnte mit der Absicht, mit ihm zu schlafen, dann konnte sie unmöglich dasselbe für ihn empfinden, was er für sie empfand.

Mit einem Seufzer der Niederlage wandte er sich der Blondine neben ihm zu. Er hatte zu spät erkannt–falls er überhaupt je eine Chance mit Annie gehabt hatte–dass er sich auf Annie festlegen könnte für die Ewigkeit und noch darüber hinaus. Doch jetzt musste er sie vergessen.

KAPITEL ZWÖLF

C LINT WAR ATTRAKTIV, WITZIG UND sexy. Fast so attraktiv, witzig und sexy wie Ryan.

Der Barkeeper stellte ein Bier vor Clint hin, und während er es herunterkippte und sie an ihrem Cosmopolitan nippte, drehte er seinen Barhocker so herum, dass sie beide dem mechanischen Bullen inmitten der Arena gegenüber saßen.

Clint lächelte Annie an und sagte: „Bist du schon jemals auf einem solchen geritten?"

Annie beobachtete mit großen Augen, wie der nächste Reiter auf den Bullen stieg. Der vorherige war nach fünf Sekunden in hohem Bogen abgeworfen worden.

„Niemals", erwiderte sie.

„Ich war es gewohnt, auf den echten zu reiten, hab so meinen Lebensunterhalt verdient, ehe ich zu alt dafür wurde und schlapp gemacht hätte."

Annie lachte. „Alt? Du bist doch wohl noch nicht einmal dreißig?"

„Tatsächlich wurde ich letzten Monat dreißig", entgegnete er augenzwinkernd. „In der Zeitrechnung der Bullenreiter gilt das als uralt."

„Wirklich? Wie alt warst du, als du angefangen hast?", fragte sie ehrlich interessiert. Zumindest lenkte Clint sie für ein paar Sekunden von Ryan ab.

„Ich war ungefähr acht, als ich anfing, auf den Schafen auf der

Ranch meines Onkels zu reiten–Hammelbesteigung sozusagen. Mit zehn machte ich zum ersten Mal bei einem Rodeo mit, das war schon ein wenig spät. Ich vermute, dass ich mir so ziemlich jeden Knochen meines Körpers während meiner zwanzigjährigen Karriere gebrochen habe. Das ist kein so behagliches Leben für einen jungen Kerl. Wenn ich das weitergemacht hätte, hätte es mich wahrscheinlich umgebracht. Ich war auch immer zu groß dafür. Meine Beine haben jede Menge Schläge eingesteckt."

„Wie alt warst du dann, als du dich zur Ruhe gesetzt hast?"

„Siebenundzwanzig", erklärte er ihr mit einem Grinsen. „So ein früher Ruhestand hat schon was."

„Wow! Was machst du jetzt?"

„In Bars sitzen und hübsche Mädchen anquatschen", erwiderte er mit einem Lachen. „Das ist nicht zu schlagen."

„Schön. Aber da ist doch sicher noch mehr dran an deiner Geschichte. Du willst es mir nur nicht sagen." Er versuchte, sie anzubaggern, aber es war nicht belästigend. Er war interessant. Sie mochte ihn. Sie schaute wieder zu Ryan hinüber. Diesmal schaute er sie an, und ihre Augen trafen sich. Da war etwas in seinem Gesichtsausdruck, als würde er versuchen, ihr etwas mitzuteilen, aber sie konnte es nicht entschlüsseln.

Wahrscheinlich einfach nur die telepathische Erinnerung, vorsichtig zu sein.

„Du zeigst dich einfühlsamer als die meisten hier. Mir gehört jetzt eine Rinderfarm in Montana. Mein Bruder und ich haben all die Preisgelder gespart, die wir in den Rodeos und später beim Bullenreiten gewannen, und haben sie in Land und Rinder gesteckt. Ich brauchte bloß mal ein paar Tage eine Auszeit, deshalb bin ich hier."

„Ich habe schon oft gehört, dass es wunderschön ist in Montana."

„Der allerschönste Ort, den ich je gesehen habe. Alles ist weit und offen. Ich könnte nie an einem Ort wie diesem hier leben, mit all den vielen Menschen praktisch aufeinandergestapelt. Aber für ein paar Tage ist es unterhaltsam und aufregend–wie zum Beispiel um solch wunderbare Frauen zu treffen wie dich. Woher kommst du?"

„Aus Kalifornien", gab sie zur Antwort. Wieder schaute sie zu Ryan an der Bar. Er lachte gerade über etwas, das seine Begleiterin sagte.

„Ahh, das ist echt schade."

„Es tut mir leid, was?", fragte Annie. Sie hatte gehört, was er gesagt hatte. Sie wusste bloß nicht, was er meinte.

„Ich hatte große Hoffnungen drauf gesetzt, dass du und ich uns heute Abend besser kennen lernen würden."

„Und wegen irgendetwas hast du deine Meinung geändert?", fragte sie.

„Der Typ am anderen Ende der Bar. Der, den du die ganze Zeit anstarrst."

„Ryan? Der ist bloß ein Freund. Ich wollte mich nur vergewissern, dass sein Abend für ihn gut verläuft, das ist alles."

„Hmm", meinte er.

„Hmm was?", fragte Annie. Dieser Mann schien mehr zu sagen zu haben, und, ermutigt durch den Drink, den sie gehabt hatte und wahrscheinlich auch durch den Champagner, den sie noch eher gehabt hatte, wollte Annie wissen, was es war.

Clint nahm einen Schluck Bier. „Wie lange bist du schon in deinen Freund dort drüben verliebt?"

„Was?" Annie versuchte zu lachen, aber es kam nur als seltsames, ersticktes Geräusch heraus. „Er und ich sind die besten Kumpel seit Jahren. Ich bin nicht in ihn verliebt."

Clint schmunzelte. „Versuchst du mich zu überzeugen? Oder dich selbst?"

„Also gut." Annie kippte den Rest ihres Drinks hinunter, dann zog sie ihre Augenbrauen zusammen. „Warum kommst du darauf, dass ich in ihn verliebt bin?"

Clint lächelte sanft, dann sagte er ruhig: „Dein ganzes Gesicht verändert sich, wenn du ihn anschaust. Ich dachte, du wärst das hübscheste Mädchen im ganzen Lokal, als ich dich zum ersten Mal sah, aber als du ihn angeschaut hast . . . Es gibt nichts Schöneres als eine Frau, die verliebt ist!"

Annie schaute wieder Ryan an, dann zurück zu Clint. Es schien nicht viel Grund zu geben, die Sache abzustreiten. Stattdessen zuckte sie die Achseln. „Es spielt keine Rolle. Er empfindet nicht dasselbe."

„Da täuschst du dich aber, Püppchen!"

Annie gab dem Barkeeper ein Zeichen für einen weiteren Drink. „Warum sagst du das? Kannst du nicht sehen, dass er dort von schönen Frauen umgeben ist?"

„Ja, sie wollen ihn, das ist klar." Er nickte dem Barkeeper zu, dass er ihm auch noch ein Bier bringen sollte. „Aber siehst du nicht, wie sein Kiefer verkrampft ist? Ja, er redet mit ihnen, zieht eine gute Show ab, so wie du auch. Aber wenn du nicht hinschaust, malt er sich aus, wie er mir den Kopf abreißt."

Annie schaute wieder die Bar hinunter. Ryan, der in ihre Richtung geschaut hatte, drehte sich schnell weg. Und zurück zu der Blondine.

„Ehrlich gesagt glaube ich das nicht", sagte Annie. „Er–er hat zugegeben, dass er über uns nachgedacht hätte, dass wir zusammenkommen könnten. Aber wenn er tiefere Gefühle für mich hätte, dann–denke ich–hätte er mittlerweile schon etwas gesagt, nicht wahr?"

„Weil du ihm schon etwas über deine Gefühle gesagt hast, oder?" Clint hielt ihr den Cosmo, den der Barkeeper vor sie hingestellt hatte, entgegen. Dann hob er sein Bier und sprach schnell einen Trinkspruch. „Beantworte mir mal eine Frage, schönes, verliebtes Mädchen: Was hat euch beide bewogen, zusammen nach Las Vegas zu kommen und euch dann an die entgegengesetzten Enden der Bar zu setzen?"

Annie spürte, wie ihr Gesicht heiß wurde. Sie setzte ihren Mund an den Rand ihres Martini-Glases und nahm einen langen, kräftigenden Schluck. Ihr Mund war knochentrocken.

„Es ist okay, wenn du nicht darüber reden willst", meinte Clint.

„Es ist mir bloß etwas peinlich, dir davon zu erzählen", sagte sie. Wenn sie nicht diesen zweiten Cosmo gehabt hätte, hätte sie wahrscheinlich nie etwas erzählt. Aber ihre Hemmungen waren weit genug heruntergefahren, dass sie auf einmal den Mund aufmachte und zu reden anfing . . . über alles. Sie erzählte ihm von der Liste und von Ryan, der ihr nach Las Vegas gefolgt war, um ‚sie zu beschützen'. Dann legte sie eine Hand auf ihre Wange.

„Du findest mich sicher erbärmlich, nicht wahr?"

„Ich finde dich erstaunlich." Er nahm einen weiteren langen Schluck Bier. „Hat er dich schon geküsst?"

Annie lief rot an, als sie an den Kuss dachte . . . und an den Telefonsex.

„Ihr habt also etwas mehr getan als nur euch zu küssen", stichelte er. „Nimm diese Erklärung an von einem Mann, der die inneren Gedankengänge eines dummen Gehirns eines anderen Mannes kennt: Er ist in dich verknallt, Annie! Und wie sehr? Auf jeden Fall mehr als nur gelegentlich daran zu denken, dass ihr beide zusammenkommen könntet. Er hat es sich bloß noch nicht selbst eingestanden."

„Meinst du wirklich?" Sie beugte sich näher heran, flüsterte die Worte gerade noch. Vielleicht hatte er ja Recht, überlegte Annie. Spätestens seit Ryan ihre Liste der unanständigen Dinge gefunden hatte, gab es deutliche Beweise, die das, was Clint sagte, belegten.

Ryan hatte sie in San Francisco geküsst. Und dieser Kuss, auch wenn er kurz und mit geschlossenem Mund gewesen war, war so heiß und intensiv gewesen. Dann hatte er sie angerufen und glühend heißen, irrsinnigen Telefonsex mit ihr gehabt. Dann war er ihr nach Las Vegas gefolgt. Sie hatte zwar den Kuss in der Gondel initiiert, aber er hatte sie definitiv zurückgeküsst.

Annie lugte verstohlen in Ryans Richtung. Die Frauen sahen noch immer interessiert aus, doch Ryan schaute traurig drein. Wenigstens war es eine Stufe besser als wie er damals dreingeschaut hatte, als sie ihm gesagt hatte, sie würde ihren Plan in die Tat umsetzen–da hatte sie ihm ein Messer in die Brust gestoßen.

Was wäre, wenn Ryan tatsächlich Gefühle für mich hätte, die über Freundschaft und gelegentliche sexuelle Fantastereien hinausgingen?

„Gott, wenn das wahr wäre!", sagte sie.

„Da würde ich mein letztes Preisgeld drauf verwetten", meinte Clint.

Annie lächelte wehmütig. „Bitte nicht! Denn selbst wenn du Recht hättest, selbst wenn wir Seelenverwandte wären, so bin ich offenbar doch ein großer Feigling. Und er auch. Wir haben eine wunderbare Freundschaft. Die könnten wir verlieren, wenn es nicht funktionieren würde."

„Vielleicht wäre das so", meinte Clint. „Oder vielleicht unternimmst du einen Versuch und es funktioniert *doch!*"

Sie stellte sich vor, sich Ryan an den Hals zu werfen. Stellte sich vor, wie er sie zurückwies. Sanft. Mit Mitleid in seinen Augen. Aber es wäre nichtsdestoweniger eine Zurückweisung.

„Hast du schon mal von einem Typen namens Lane Frost gehört?", fragte Clint sie.

„Klingt vertraut", sagte sie.

„Hast du den Kinofilm *8 Sekunden* gesehen?"

„Ach ja!" Sie tippte seinen Unterarm an, als ihr die Erkenntnis durch den Kopf schoss. „Luke Perry spielte einen Bullenreiter, der getötet wurde. Dieser Film war so traurig."

„Ja, stimmt. Ich war ein Kind, als Lane seinen Höhenflug hatte, aber er war mein Held. Er benutzte oft ein Sprichwort, das unter den Rodeo-Reitern recht populär wurde. Es besagt: ‚Hab keine Angst, hinter dem her zu sein, was du tun willst und was du sein willst! Aber hab auch keine Angst, gewillt zu sein, den Preis dafür zu zahlen!'"

„Mit anderen Worten: Wenn es mir so viel bedeutet, mit Ryan zusammen zu sein, dann muss ich es riskieren, meine Freundschaft mit ihm zu verlieren, um den ersten Schritt zu machen?"

Mit einem *Kling* stieß Clint sein Glas an ihres an. „So in der Art, Schätzchen. Willst du noch einen Drink oder willst du einige Risiken in Kauf nehmen?"

„Würdest du mir einen Gefallen tun?", sagte Annie.

„Gern. Was kann ich für dich tun?"

„Würdest du mit mir einen Kurzen trinken?", fragte sie. „Und zwar auf die sexy Art? Ich will sehen, wie Ryan reagiert."

Clint grinste und bat den Barkeeper um zwei Tequilas. „Ich rechne fest damit, dass du hübsch genug bist, dass ich eins auf die Nase kriegen werde."

„Das würde Ryan nie tun!", sagte sie.

„Unterschätze niemals einen Mann, der verliebt ist", warnte Clint sie, während der Barkeeper ihre Kurzen vorbereitete. „Beobachtet er uns gerade?", fragte er sie.

„Ja, er beobachtet uns", erwiderte sie.

Sie erhaschte einen Blick auf Ryan, setzte ein gekünsteltes Lächeln auf und zeigte ihm das Daumen-hoch Zeichen.

„Mit Ihrer Erlaubnis, Madam!" Clint streckte seine Hand aus, und sie legte ihre Hand in seine. Sie sog den Atem ein, als er ihr Handgelenk leckte.

Grinsend streute er etwas Salz auf ihre angefeuchtete Haut, dann leckte er wieder. Er nahm den Tequila, kippte ihn hinunter und biss dann in eine Limette. „Wir haben jetzt seine Aufmerksamkeit, hübsches Mädchen. Bist du bereit, ihn um den Verstand zu bringen?"

Annie nickte. Im Wissen, dass sie zuschlagen musste, leckte Annie Clints starkes Handgelenk, dann streute sie Salz darauf. Clint grinste sie an, dann nahm er einen Keil einer Limette zwischen seine Zähne. Annie holte tief Luft und leckte das Salz von seinem Handgelenk. Schüttete ihren Drink hinunter. Dann beugte sie sich vor und nahm mit ihren Lippen langsam die Limette aus seinem Mund. Clint leistete ein wenig Widerstand, dabei hielt er sie mehrere länger dauernde Sekunden lang nah bei sich. Als Annie sich wieder gerade hinsetzte und die Limette aus ihrem Mund nahm, blickte sie zu Ryan hinüber.

Er sah stocksauer aus. Versteinertes Gesicht. Zusammengepresste Lippen. Bebende Nasenflügel.

„Was hab ich dir gesagt?"

„D-du könntest Recht haben. Du solltest etwas für deine psychologischen Dienste verlangen", sagte sie zu Clint mit einem Lächeln.

„Da braucht es keinen Psychiater, wo Liebe im Spiel ist. Du musst bloß wissen, was du suchst."

„Also was jetzt?", fragte sie. Sie sprach tatsächlich laut mit sich selbst. Versuchte, sich etwas Mut zu machen, um ihren ersten Schritt zu wagen. „Soll ich ihm sagen, dass du mich abgelehnt hast?"

Clint lachte. „Du hast vielleicht Ideen. Dazu brauchst du nicht meine Genehmigung, aber wenn es dir hilft, dann zieh es so durch! Ich werde dadurch furchtbar dumm erscheinen. Ich müsste verrückt sein, so jemanden Hübschen wie dich stehen zu lassen."

Annie errötete. „Du bist echt ein netter Typ. Du siehst gut aus und du weißt so viel über die Liebe. Warum bist du ganz allein?"

Immer noch mit einem Lächeln auf dem Gesicht erwiderte er: „Du hast heute Abend genug auf dem Herzen, Schätzchen. Ich werde jetzt mein Bier versenken und weggehen, somit meinen guten Ruf den Bach runtergehen lassen. Ich wünschte dir nur das Allerbeste."

Annie sah ihm zu, wie er genau das tat, was er gesagt hatte—sein Bier austrinken, genug Geldscheine auf der Theke liegen lassen, um für beide die Getränke zu bezahlen, sich dann umdrehen und weggehen, ohne sich noch einmal umzuschauen. Er war so nett, dass sie sich ins Gedächtnis rufen musste, dass sie ihr Lächeln nun ablegen musste und so dreinschauen musste, als wäre sie gerade abgewiesen worden. Sie holte tief Luft.

„Noch einen Tequila, bitte!"

Der Barkeeper schenkte ihr einen weiteren ein, den sie gleich hinunterkippte. Dann setzte sie eine säuerliche Miene auf und stand auf, kurz bevor Ryan an ihrer Seite auftauchte. „Was ist los?"

Sie war schon leicht angesäuselt, deshalb hoffte sie, dass sie ihre Worte nicht lallte. „Ich bin einfach nicht gut bei sowas. Kannst du mir helfen, in mein Zimmer zurückzukommen? Du kannst nachher wieder zurückkommen."

Ryan nahm ihre Hand und führte sie so schnell aus der Bar, dass Annie fast schwindelig wurde. Als sie in den Aufzug stiegen, fragte Ryan: „Was ist passiert? Willst du darüber reden?"

Annie zwang sich zu einem weiteren traurigen Ausdruck und zuckte die Achseln. „Ich weiß nicht, was ich sonst noch sagen soll. Ich habe mich so sehr bemüht mit diesem Kerl, aber er hat mich abgeschmettert. Ich fühle mich so gedemütigt."

„Er muss verrückt oder schwul gewesen sein", sagte Ryan. „Du warst die hübscheste von allen."

Annie war noch nicht bereit, alles auf den Tisch zu legen und ihm zu sagen, was sie fühlte, aber sie wollte ihn unbedingt alleine erwischen. Sie musste unbedingt wissen, ob er sie so sehr begehrte wie sie ihn begehrte.

Als sie in ihr Zimmer kamen, wandte sie sich an ihn und sagte: „Du kannst jetzt wieder runtergehen. Es tut mir leid, dass ich dich von deinen Bewunderinnen weggeschleppt habe."

„Ich habe kein Verlangen, dort wieder hinunterzugehen, Annie. Ich will hier bei dir sein. Ich will mich vergewissern, dass mit dir alles okay ist. Ich will nicht, dass du dich schlecht fühlst, weil irgendein hirnloser Trottel dich in einer Bar stehen gelassen hat."

Annie schleuderte ihre Stöckelschuhe von sich und setzte sich aufs Bett. „Vielleicht liegt es nicht an meinem Aussehen. Vielleicht bin ich langweilig. Ich habe keine Ahnung, wie ich einen Typen anmachen soll. Wahrscheinlich würde ich sogar während eines Strippoker-Spiels ein ganzes Zimmer leerfegen."

Ryan schüttelte den Kopf mit einem zittrigen Lachen. „Jeder Mann würde auf der Stelle seinen Einsatz hinschmeißen für so ein Angebot. Komm schon, Annie! Lass dich nicht von einem Idioten so fertigmachen!"

„Ich lass mich nicht fertigmachen. Ich schätze, heute Abend hat mich nur daran erinnert, wie langweilig ich bin. Der Telefonsex mit dir . . . das war das erste Mal, das ich so etwas gemacht habe . . . überhaupt. Ich habe noch nie Strippoker gespielt, und vielleicht liegt es daran, dass ich so langweilig bin, dass niemand je daran gedacht hat, es vorzuschlagen."

In seinem Gesicht zeigten sich Sorgenfalten. „Das ist doch lächerlich. Du bist nicht langweilig."

Sie durchbohrte seine grau-grünen Augen. „Hast du es jemals gespielt?"

Er zuckte die Achseln. „Naja . . . schon . . . aber nicht kürzlich."

„Siehst du? Jeder hat schon gespielt, nur ich . . ."

„Jetzt hör mir mal zu!", sagte Ryan, als er zum Schreibtisch ging. „Wie wär's, wenn wir ein Spielchen machen? Ich werde deine Technik beurteilen." Er zog einen Satz Karten hervor.

Annie musste sich wirklich zwingen, jetzt nicht zu lächeln. Hierin war sie besser als sie sich vorgestellt hatte. Aber da es Ryan war, der sie motivierte, sollte sie nicht so überrascht sein.

„Strippoker?", sagte sie und klang dabei recht unsicher, obwohl sie in Wirklichkeit darauf brannte, ihm die Kleidung vom Leib zu reißen. „Wir haben uns gegenseitig noch nie nackt gesehen. Wird das nicht eigenartig sein?"

„Ich kann kaum glauben, dass wir dadurch traumatisiert werden. Du bist doch Krankenschwester, oder?"

„Naja, schon. Und ich vermute, dass du schon so viele nackte Frauen gesehen hast, dass ich nichts habe, was dich beeindrucken würde."

„Du beeindruckst mich immer, Annie. Und ich lüge nicht. Wenn du dich vor mir ausziehst, garantiere ich dir, dass ich hart werde. Ich werde dich ficken wollen. Aber es wird nichts passieren, außer du willst, dass es passiert."

Seine Worte ließen Lust und freudige Erwartung durch sie strömen.

Willst du, dass es passiert? fragte sie beinahe. Aber sie hielt sich zurück. Es wäre unklug, ihn an diesem Punkt zu verschrecken, wenn er sich praktisch selbst auf einem Silbertablett ihr darbot. Außerdem hatten seine Worte Lust und freudige Erwartung durch sie strömen lassen.

Ich werde dich ficken wollen. Aber nichts wird passieren, außer du willst, dass es passiert.

Oh ja, sie wollte es. Und schon bald würde er keinen Zweifel haben, dass das der Fall war.

„Du darfst nicht schummeln, okay? Ich habe es noch nie gespielt."

Ryan grinste und legte seine Hand auf sein Herz. „Kein Schummeln, du hast mein Wort." Aber er hielt eine Hand hinter seinen Rücken, während er das sagte.

Annie lächelte und sagte: „Lass mich deine andere Hand sehen!"

Ryan zog sie hervor. Seine Finger waren überkreuzt, und er hatte ein dümmliches Grinsen auf dem Gesicht.

„Dann ist es ja gut, dass ich bereits Poker spielen kann", sagte sie.

„Wie viele Kleidungsstücke hast du an?", fragte er.

„Zählen die Schuhe?"

„Nein."

„Dann drei", sagte sie.

„Verdammt! Du bist schon fast am Ende, und wir haben noch nicht mal angefangen. Warte mal, ich habe ein Hemd, eine Hose, Boxershorts und Socken an." Er bückte sich, schleuderte die Schuhe weg und zog seine Socken aus. „Jetzt sind wir gleich." Sie begaben sich zum kleinen Esstisch und setzten sich einander gegenüber. Er begann die Karten auszugeben.

„Also jedes Mal wenn du verlierst, musst du etwas ausziehen, nicht wahr?"

„Das ist der Plan", sagte er.

Sie nahm die Karten, die Ryan ihr gegeben hatte und warf zwei beiseite, mit dem Gesicht nach unten. Ryan schaute seine an, grinste und legte eine mit dem Gesicht nach unten auf den Tisch.

„Zwei?", fragte er sie.

„Ja, bitte", sagte sie.

„Okay, und der Geber nimmt eine", sagte er. Er hatte ein Glimmen in seinen Augen, und Annie wusste, dass er etwas Gutes hatte. Sie legte ihre drei Königinnen aus. Er hatte einen Straight Flush.

„Bist du sicher, dass du nicht schummelst?", fragte sie.

„Ich habe bloß Glück", erklärte er ihr. „Zieh es aus!"

Annie stand auf und zog das kleine Schwarze über ihren Kopf. Sie stand nun in ihrem schwarzen Spitzen-BH und ihrem Höschen vor Ryan. Er schaute sie an, als würden ihm gleich die Augen aus dem Kopf fallen. Er hob eine Hand, als wollte er sie berühren, ließ sie aber dann schnell fallen.

„Wow!", sagte er. „Ich hoffe, mein Glück hält an."

Annie kicherte. Sie amüsierte sich und sie war angetörnt, aber sie war auch höllisch nervös.

„Das wird mein Spiel, das kann ich fühlen", meinte sie.

Ryan teilte jedem wieder fünf Karten aus. Annie bemerkte, dass es ihm wirklich schwer fiel, seine Augen von dem Ansatz ihrer Brüste oberhalb des BHs fernzuhalten. Ihre Brustwarzen waren hart wie Kiesel und drückten gegen das dünne Material des BHs. Vielleicht sollte sie das Kartenspiel vergessen und gleich an Ort und Stelle für ihn strippen.

„Wie viele?", fragte Ryan.

„Ich habe genug", sagte sie mit einem breiten Grinsen.

Ryan erwiderte das Grinsen und sagte: „Der Geber nimmt eine."

Annie legte ihre Karten aus. Sie hatte einen ace high flush. Ryan hatte zwei Paare.

„Zieh dich aus!", sagte sie und fühlte sich ganz plötzlich viel zuversichtlicher.

Ryan knöpfte sein Hemd auf und zog es aus. Annie erschauerte beim Anblick seiner wie gemeißelten Statur. Sie hatte seine breite, nackte Brust und seinen Waschbrettbauch auch schon vorher gesehen, aber niemals zuvor war sie ihm beinahe nackt gegenüber gesessen. Seine straffen Muskeln überall beeindruckten sie sehr, und gerade jetzt wirkte er irgendwie größer. Dominierender. Unglaublich maskulin.

„Ich finde, wir sollten die ganze Sache noch spannender machen. Und ein wenig verlangsamen", meinte Ryan.

„Wie sollen wir das machen?", fragte sie.

„Wie wäre es, wenn der Gewinner entweder verlangen kann, dass die Verliererin ein Kleidungsstück auszieht, oder ihr eine persönliche Frage stellen kann, die sie beantworten muss?"

„Oder er muss eine Frage beantworten. Damit kann ich umgehen", sagte sie. „Kannst du das auch?"

Also gab Ryan die Karten, und wieder hatte Annie die besseren auf der Hand. „Ich habe viele Fragen, aber ich glaube, ich würde mich viel wohler fühlen, wenn du auch in Unterwäsche dasitzen würdest. Könntest du diese engen Jeans bitte ausziehen?"

Ryan stand auf, knöpfte seine Jeans auf und öffnete den Reißverschluss. Er schaute Annie direkt an und sagte: „Du weißt, dass ich oft keine Unterwäsche trage. Diesmal hast du mich glücklicherweise am Waschtag erwischt."

Annie lachte und sagte: „Um des Spiels willen bin ich froh darum."

Als Ryan das nächste Spiel gewann, spürte Annie das Prickeln gespannter Erwartung in ihrem Inneren. Er betrachtete ihren beinahe-nackten Körper und leckte sich die Lippen. „Bist du jemals gefesselt worden?"

„Wie zum Beispiel . . . von einer interessanten Beschäftigung?", fragte sie mit verschlagenem Grinsen.

„Wie zum Beispiel mit Leder oder Seide", gab Ryan mit heiserer, sexy Stimme zur Antwort.

„Nicht im wirklichen Leben", erwiderte Annie. Sie flirtete, gab ihr Bestes, ihn zu locken. Seinem Gesichtsausdruck nach zu urteilen, funktionierte es.

„Das heißt also, du fantasierst darüber, nicht wahr? Wer ist in deinen Fantasievorstellungen derjenige, der dich fesselt?"

„Oh nein!", sagte sie. „Du hast eine Frage, die hast du gefragt, und ich habe sie beantwortet. So war es abgemacht!"

Ryan mischte die Karten erneut und teilte aus. Durch sein Lächeln wusste Annie, dass sie in Schwierigkeiten war. Er hatte noch eine Straße.

„Hmm . . .", sagte er und starrte auf ihre Brüste. Annie konnte die Hitze seines Blickes beinahe spüren. „Wer ist derjenige, der dich in deinen Fantasievorstellungen fesselt? Kyle?"

„Kyle? Wer ist–" Dann fiel ihr wieder ein, dass sie mit diesem Namen herausgeplatzt war, ehe sie Telefonsex hatten. Sie musste unbedingt jeglichen Irrglauben auf Ryans Seite ausräumen, dass sie keinen anderen Mann ausgenommen ihn wollte. „Es gibt keinen Kyle. Ich hab ihn erfunden."

Er schaute erstaunt drein. „Warum?"

„Kannst du dir das nicht denken?"

„Ich hoffe schon. Aber ich will es aus deinem Mund hören."

Annie schaute ihn an. Zum ersten Mal seit sie sich vor Jahren in ihn verliebt hatte, würde sie ihm nun gestehen, dass er das Objekt ihrer Begierde war. Ihr Puls raste, und sie konnte kaum atmen, als sie sagte: „Als du mich gefragt hast, wer der Mann meiner Fantasien sei, da hatte ich zu viel Angst, zuzugeben, dass du es bist."

Ryan schluckte hörbar schwer. „Heißt das, du willst *mich*?"

„Seit Jahren. Eigentlich seit wir uns zum ersten Mal begegnet sind."

Er holte scharf Luft. „So lange schon? Wie kommt's, dass du mir nie etwas davon gesagt hast?"

Sie schaute weg. „Aus demselben Grund, warum du mir nicht gesagt hast, dass du darüber nachgedacht hast, mit mir Sex zu haben. Ich hatte zu viel Angst, das würde unsere Freundschaft zerstören." Sie holte tief Luft und begegnete seinem Blick. „Aber jetzt bin ich gewillt, dieses Risiko einzugehen. Weil ich nicht glaube, dass es wirklich ein Risiko darstellt. Nicht mehr."

„Nicht?"

Sie schüttelte den Kopf. „Wir bedeuten einander zu viel. Egal, was passiert, wir werden immer Freunde sein. Du wirst immer ein Teil meines Lebens sein."

Sein Atem beschleunigte sich nun, und seine Augen glitzerten mit irgendeiner feurigen Emotion, die weitaus komplexer war als pure Lust. „Aber es besteht immer ein Risiko, Annie. In der High School haben wir einen Pakt geschlossen, schon vergessen? Dass wir niemals zulassen wollten, dass unsere Freundschaft durch sexuelle Anziehungskraft aufs Spiel gesetzt würde. Was ist damit?"

War das alles, was zwischen ihnen bestand, soweit es ihn betraf? Sexuelle Anziehungskraft? Sie spürte, wie ihre Zuversicht schwand. „Ich wollte dieses Versprechen nicht geben. Du warst derjenige, der darum gebeten hatte."

Er starrte den Satz Karten in seiner Hand an, ehe er sie zu mischen begann.

„Weißt du noch, was geschah, bevor ich dich um dieses

Versprechen bat?", fragte er.

„Wir haben gelernt. Und über dieses andere Pärchen gesprochen . . . Freunde, die dann keine Freunde mehr waren . . ."

„Richtig. Und du hast gesagt, du würdest verstehen, warum Suzanne Miller mit Peter Horace ihr Glück versuchen wollte. Dass er attraktiv wäre. Klug. Dass er alles hätte." Schließlich schaute er sie an. „Ich dachte, du würdest mir damit sagen, dass du einen Versuch bei ihm wagen würdest."

Sie sog den Atem ein. Oh Gott! Wie konnte er nur das gedacht haben? War er nicht fähig gewesen, zu merken, wie sehr sie an ihm interessiert war? „Er *war* all das. Aber das hatte nicht bedeutet, dass ich bei ihm einen Versuch wagen wollte. Ich schätze . . . auf meine eigene lahme Art . . . wollte ich dir damit sagen, dass ich mit dir einen Versuch wagen würde. Ryan, ich wollte so sehr, dass du mich als mehr wahrnehmen würdest als bloß als guten Kumpel. Warum konntest du das nicht erkennen?"

Sein Mund zuckte. „Ich bin nicht so klug. Nicht wie Peter Horace. Nicht wie dein Ex, Daniel. Und nicht wie du."

„Das ist nicht wahr, Ryan Hennessey."

Er zuckte mit den Schultern. „Ich bin kein Raketentechniker. Ich bin durchschnittlich. Aber ich würde nie Medizin studieren können."

Sie stand schnell auf, setzte sich dann genauso schnell wieder hin, mit flammendem Gesicht, da sie sich erinnerte, dass sie nur ihre Unterwäsche anhatte. Ryan dagegen wusste es noch angesichts der Tatsache, wie er auf ihre Brüste starrte.

„Ich doch auch nicht. Ich bin Krankenschwester, kein Doktor, weißt du? Du bist der unglaublichste Kerl, den ich kenne. Du bist sehr klug. Du bist erstaunlich gut aussehend. Du bist alles, was man sich nur wünschen kann."

Sein Mund bog sich aufwärts. „Vorsicht, oder ich bekomme sooo einen Kopf!"

„Das wär mir egal. Außerdem bist du in allem

überdimensional."

Er schaute sie mit einem Glühen in den Augen an. Mit so etwas wie Jagdinstinkt wie bei einem Raubtier. „Du weißt schon, dass du mich noch nicht in meiner ganzen Pracht gesehen hast, oder?"

Sie errötete. „Das ist eine von den Tatsachen, die ich am meisten bedauere."

Er zog eine Augenbraue hoch. „Ist das so?"

„Hast du nicht zugehört, als ich sagte, dass ich dich will? Für den Fall, dass ich mich nicht klar genug ausgedrückt habe, ich habe daran gedacht, mit dir Sex zu haben auf jede erdenkliche Art und Weise. Ich habe darüber nachgedacht, wie dein–dein Schw–Schwanz aussieht. Wie er sich anfühlen würde. Wie er schmecken würde. Was sagst du dazu?"

Er schaute benommen drein, mit angespannter Miene. „*Ich* würde sagen, ich fürchte, du hast zu viel getrunken und weißt nicht mehr, was *du sagst*."

„Ich war etwas beschwipst, als wir die Bar verließen. Aber ich schwöre dir, Ryan, ich bin jetzt absolut nüchtern. Ich weiß genau, was ich sage. Und was ich tun will. Willst du, dass ich es dir sage?"

Er lachte zittrig. „Du hast keine Vorstellung davon." Er hob den Packen Spielkarten hoch, und seine Hand war dabei nicht ganz ruhig. „Aber erst müssen wir noch ein Spiel beenden, weißt du noch?"

Bevor sie antworten konnte, teilte er wieder aus.

Sie konnte die Karten kaum sehen, aber ihre Hand gewann.

Er lächelte leicht, während er abwartete, dass sie ihm sagte, was sie wollte.

Halte die Sache einfach! Bleibe beim Sex!, redete sie sich ein. *Das ist etwas, was er verstehen wird. Rede erst später über Gefühle!* „Hattest du jemals an einem öffentlichen Ort Sex?"

„Ja", sagte er.

„Wo?", fragte sie.

„Warst nicht du diejenige, die gesagt hat: ‚Gefragt und beantwortet'? Ich gebe."

Ryan teilte für das nächste Spiel aus, und Annie gewann . . . wieder.

„Okay, wo?", fragte sie.

„Im Bad eines Tanzlokals in der Innenstadt", gab er zur Antwort.

„O weh!"

„Du missbilligst das?", fragte er.

„Völlig", erwiderte sie. „Weißt du, wie keimbelastet diese Orte sind?"

„Daran hab ich in dem Moment nicht gedacht. Hast du noch niemals Sex gehabt, dass du vergessen hast, wo du bist? Und *wer* du bist?"

„Nein."

„Das ist verdammt schade." Ryan teilte erneut aus. „Vielleicht kann ich in dieser Hinsicht etwas für dich tun?"

Okay, das bedeutete, dass er sowohl alles offen auf den Tisch legte und sie gleichzeitig neckte, bis sie schreien wollte. Sie wollte nicht mehr länger um ihrer beider Begehren nach einander herumtanzen. „Warum muss da ein ‚vielleicht' dabei sein?"

Die Karten, die sie auf der Hand hatten, waren Müll, aber Ryan gewann mit einem Ass. „Zieh etwas aus!", sagte er mit einem sündhaften Grinsen.

Annie zögerte. Wusste sie wirklich, was sie da tat? Ging es dabei wirklich nur um Sex mit Ryan?

Selbst wenn es so war, sie entschied, sie wollte ihn nackt sehen. Wenigstens hätte sie die Erinnerung an die körperliche Intimität zwischen ihnen. Aber sie war hin und hergerissen zwischen dem Ausziehen ihres Höschens oder ihres BHs. Wenn sie das Höschen ausziehen würde, würde der Tisch ihre Nacktheit verdecken. Sie schlüpfte mit ihren Fingern unter das Gummiband, zögerte dann aber. Sie schnappte sich ihr Kleid, das in der Nähe lag, und legte es sich unter, damit ihr nackter Hintern nicht den kalten Lederstuhl berühren müsste. Dann manövrierte sie die Unterwäsche an ihren Beinen hinunter. Ryan ließ sie nicht aus den Augen. Sie schleuderte ihr Höschen auf ihn, und es blieb an seiner Schulter hängen. „Erledigt."

„Du wirst rot", sagte er. Dann beugte er sich leicht in der Taille und drehte den Kopf in einem dramatischen Versuch etwas seitwärts, um ihre untere Hälfte zu sehen.

Annie presste die Beine fest zusammen. „Hör auf!"

Er lachte sie immer noch aus, während er die nächsten Karten austeilte.

Annie gewann mit einem Bubenpärchen.

Sie war kurz vorm Explodieren vor lauter sexueller Spannung im Zimmer. Sie wollte, dass sich die Dinge in Richtung Bett entwickeln würden, blieb aber wo sie war. Sie deutete auf seine Boxershorts. „Ziehen Sie die aus, mein Herr!"

Ryan zögerte nicht. Er stand auf und schaute ihr direkt in die Augen, während er die Short über seine Hüften zog und auf den Boden fallen ließ. Annie zwang sich mit reiner Willenskraft, nicht nach unten zu sehen, aber sie war eben doch menschlich. Ihr Blick fiel auf seine Taille, und ihr Mund wurde trocken. Sein Penis war völlig erigiert, größer als sie sich vorgestellt hatte, und alles, was Annie herausbrachte, war: „Hmm." Sie nahm an, das war besser als *lecker* und *gib mir alles*, was sie eigentlich sagen hatte wollen.

Ryan lachte wieder. „Hmm? Also du weißt wirklich, wie man einen Kerl verletzen kann."

„Es tut mir leid. Ich hab es nicht so gemeint . . ."

Ryan stellte sich in Superman-Pose hin. „Also dann sag mir, was du wirklich denkst!" Er drehte sich nach links, dann nach rechts. Während sie den Anblick seines nackten Körpers in sich aufnahm und ihr dabei ganz fürchterlich heiß wurde, wurde die Situation durch seine Neckereien beinahe natürlich. Als er aufhörte, herumzualbern, holte er ein Kissen vom Bett und trug es hinüber zu seinem Stuhl.

Annie hatte kein Sterbenswörtchen geäußert und auch mit keinem Muskel gezuckt. Sie war zu sehr fasziniert von Ryans kraftvoller, muskulöser Figur. Straffe, geschmeidige Haut mit ganz leichtem Flaum. Schlanke Taille, schmale Hüften und lange, muskulöse Oberschenkel. Knackiger Hintern und eine machtvolle Länge von herrlichem Fleisch, das aus seiner Lendengegend entsprang. Er sah wie ein griechischer Gott aus, stromlinienförmig, stark und sehnig.

Annie räusperte sich und bemühte sich, Fassung zu wahren.

„Was machst du?"

„Ich bin doch nicht verrückt und setze mich mit nacktem Hintern auf diesen Lederstuhl."

„Ähm, dann benutze bitte dein Hemd, weil ich nicht verrückt darauf bin, auf einem Kissen zu schlafen, das deinen Hinternabdruck drauf hat."

Annie hatte nicht erwartet, dass ihr das Kissen an den Kopf geworfen würde. Als es sie an der Seite ihres Gesichts traf, wurde sie zurückgestoßen und wäre beinahe vom Stuhl gefallen.

„Verdammt, Annie! Entschuldige!" Ryan kam näher, um nachzusehen, ob sie okay war.

Annie behielt ihren Kopf unten. Als er sich über sie beugte, holte sie mit dem Kissen aus und knallte es ihm mit aller Kraft auf seinen Kopf.

Danach ging alles ganz schnell.

Ryan stürzte sich auf sie, und Annie versuchte, aufzustehen und wegzurennen, aber er erwischte sie an der Taille. Mit einem Arm hob er sie hoch, während sie zappelte und kicherte, dann warf er sie aufs Bett. Er streckte ihre Arme über ihren Kopf und hielt sie so mit einer Hand fest.

Sein harter Schwanz drückte an ihren Oberschenkel. Sie sah auch erhitzte Begierde in seinen Augen, aber sie sah noch etwas anderes.

Unsicherheit.

„Ich habe noch eine Frage", sagte sie schnell.

„Welche?", fragte er.

„Bist du jemals gefesselt worden?"

„Du kennst mich wie kein anderer. Du weißt alles von mir. Was glaubst du?"

Sie verlagerte sich, rieb an seinem Schaft, genoss die Art und Weise, wie er härter wurde und sich noch verlängerte. Begehren pulsierte so stark zwischen ihren Beinen, dass sie momentan unfähig war, zu sprechen. Schließlich sagte sie: „Ich denke, du hast daran gedacht. Du bist zu sinnlich, dass du nicht darüber nachdenken würdest. Aber du bist auch ein toller, schlimmer, durchtrainierter Feuerwehrmann. Angesichts der Tatsache, dass du die Frauen in deinem Leben immer so auf Abstand gehalten hast–"

„Du meinst, jede Frau ausgenommen dich."

„Was?"

„Du meinst, ich habe jede Frau auf Abstand gehalten ausgenommen dich."

„Darüber bin ich nicht so sicher", meinte sie. „Nicht mehr. Die Frage ist doch vielmehr, willst du mich gerade jetzt auf Abstand halten? Oder willst du dich mir geben, Ryan? Dich mir wahrhaftig ausliefern?"

Sein Gesichtsausdruck wurde wachsam. „Wovon redest du eigentlich genau, Annie? Was willst du von mir?"

Dein Herz. Deine Seele. Alles, was du bist. Die Gedanken wirbelten durch ihren Kopf, ehe sie es verhindern konnte. Aber sie war ein zu großer Feigling, als dass sie ihm das sagen konnte. Es schien, als fühlte sich Ryan zu ihr hingezogen. Als würde er das kleine Spiel, das sie spielten, genießen. Das war mehr als genug für den Moment.

„Ich will, dass du mich loslässt", sagte sie sanft.

Er tat es. Sofort.

Sie setzte sich rittlings auf ihn, packte seine Handgelenke und hielt sie über seinem Kopf fest. „Und jetzt will ich, dass du mich dich fesseln lässt."

Ryan sog rasch den Atem ein. Ein Blick auf sein Gesicht verriet ihr, dass er hin- und hergerissen war zwischen seinem harten Schwanz und den besorgniserregenden Gedanken, die ihm durch den Kopf gingen. Besorgnis, die wahrscheinlich ihre eigene widerhallen ließ. Was wäre, wenn sie dies zu weit trieben? Was wäre, wenn sie etwas Wertvolles verlieren würden und es nie mehr wieder zurückbekämen? Aber so sehr Annie sich nach wie vor Sorgen deswegen machte, dennoch wollte sie mehr. Schon seit langer, langer Zeit hatte sie mehr gewollt. Und ob es nun an Las Vegas lag, an Melinas Worten über Risiken, an Clints Worten darüber, dass Ryan sie liebte, oder am Anblick von Ryan selbst und daran, ihn nackt und verlockend und absolut fantastisch zu spüren, sie war letztendlich bereit, sich danach auszustrecken, was sie wollte.

Nein, sie war bereit, es einzufordern.

„Ich verstehe dein Schweigen als ein Ja." Sie stand auf, bemerkte, wie Ryans Blick sich sofort auf die Verbindungsstelle ihrer Oberschenkel fokussierte. „Lege dich auf dem Bett zurück!"

Lange gab er keine Antwort. Starrte nur weiterhin auf die Stelle, wo sie von Sekunde zu Sekunde nasser und nasser wurde. Irgendwann verlagerte sie sich in der Hoffnung, ihm gefiel, was er sah. Dass ihn der ordentliche Streifen von Schamhaar nicht stören würde.

Aber das war unnötige Sorge. Er war vollständig erregt, sein Schwanz stand wie ein Speer senkrecht in Richtung seines Bauches. Während sie zusah, umfasste er sich selbst mit seiner Faust und pumpte, bis sich ein Tropfen Sperma auf der Spitze seines Gliedes bildete.

Sie wimmerte.

Sein Blick traf ihren. „Bist du sicher, dass du mich fesseln willst? Denn ich kann mir eigentlich nichts Besseres vorstellen als meine Hände überall auf deinem wunderbaren Körper zu haben."

Oh Gott! Das klang gut! Aber momentan hatte sie etwas anderes vor. Annie legte jeweils eine Hand auf jede Seite ihrer noch mit Spitze bekleideten Brüste, drückte sie zusammen und sagte: „Würdest du die gerne sehen?"

Ryan leckte sich die Lippen und nickte, nun mit gespanntem Gesichtsausdruck. Beinahe verzweifelt. Annie drehte sich von ihm weg, erhaschte einen kurzen Blick seines Spiegelbildes im Spiegel. Er sah verwirrt aus.

Aber er sah auch hungrig aus, gierig, als er auf ihren nackten Hintern blickte.

Sie zog die Schublade der Kommode auf und betrachtete die ungeöffnete Packung Fesselungs-Klebeband, die Paige ihr gegeben hatte. Die Idee, Ryan mit Klebeband zu fesseln, erschien brutal, etwas zu skrupellos. So unglaublich unanständig. Momentan wollte sie ihm eine Erfahrung verschaffen, die einerseits kribbelig nah an der Kante und gleichzeitig sanft und angenehm war. Kühn, aber dennoch feminin. Momentan wollte sie, dass er *sie* so sah.

Sie nahm zwei Paar längere Strümpfe heraus. Mit einem Lächeln drehte sie sich wieder um. Ohne zu wissen, woher ihr plötzliches Selbstbewusstsein kam, sagte sie: „Nachdem ich dich gefesselt habe, werde ich sie dir zeigen."

Er riss die Augenbrauen hoch. „Das meinst du ernst?"

„Todernst", sagte Annie. „Das hier ist Las Vegas, und ich bin hier, um unanständig zu sein. Sei unanständig mit mir, Ryan! Ist das nicht der Grund, warum du wirklich hierher gekommen bist?"

Sie ging auf ihn zu, blieb weniger als einen halben Meter von ihm entfernt stehen. Er wollte nach ihr greifen, aber sie schüttelte den Kopf und trat einen Schritt zurück.

Er runzelte die Stirn. „Annie?"

Sie rollte einen Strumpf aus, hielt ihn straff zwischen ihren beiden Händen und schlug damit wie mit einem Gürtel. Als Ryan sie anstarrte, konnte sie förmlich sehen, wie sich die Rädchen in seinem Kopf drehten. Es war ein Strumpf, und er war ein starker Mann. Wahrscheinlich stellte er sich vor, dass er fähig sein würde, sich sofort, wenn er wollte, loszureißen.

„Binde mich fest, Schätzchen! Ich bin dein." Er streckte sich auf dem Bett aus und hob seine Hände über seinen Kopf.

Annie nahm als erstes seinen rechten Arm, umwickelte ihn mit dem Strumpf und machte einen festen Knoten, allerdings ließ sie genug Luft, dass seine Blutzirkulation nicht abgeschnitten wurde. Dann wickelte sie das andere Ende um das schmale Brett am Kopfende des Bettes und band es streng fest. Die ganze Zeit sah Ryan ihr zu, während sein Schwanz zuckte.

Als nächstes fesselte sie seinen linken Arm.

„Ich dachte, du wolltest den BH ablegen."

„Geduld. Ich bin noch nicht fertig." Annie hatte diese Fantasievorstellung schon so viele Male in ihrem Kopf durchexerziert, dass es sich für sie völlig natürlich anfühlte, als sie sein linkes Bein nach außen zog und es am Knöchel an der Seite des Bettes genauso festband wie sein Handgelenk. Dasselbe tat sie mit dem anderen Bein.

Als sie das erledigt hatte, straffte sie sich und musterte ihn mehrere Herzschlag-stoppende Augenblicke lang. Ryan Hennessey lag nackt auf dem Bett ausgebreitet. Auf *ihrem* Bett. Sie langte nach hinten, um ihren BH aufzuhaken. Sie ließ ihn von sich fallen und an ihren Armen hinabgleiten.

Ryan atmete scharf ein, starrte ihre Brüste an, ihre geschwollenen Brustwarzen, die strammstanden, als hätte sie gerade einen Schatz gefunden, der über alle Vorstellungskraft hinausging.

„Gott, Annie, du bist umwerfend", sagte er.

„Nicht zu mager?" Oder zu klein? Bevor sie abgenommen hatte, hatte sie Körbchengröße C gehabt, nun war sie bei B. Ein volles und kesses B, aber dennoch . . .

„Ich habe dir gesagt, dass es mir überaus gefiel, wie du vorher ausgesehen hast. Aber ich liebe auch diesen Look. Ich liebe dein Gesicht. Deine Brüste. Deine Beine. Alles an dir."

Sie erbebte bei der aufrichtigen Emotion in seinen Worten. Seine Begierde stachelte sie an. Während sie am Fußende des Bettes stand, schaute sie auf ihn hinunter, gefesselt, begierig, hilflos und hart wie ein Fels.

Sie ging an die Seite des Bettes, und Ryans Augen folgten ihr. Als sie dort angelangt war, im Hintergrund schienen die Lichter der Stadt der Sünde durch das große Fenster herein, massierte sie ihre Brüste und zupfte an ihren übergroßen Brustwarzen.

„Ich habe mir vorgestellt, dass deine Lippen genau hier wären, wo meine Finger jetzt sind. Mmm, mir gefiel es, darüber nachzudenken, wie es sich anfühlen würde, wenn du daran saugen, lecken und sogar knabbern würdest. Aber es tat auch weh, daran zu denken. Denn ich glaubte nicht, dass es jemals dazu kommen würde."

„Du hast dich geirrt, ich bin genau hier, Schatz", sagte er. „Ich habe auch darauf gewartet."

„Ich muss unbedingt sicher sein, dass du das genauso sehr willst wie ich."

Während sie sprach, glitt sie mit einer ihrer Hände auf ihrem jetzt viel flacheren Bauch hinunter zu ihrem Venushügel. Ryan Stöhnen klang wie ein erstickter Schrei. Stark erregt glitt sie noch weiter nach unten und nahm ihre geschwollene Klitoris zwischen die Finger. Gott, sie konnte sich nicht erinnern, jemals so nass gewesen zu sein.

Mit ihren Fingern zwirbelte sie an ihrer Klitoris herum und liebte es über alle Maßen, wie er sich die Lippen leckte, als würde er sich vorstellen, dass seine Zunge da wäre, wo ihre Finger waren.

Sein Schwanz richtete sich auf und weg von seinem Körper,

als würde er versuchen, sie eigenständig erreichen zu wollen. Sie schaute Ryan fest in die Augen und brachte ihre Hand an ihren Mund, wobei sie ihre eigenen Säfte schmeckte.

Annie hatte noch nie zuvor so etwas Kühnes getan, und der Nervenkitzel war einfach unbeschreiblich. Ryans Stöhnen klang noch frustrierter, und er schaute erleichtert drein, als sie auf das Bett krabbelte, um sich rittlings auf seine Taille zu setzen. Sie kostete das Gefühl seiner heißen Haut und seiner straffen Muskeln an den Innenseiten ihrer Oberschenkel voll aus. Fühlte, wie sie selbst zitterte vor Verlangen, ihre Hüften zu heben und sich selbst auf ihm aufzuspießen. Aber sie war noch nicht ganz bereit, ein besonderes Markenzeichen ihrer Folter aufzugeben. Während sie ihre nasse Muschi über seinem Unterleib vor und zurück bewegte, atmete sie zischend ein beim Druck seines Schwanzes gegen ihren Hintern.

„Oh Gott, Annie . . . du bringst mich noch um", keuchte er. „Wir müssen unbedingt aufhören. Hole ein Kondom, bevor ich völlig die Kontrolle verliere."

Als sie hörte, wie er sich so verzweifelt nach ihr sehnte, spornte sie das nur umso mehr an. Sie beugte sich vor, wobei sie die Spitzen ihrer Fingernägel auf jedes gefesseltes Handgelenk setzte und sie dann langsam über seine Arme zog. Als sie bei seinen Schultern angelangt war, legte sie mit ihren Nägeln eine Spur über seinen Brustkorb, wobei sie leicht über seine Brustwarzen streifte, was bei ihm ein Schaudern auslöste. „Ich habe Kondome gekauft, aber wir brauchen sie nicht. Ich nehme die Pille. Und ich bin sauber. Du?", fragte sie, auch wenn sie die Antwort bereits kannte.

Als Teil seines Jobs wurde Ryan regelmäßig getestet. Darüber hinaus wusste sie, dass er niemals so etwas Wertvolles wie seine Gesundheit jemand anderem überlassen würde. „Ich bin auch sauber", keuchte er. „Ich war nie mit einer Frau zusammen ohne Schutz."

„Das ist alles, was ich wissen muss."

„Bist du sicher, Annie? Ich will nicht, dass du dich gedrängt fühlst–Gott, Annie!" Er stöhnte auf, als sie sich vorbeugte und seine Brustwarzen küsste, ehe ihre Zunge zu seinem Hals hinauf glitt, über seinen Kiefer und schließlich zu seinen Lippen kam. Er sog an ihrem Mund wie ein Verdurstender, und als sie spürte, wie ihre Brüste und sehnsuchtsvoll schmerzenden Brustwarzen über das straffe Fleisch seines Brustkorbs streiften, entbrannte in ihrer Magengrube ein solch heißes Feuer, dass der sanfte Kuss, den sie eigentlich beabsichtigt hatte, sich in einen schonungslosen Angriff verwandelte. Ryan schlüpfte mit seiner Zunge in ihren Mund, und sie nahm sie gierig in Empfang, umwickelte sie fest mit ihren Lippen und saugte sie hinein. Er hob seine Hüften aus dem Bett empor, um sich so ihr entgegenzuwölben, während sie sich küssten.

Sie wich zurück, um zu sagen: „Ich bin dafür bereit. Wenn es irgendjemanden auf der Welt gibt, dem ich vertraue, Ryan, dann dir. Und ich habe so lange gewartet, mit dir zusammen zu sein. Ich will nicht, dass irgendetwas zwischen uns ist. Ich will dich nackt. In mir. Dass du mich ausfüllst, während du kommst."

„Das will ich auch", sagte er. „So sehr!"

„Dann kannst du das jetzt haben. Nur zuerst . . ." Sie legte eine dramatische Pause ein.

Er schaute sie absolut verzweifelt an und keuchte: „Was?"

Sie tat, als ob sie schmollte. „Hast du das ernst gemeint, was du in der Gondel gesagt hast? Das dieser Kuss nur in den Top Fünf deiner Küsse rangiert?"

Sie lächelte im Versuch, ihn zu necken, aber sein Gesichtsausdruck blieb eindringlich.

„Dieser Kuss war das verdammt Allerbeste, was ich je erlebt habe. Bis jetzt."

Sein Blick schwankte nicht. Die Ehrlichkeit seiner Worte leuchtete hell und klar daraus hervor und erfüllte sie mit Freude.

„Gute Antwort", flüsterte sie einen Sekundenbruchteil bevor sie seinen Mund wieder gefangen nahm. Sich verlagernd langte sie nach unten zwischen ihre Beine, wo sein pochender Schwanz lag. Sanft ließ sie ihre Fingernägel über den Schaft streichen, hinunter zu seinen Hoden und dann wieder zurück zur Spitze. Als sie ihre Hand noch einmal an seinem Körper hinaufwandern ließ, senkte sie ihre Hüften ab, sodass ihr Innerstes sich passgenau an seine Erektion schmiegte.

Sie rieb sich selbst an seiner Länge entlang und liebte dabei die unkontrollierten Geräusche, die er beim Ein- und Ausatmen von sich gab. Ihr selbst entwich ein gehauchtes Stöhnen. Sie sehnte sich nach ihm, und sie wusste, sie würde nicht fähig sein, dies alles noch recht viel länger aufrechtzuhalten, ohne sich das zu nehmen, was sie brauchte.

Ryan bewegte seine Hüften vor und zurück und zerrte an seinen Fesseln. Annie hatte irgendwo gelesen, dass Männer oft die Stärke von Nylonstrümpfen unterschätzten. Sein Zerren führte nur dazu, dass sich die Knoten enger zusammenzogen.

„Gott, Annie! Ich brauche dich, Schatz, bi . . . ttteee . . . !"

Sie lächelte, aber anstatt ihn eintreten zu lassen oder die Reibung aufrechtzuhalten, verlagerte sie ihren Körper an seinen Oberschenkeln entlang hinunter, wand sich dabei beinahe wie eine Schlange, bis sie zwischen seinen Beinen kniete. Sie senkte ihre Lippen so dicht herab, dass er ihre Atemzüge spüren konnte. Er krümmte und wand sich, stöhnte auf und bettelte, bis sie letztendlich nachgab und ihre Lippen gerade so weit öffnete, um zu erlauben, dass der vorderste Teil seines Penis dazwischen schlüpfen konnte. Sie saugte sanft, während sie mit ihrer Zunge leicht und schnell an ihn schnippte. Dann nahm sie ihn immer weiter und tiefer in ihren Mund, wobei sie jeden fantastischen Zentimeter genoss, bis sie ihn an ihrem Gaumen spüren konnte. Sie hielt inne. Summte.

Würgte leicht, als er selbst noch tiefer vorstoßen wollte.

„Es tut . . . mir leid", keuchte er.

Sie schüttelte den Kopf und zog sich langsam zurück, wobei sie mit ihrer Zunge an der Unterseite seines Schwanzes entlangstrich. Sie fand die Geräusche seines Ächzens und tiefen Stöhnens reizvoll und mit wahrer Wollust fuhr sie fort, ihn zu saugen, kam dabei so richtig in Fahrt, bis sie spürte, dass er zwischen ihren Lippen anschwoll. Als sie in vollständig entließ, um das Resultat ihrer Bemühungen zu begutachten, ächzte er schmerzgeplagt auf.

Grinsend vor Verwunderung, in welch sinnliche Verzückung sie ihn gebracht hatte, strich sie nun mit ihren flachen Handflächen auf seinen Oberschenkeln bis zu seinem Becken hinauf, umging dabei aber das Gebiet, wo sein Schwanz so verzweifelt um Aufmerksamkeit bittend tanzte. Sie gab es ihm nicht. Noch nicht. Sie strich mit ihren Handflächen wieder zu seinen Oberschenkeln hinunter, wobei sie den Seiten ihrer Finger erlaubte, zart an seinen Hoden entlangzustreifen.

„Bitte, Annie . . ."

„Bitte was, Ryan? Sag mir, was du willst!"

„Ich will dich, Schatz. So verdammt sehr!"

„Ich bin genau hier", sagte sie.

Er fing an, irgendetwas anderes zu sagen, aber seine Worte wurden ein Schrei, als sie seinen Schwanz wieder in ihren Mund nahm und ihn hinein- und hinauspumpte. Sie schaute zu ihm auf, während sie saugte, denn sie wollte das Vergnügen, das sie ihm schenkte, auf seinem Gesicht widergespiegelt sehen. Seine grau-grünen Augen waren fast vollständig von seinen bleiernen Lidern geschlossen. Seine Lippen waren leicht geöffnet, und seine abgehackten Atemzüge verrieten ihr alles, was sie wissen musste–er genoss das, was sie mit ihm tat, über alle Maßen. Das empfindsame Fleisch zwischen ihren Beinen pochte. Niemals zuvor wollte sie so unbedingt gefickt werden wie gerade in diesem Augenblick.

Sie umwickelte mit ihren Fingern die unterste Stelle seines

Gliedes und begann, ihn mit ihrer Hand zu pumpen, während sie das Saugen und die Geschwindigkeit ihres Mundes steigerte. Seine Hüften bewegten sich so viel sie konnten. Unkontrolliert. Hektisch. Verzweifelt. Annie wich widerwillig zurück, wobei sie den Druck und das Tempo sowohl ihres Mundes als auch ihrer Hand reduzierte.

„Nein! Gott! Mach weiter!", ächzte er.

„Das werde ich. Ich verspreche es", sagte sie. Zärtlich fuhr sie fort, ihn zu liebkosen, bis sie ihn über die Klippe gestoßen hatte. Annie hob ihren Mund und gab seinem Schwanz ein letztes Pumpen, ehe sie ihn frei ließ. Beim Verlust des Kontaktes wimmerte er tatsächlich. Annie war nun so verzweifelt wie er. Sie kletterte auf seinen Körper, zog ihre Knie bis auf Hüfthöhe heran und lagerte sich auf ihn, sodass sein Glied von außen an ihr Innerstes drückte. Auf diesen Moment hatte sie so lange gewartet, ihn kurz vor ihrem Eingang positioniert zu haben, dass es sich nun beinahe surreal anfühlte, die entscheidende Bewegung zu machen. Sie beugte sich vor, drückte ihre Lippen noch nicht auf seine, sondern ließ ihr Gesicht bloß einen Millimeter über seinem schweben. Sie wollte sein Gesicht sehen, in seine Augen schauen, wenn es letztendlich passierte.

Unmerklich hob sie ihre Hüften an, und sie war so nass, so *bereit* für ihn, dass Ryans Schwanz in sie schlüpfte. Er stieß zu und füllte sie vollständig aus.

Sie küssten sich, während er weiterhin vorwärts stieß, und sie abwärts mahlte in dem wie es schien allerperfektesten Rhythmus, den es je gegeben hatte. Annie verstand nun endlich, was der Ausdruck ,reine Ekstase' bedeutete. Nein, es war mehr als nur Verstehen. Sie erlebte sie.

Als sie den Kuss unterbrach, schlug Ryan die Augen auf und lächelte sie an. Er sprach nicht, sondern sandte ihren Brustwarzen einen hungrigen Blick und ließ seine verführerische Zunge über seine Lippen streifen. Sie stützte sich selbst auf, sodass er eine Brustwarze erreichen konnte, und stieß ein schweres Keuchen aus, als er eine in seinen Mund hineinsog. Ihr Körper erbebte, als Ryan mit seiner Zunge außen um ihre Brustwarze herum streichelte und mit seinen Zähnen zärtlich darüber strich. Annie ließ ihn sich eine geraume Zeit lang mit der einen Brustwarze beschäftigen und verlagerte dann ihren Körper, damit er die andere einsaugen konnte.

„Oh Ryan, das ist so gut! Verdammt! Das fühlt sich so gut an."

Als Ryan Luft holen musste, setzte sich Annie aufrecht hin. Sie drückte ihre Knie in die Matratze und stützte sich auf, sodass er beinahe herausrutschte. Ehe das geschah, senkte sie sich wieder langsam ab und drückte ihn fest mit ihren inneren Muskeln, was weitere befriedigte Geräusche verursachte, die seinem Brustkorb entwichen. Diese Aktion wiederholte sie einige Male, wobei sie es freudig genoss, zu beobachten, wie er seine Fäuste ballte, weil er sie immer sehnsüchtiger wollte.

Sie legte ihre Hände hinter sich und legte sie auf die Oberseite seiner Oberschenkel.

Sie nutzte die Hebelkraft, um ihre Bewegungen zu beschleunigen. Sein Blick fiel nach unten, sodass er beobachten konnte, wie er in sie hineintauchte und wieder herausglitt. Während sie den Rhythmus beibehielten, langte Annie nach unten, rieb ihre Klitoris und umkreiste sie mit ihren Fingern. Dabei verdoppelte sie ihr eigenes Vergnügen und verursachte bei Ryan Ausbrüche erstickten Stöhnens.

Immer fester stieß er mit seinen Hüften nach oben, so hart und so fest es seine Fesseln zuließen. Sie glitt mit ihren Händen unter seine Schultern und verschmolz ihren Körper mit seinem, wobei sie sich an seinen Brustkorb presste, bis ihre Brüste an ihm ganz plattgedrückt waren. Sie saugte an seinem Muskel, während sie sich weiterhin mit ihren Hüften vor und zurück und auf und ab bewegte.

Ihr eigenes Stöhnen war zu einem Wimmern geworden, und

die Geräusche, die er von sich gab, machten sie verrückt. Sie war nah dran, und sie wusste, dass er es auch war. Sie brachte ihre Lippen an sein Ohr und sagte: „Komm mit mir, Ryan!"

Sein Körper spannte sich von Kopf bis Fuß an, und mit einem Schrei, ihren Namen rufend, kam er. Die Muskeln ihrer Vagina umklammerten ihn, und sie bedeckte seinen Mund mit ihrem, wobei sie sein Knurren und Ächzen mit schluckte und zusammen mit ihm wimmerte, während die Wellen der Lust über ihnen beiden zusammenbrachen und sie in Ekstase ertränkten. Es schien, für immer so weiterzugehen, und sogar als sie das Nirwana erreichte, wusste Annie genau, wer sie waren, wo sie waren und was sie zu diesem Punkt gebracht hatte. Alles, all den Herzschmerz und den Kummer und die Selbstzweifel, würde sie noch hundert Mal abbauen, um imstande zu sein, diesen Moment in Ryans Armen zu erleben.

Als ihrer beider Zittern dann verebbt war und ihr Atmen gleichmäßiger geworden war, hob sie ihre Hüften. Beide stöhnten auf, als er aus ihr herausschlüpfte. Sanft küsste sie seine Kehle, direkt über seinem pochenden Pulsschlag.

In der Vergangenheit hätte sie vielleicht ihr fortdauerndes Schweigen als etwas Schlechtes betrachtet, aber aus unerfindlichem Grund tat sie das nicht. Stattdessen fühlte sich ihr Mangel an Worten eher ehrfurchtsvoll an. Stumme Anerkennung, dass sie gerade all das, was sie brauchten, mit ihren Körpern vollbracht hatten.

Er küsste ihre Schläfe, und sie kuschelte sich lange eng an ihn, wobei sie fast einschlief und nur erwachte, als er sich unter ihr verlagerte. Ein schneller Blick bestätigte ihr, dass er, obwohl er nach wie vor gefesselt war, dabei war, einzudösen. Sie zwang sich, sich zu bewegen, stand auf, küsste ihn zärtlich und flüsterte: „Ich bin gleich zurück." Ohne sich stoppen zu können, vor lauter Freude zu lächeln, taumelte sie ins Bad, um eine kleine Schere aus ihrer Schminktasche zu holen. Dann befreite sie ihn von seinen Fesseln. Augenblicklich zog er sie in seine Arme. Sie vergrub ihr Gesicht an seinem Hals, atmete die Mischung aus den Düften von ihnen beiden ein, und mit einem letzten Seufzer der Zufriedenheit schlief sie ein.

KAPITEL DREIZEHN

ANNIE WACHTE MIT EINEM LÄCHELN auf ihrem Gesicht auf. Letzte Nacht hatte sie so einen schönen Traum von Ryan gehabt. Einen Traum, in dem sie endlich zugegeben hatten, dass sie einander begehrten und auch etwas dafür getan hatten. Großartig, die Art und Weise, wie er sie liebkost hatte. Wie er mit ihr gesprochen hatte. Als wäre sie eine Frau, die ihn verrückt machen würde vor Begierde. Eine Frau, die er bis zu dem Punkt ficken wollte, wo er alle Kontrolle verlor. Gott, wenn er doch nur so für sie empfinden würde!

Sie reckte sich und rollte auf die Seite, dabei stieß sie an etwas–vielmehr an *jemanden*.

„Oh Scheiße!", rief sie aus und setzte sich schlagartig aufrecht hin.

Ryan lag auf seiner Seite mit dem Gesicht zu ihr. Das Bettlaken war bis zu seiner Taille heraufgezogen. Ihr Verstand konnte den Anblick all der nackten Haut und deutlichen Muskeln kaum begreifen, und sie schnappte nach Luft, als er ein Auge öffnete und grinste: „Super, das ist aber eine ziemlich unhöfliche Art, jemanden aufzuwecken!"

„Oh verdammt! Es tut mir leid, Ryan." Auf einmal erkannte Annie, dass das, was letzte Nacht geschehen war, kein Traum gewesen war. Sie waren beide nach wie vor nackt . . . Gott . . . sogar jetzt formte sich aus dem Bettlaken ein Zelt, offenbarte er ihr, wie erregt er davon war, einfach nur so mit ihr im Bett zu liegen.

„Es tut mir leid, aber ich sah katastrophal aus."

„Komm her!" Er klopfte neben sich aufs Bett.

Annie ging hinüber. Ryan zog an dem Gürtel, der ihren Morgenmantel zusammenhielt, und zog sie zu sich. Dann drückte er seine Lippen auf ihre.

Er schmeckte nach Zimt. Er muss den Atemspray benutzt haben, den sie auf ihrem Nachttisch stehen hatte. Als er sie küsste, spürte sie, wie er den Morgenmantel aufband und mit seinen warmen Händen hineinschlüpfte. Er packte ihre Hüften, und Annie erbebte, als sie merkte, wie er anfing, mit seinen großen Händen ihre Rundungen zu erforschen. Ryan küsste die Seite ihres Gesichts hinunter bis zum Hals. Sie spürte seine Hände weiter hinaufrutschen, und während er leckte und knabberte schob er den Morgenmantel von ihren Schultern. Annie lehnte sich zurück, um ihm besseren Zugang zu gewähren. Ihr gesamter Körper erbebte vor Wonne.

Ryan brachte sein Gesicht wieder zu ihrem zurück und küsste sie sanft. Gleichzeitig tastete er nach hinten, nahm den Haargummi aus ihrem Haar und ließ es offen herabfallen.

„Ich mag all dieses Haar in meinem Gesicht." Er zog sie an sich heran, wobei er ihren Körper fest an seinen presste und mit seinem Mund ihren in einem wilden, hungrigen Kuss in Besitz nahm. Seine Lippen verschlangen ihre beinahe, und Annie stöhnte auf und schmiegte sich noch näher an ihn. Als Ryan sich entfernte, waren ihre Lippen feucht und leicht geöffnet, und sie musste tief Luft holen, ehe sie die Augen wieder öffnete. Sie schaute ihn an, war sich dabei sicher, dass sich ihre völlige Hingabe in ihren Augen widerspiegelte und in lebhaften Farben auf ihrem Gesicht abzeichnete.

„Küss mich nochmal! Bitte!", sagte sie mit leiser, heiserer Stimme.

Er stieß ein tiefes Ächzen aus und küsste sie so fest wie beim ersten Mal. Sie wickelte ihre Arme um ihn und erwiderte seinen

Kuss mit wilder Leidenschaft, die ihn weiter anspornte. Er ergriff eine dicke Haarsträhne, umwickelte sie mit seiner Faust und zog ihren Kopf auf diese Weise zurück. Er brannte eine lodernde Spur von Küssen von ihren Lippen hinunter über ihr Kinn und ihren Hals entlang, bevor er an ihrem Schlüsselbein anhielt. Seine andere Hand bewegte sich langsam an ihrem Rücken entlang nach unten, bis sie an der üppigen Rundung ihres Hinterns angelangt war, die sie ergriff. Annie befand sich nun praktisch auf seinem Schoß, schmirgelte sich an ihn und erinnerte sich an die Nacht zuvor und wie atemberaubend er sich in ihr angefühlt hatte.

Ryan richtete seinen Körper so aus, dass er auf der Seite lag, wobei sein Körper an ihrem ruhte. Er stütze seinen Kopf auf seinen Ellbogen und schaute sie an. Sie konnte die Begierde in seinen grau-grünen Augen sehen und liebte sie. Ganz leicht begann er mit seiner Hand über ihren Körper eine Spur zu legen. Er fing bei ihren Schultern an und wanderte an ihren Armen bis zu ihren Händen hinunter. Dann spurte er mit seinen Fingern über ihren Unterleib und ihre sanft gerundeten Hüften. Sie erschauerte, als er den obersten Bereich ihrer Oberschenkel erreichte und mit seinen Handflächen über ihre Haut strich. Er lächelte sie an, bevor er ihre Lippen wieder mit seinen fand. Diesmal küsste er sie weich, sanft sondierend und erst allmählich beharrlicher werdend. Drängend und neckend schlüpfte er mit seiner Zunge in ihren Mund. Annie saugte an seiner Zunge, um ihn zu schmecken, und sie liebte es, als er mit seiner Hand mit der Erkundung ihres Oberschenkels weitermachte. Er glitt weiter hinauf, ächzte und lächelte an ihrem Mund, als seine Finger ihr heißes, nasses Zentrum erreichten. Annie lagerte sich weiter zurück, um ihre Beine weiter öffnen und ihm direkten Zugang gewähren zu können.

„Oh Ryan!", hauchte sie an seinem Mund, während seine Finger an ihr spielten. Er hörte auf, sie zu küssen und hob seinen Kopf. Er schaute sie ernst an, mit offenem Mund, als wolle er etwas sagen, dennoch blieb er still.

„Was, Ryan? Was ist los?"

„Du bist einfach so wunderschön, Annie! Ich wünschte, du könntest dich so sehen wie ich dich sehe." Ohne auf ihre Erwiderung zu warten, stieß er ihren Rücken sanft auf die Matratze und rollte sich auf sie.

Er küsste sie, bis sie beide nicht mehr atmen konnten. Als er auftauchte, um Luft zu holen, verlagerte er sich so, dass seine harte Erektion an die Innenseite ihres Oberschenkels drückte. Mit seiner linken Hand fasste er nach oben und kniff sanft ihre Brustwarze, dann zupfte er daran. Annie erzitterte, hoffte, er würde dies mit seinem Mund tun. Er enttäuschte sie nicht.

Er ließ seine Zunge über eine ihrer Brustwarze schnellen und streifte leicht mit seinen Zähnen darüber. Dann zog er sie in seinen Mund und saugte fest daran, wobei er direkt in den Verbindungspunkt zwischen ihren Beinen köstliche Vibrationen sandte. Sie stöhnte auf, als er jeder Brust dieselbe Aufmerksamkeit zuteil werden ließ, ehe er mit seinem Mund eine Reise nach Süden antrat–über ihre Rippen und ihren Unterleib, über ihren Nabel und schließlich zwischen ihre Beine. Mit dem Zeigefinger massierte er ihre Klitoris, brachte Annie dazu, aufzuschreien, ehe er sich niederbeugte und mit seiner Zunge durch ihren feuchten Schlitz strich.

Annies Körper zuckte zusammen, und sie stöhnte laut auf, während Ryan seine Zunge in sie schob, sie so weit hineintrieb wie er nur konnte. Er bearbeitete weiterhin ihre Klitoris mit seinem Finger, während er sie mit der Zunge fickte. Sie wand und räkelte sich, stieß wild mit ihren Hüften, als er plötzlich seine Zunge herauszog, ihre Klitoris leckte und dann sanft an ihr saugte.

Krampfhaft packte Annie das Bettlaken unter sich mit ihren Fäusten, bog den Rücken durch und ließ einen weiteren, langen, tiefen Seufzer entweichen.

„Das ist gut so, Schatz!", sagte er. „Las mich hören, wie gut

ich es für dich mache, wie gut du dich dabei fühlst. Du hast keine
Ahnung, wie erstaunlich du schmeckst." Wieder umklammerte
er mit seinen Lippen ihre Klitoris, aber diesmal fügte er noch das
Gefühl seines Fingers in ihrem Inneren hinzu. Er bewegte seinen
Finger in sie hinein und wieder heraus, während er fortfuhr, an
ihrer geschwollenen Knospe zu knabbern. Als ihr Stöhnen und
ihre Schreie an Lautstärke zunahmen, schlüpfte Ryan mit einem
weiteren Finger und noch einem in sie hinein, bis Annie sich auf
einmal versteifte. Ihre Unterleibsmuskeln spannten sich an, und
sie kam wild und explosiv.

Sie genoss ihren Höhepunkt, bis ihr Körper dann wieder er-
schlaffte und ihre abgehackten Atemzüge durch das Zimmer hall-
ten. Sanft zog er die Finger zurück, während sie ihn mit großen,
verwunderten Augen anstarrte.

„Oh mein Gott, Ryan!", sagte sie mit emotional aufgeladener,
berauschter Stimme. „Das war unglaublich. Du warst unglaublich." Sie strich sich die wilden Haarsträhnen aus dem Gesicht. Sie
stellte sich vor, dass sie wie eine verrückte Frau aussah. Er hatte
sie wahnsinnig vor Lust gemacht, nur so ergab es einen Sinn.

„Nicht so unglaublich wie du. Verdammt, schau dich doch
an!" Er starrte ihre geschwollene Muschi an und strich mit seiner
Zunge ein letztes Mal darüber, dabei schaute er befriedigt drein,
als sie einen Schrei der Überraschung ausstieß, weil ihr Körper
heftig zuckte.

Er bewegte sich hinauf, begab sich neben sie und strich noch
mehr von ihrem Haar zurück. Die Strähnen, die um ihren Kopf
und Hals hingen, waren feucht von Schweiß. Sie nahm sein Gesicht in beide Hände und küsste ihn. Sie konnte sich selbst auf
seinen Lippen schmecken, und als er seine Zunge in ihren Mund
stieß, saugte sie sanft daran.

„Bin ich jetzt dran, dich zu schmecken?", fragte sie, während
sie mit ihrer Zunge an seiner Unterlippe entlangstreifte.

Ryan ließ ein kleines, verzweifeltes Lachen hören. „Wenn du

das jetzt tust, wird all das von einem Augenblick zum anderen vorbei sein. Ich bin nicht bereit dafür, dass es schon vorbei sein soll, du?" Bevor sie die Gelegenheit hatte, zu antworten, bedeckte sein Mund wieder den ihren, diesmal beinahe gewaltsam. Seine Dringlichkeit erregte Annie, und sie seufzte auf, als er sich auf sie legte, sie mit seinem schweren Gewicht bedeckte. Sie schwelgte im Genuss seines Kusses, den er ihr gab, aber sie war nicht darauf gefasst, was als nächstes passierte. Er nahm ihre Hüften in seine Hände und ohne weitere Vorwarnung stieß er seinen Schwanz in sie, traf den Grund und veranlasste sie, aufzuschreien. Es fühlte sich so gut an, von ihm ausgefüllt zu sein.

Er knurrte tief in seiner Kehle und starrte ihr in die Augen. Er sah auf positive Weise besitzergreifend aus. Dann zog er sich beinahe vollständig aus ihr heraus. Dort hing er eine Sekunde lang, brachte sie dazu, aufzustöhnen und zu rufen:

„Bitte, Ryan! Bitte!"

Er verharrte ruhig, während sie ihn hilflos anstarrte, sich verzweifelt mehr wünschend.

„Bitte, Schatz! Ich will dich so sehr."

Er grinste und stieß dann mit solcher Kraft in sie hinein, dass sie mit ihren Fingernägeln über seinen Rücken krallte.

„Ist es das, was du willst, Annie?", hauchte er, als er begann, sie ernsthaft zu ficken, wobei er in sie hinein und wieder heraus glitt, ehe er das Tempo und die Intensität seiner Stöße plötzlich steigerte. Annie hatte das Gefühl, als hätte er ihren Körper völlig in Besitz genommen. In diesem Moment hätte sie ihm alles gegeben, was er wollte.

„Ja! Ja! Ja!"

Innerhalb von Minuten war sie wieder auf dem Gipfel der Lust. Sie drückte ihren Mund auf seinen, und ihre Zungen tanzten miteinander, während ihre Hüften aufeinander zu stießen. Er schlüpfte mit einer Hand unter sie und umfasste ihren Hintern.

Dabei bewegte er sie so, wie er es brauchte, während seine andere Hand unter ihrem Kopf lag. Sie war nah dran, und sie konnte spüren, dass sein Körper auch anfing, sich anzuspannen. Sein Schwanz wurde steifer und schwoll in ihr an, ehe er ihn abrupt ganz aus ihr herauszog.

Annie konnte nicht anders, als aufzuschreien: „Nein!" Fast fing sie zu schluchzen an.

Ryan rang um Atem und wickelte wieder ihr Haar um seine Finger, während er begann, sie leicht zu küssen, auf die Augenlider, die Wangenknochen und das Kinn. Ihr Körper wurde von Zuckungen erschüttert, sie sehnte sich nach ihm, dass er beendete, was sie angefangen hatten.

Ganz nah schwebten seine Lippen über ihren, als er flüsterte: „Wo ist dein Spielzeug?"

Sie zuckte zusammen. „Wa–was?"

„Dein Spielzeug. Das von der Liste der unanständigen Dinge. Du hast es doch mitgebracht, nicht wahr?"

„Ja."

„Hast du es schon verwendet? Seit du hier bist, meine ich."

Sie spürte, wie sie rot anlief.

„Das hab ich mir gedacht. Du hast es verwendet, während ich nebenan war, nicht wahr?"

„Ja", flüsterte sie.

„Hol es!"

„Ryan–"

„Hol es, Annie!"

∽৩৪৩৩৩

HEILIGE SCHEISSE, SIE HATTE ES tatsächlich getan, dachte Ryan. Sie hatte einen Vibrator gekauft *und* sie hatte ihn in genau diesem Zimmer verwendet. Während *er* nebenan war. Er atmete tief ein, als Annie sich streckte und den Nachttisch öffnete. Sie zog eine Schachtel heraus.

„Ich–ich habe ihn wieder in die Schachtel gelegt. Nachdem ich ihn gereinigt habe, meine ich."

„Sehr umsichtig von dir." Er nahm das Spielzeug von ihr entgegen und beobachtete sie genau. Ihre Augen waren weit aufgerissen, ihr Atmen abgehackt, ihre Brustwarzen hart. Sie leckte sich die Lippen, wobei sie abwechselnd seinen Blick suchte und mit offensichtlicher Erwartungshaltung die Schachtel anschaute, die er hielt. „Weißt du, was als nächstes passieren wird?" Während er sprach nahm er den Vibrator aus der Schachtel, knipste ihn an, um sich zu vergewissern, dass er auch funktionierte, dann schaltete er ihn aus, legte ihn in die Schachtel und stellte die offene Schachtel auf den Nachttisch.

Sie reckte ihr Kinn. „Ich hab eine ziemlich gute Idee."

Gott, er hatte nicht gedacht, dass es möglich war, dass er noch mehr angetörnt werden könnte als er es schon war, aber ihre Dreistigkeit machte seinen Schwanz sogar noch härter. Er genoss es sichtlich, festzustellen, dass Annie innerlich ein Bad Girl war, und genau das kennen zu lernen. Aber er wollte nicht, dass sie es zu gemütlich hätte. Er hatte noch jede Menge Unanständigkeit, die er ihr zeigen konnte.

„So? Denn du wirst dich unter mir befinden", sagte er. „Um mich herum. Mich umgebend. Und wenn ich in dir drin bin, werde ich *in* dich kommen. So tief, dass du nie mehr fähig sein wirst, dieses Gefühl von mir zu vergessen. Auch wenn wir dieses Zimmer verlassen, werde ich immer noch dort sein."

Sie wimmerte, und ihr Atmen beschleunigte sich bei dem Versprechen in seiner Stimme. Er langte zu ihr und rieb mit seinem Daumenballen ihre Unterlippe, wodurch sie aufstöhnte. Als sie ihren Mund öffnete und seinen Daumen in ihren Mund saugte, ihn zärtlich biss und mit der Zunge leckte, verschmolz sein Stöhnen mit ihrem.

Innerhalb weniger Minuten waren seine Hände wieder

zwischen ihren Beinen, und seine Finger waren von den Säften ihrer Erregung bedeckt. Er entlastete ihren Rücken und überredete sie schmeichelnd zu einer sitzenden Position, wobei sie sich ans Kopfende des Bettes lehnte. Er liebkoste ihren Unterleib und weiter bis zu ihren Brustwarzen, um die er einen Pfad aus Küssen legte. Er beobachtete sie, wie sich wand und verdrehte, während er denselben Weg auf ihrem Körper hinunter zurücklegte. Ihr Atem geriet ins Stocken, und ihre Brüste erbebten, als sie versuchte mehr Luft einzuatmen. Als er an ihrer Muschi angelangt war, strich er nur ganz leicht über ihre Schamlippen. Ihre harte Klitoris war angeschwollen und pochte. Abrupt zupfte er mit zwei Fingern daran und drückte sie dann hinunter, wobei er sie in Kreisen massierte.

„Ja, Ryan. Ja!"

Mit einem Finger schlüpfte er in sie hinein, spürte, wie sie sich um ihn herum zusammenkrampfte wie heißer, flüssiger Samt. Langsam pumpte er mit seinem Finger in sie hinein und wieder heraus. „Spreize dich weiter, Annie!"

Sie tat, was er angewiesen hatte, und er bewegte sich zwischen ihren Oberschenkeln, sah dabei zu, wie sein Finger sich seinen Weg schneller und tiefer in sie hinein bahnte, und wie er ihn so hineintrieb, brachte er sie dazu, dass sie ihre Hüften vom Bett hochwölbte und ihn um mehr und immer mehr anflehte.

„Schsch. Sei geduldig, Schatz, damit ich dir das geben kann, was du brauchst!"

Er platzierte seine Finger oben an ihren Schamlippen, schob die Vorhaut ihrer Klitoris zurück und spreizte seine Finger weiter, damit ihre pinkfarbene Perle sichtbar wurde.

Er senkte seinen Kopf und ließ seine Zunge nur einmal an ihre Härte schnellen.

Sie stöhnte auf und klammerte sich an seinem Haar fest.

Er führte zwei Finger vollständig in ihre Muschi ein, wobei er die vorderen Wände ihrer Vagina massierte und gleichzeitig leicht an ihrer Klitoris zu saugen begann. Sie wand sich hin und her, ergriff selbst ihre Brüste, drückte sie zusammen und zog fest an ihren Brustwarzen. Ihre Hüften hoben sich, um seinem Mund zu begegnen, während er nur umso fester saugte.

Sie fuhr fort, ihre Brüste zu streicheln. Unfähig, sich selbst zu befriedigen, langte er hinauf, zu ihren Brüsten und zwickte abwechselnd mal die eine, mal die andere Brustwarze. Sein Mädchen war einfach fantastisch. Völlig enthemmt. So empfänglich für seine Berührungen. Verdammt wunderschön. Er wollte mehr. Er wollte alles, was sie zu geben hatte.

„Gib es mir, Annie! Ich will es. Gib mir, was ich will!"

ANNIE SPÜRTE DEN HARSCHEN KLANG von Ryans Stimme durch ihren gesamten Körper. Sie war entzückt und hingerissen, zum Teil aber auch angepisst, dass er nur durch den Klang seiner Stimme eine solch starke körperliche Reaktion hervorrufen konnte. Dann schaute sie auf und erkannte, dass sie nicht die einzige war, die durch ihre beiderseitige Nähe so beeinflusst wurde. Sein Atem ging stoßweise. Seine Augen waren halb geschlossen. Seine Wangen gerötet. Seine Muskeln zum Zerreißen gespannt, als würden sie gleich über jemanden herfallen. Oder damit über sie hergefallen werden konnte. Die Erkenntnis ihrer Macht über ihn machte sie schwindlig und katapultierte sie in das höchste Wonnegefühl.

Annies Orgasmus raubte ihr den Atem und verursachte wiederholte, heftige Erschütterungen und krampfartige Zuckungen ihres ganzen Körpers.

Als es vorüber war, schüttelte Ryan das Bett auf und legte sich neben sie. Sie drapierte ein Bein über seines, sodass er weitermachen konnte, sie mit seinem Finger zu stimulieren. Sie war so empfindsam, dass sie schon bald wieder bereit war, erneut zu einem Höhepunkt zu kommen.

„Dein Schwanz. Diesmal will ich deinen Schwanz."

„Du bist immer in solcher Eile. Willst immer gleich das Allerbeste zuerst. Was du lernen musst, ist, dass indem du dir Zeit lässt, das Beste sogar noch besser werden kann. Unglaublich. So, dass du dabei den Verstand verlieren kannst. Und ich will mir Zeit lassen, dir Vergnügen zu bereiten. Ich werde damit anfangen, das Spielzeug, das du mitgebracht hast, zu benutzen. Das Spielzeug, das du ohne mich verwendet hast, du unanständiges Mädchen!"

Ryan langte um sie herum, kurz darauf spürte sie den Vibrator hart und kühl an ihren Kern drücken. Ryan ließ ihn an der Nahtstelle zu ihrem Innersten auf und ab streifen.

„Nett", sagte sie und wickelte ihre Finger um seinen Schwanz. „Aber nicht so nett wie das hier. Warum legst du dieses Ding nicht weg und gibst mir, was ich wirklich will?"

„Oh glaub mir, ich werde es dir geben, und ich werde es dir gut geben, aber zuerst will ich dich wild machen. Ist das okay für dich?"

Er glitt mit dem Vibrator an ihrem Oberschenkel entlang, und ihre Muschi verkrampfte sich sofort vor Eifersucht. Sie spreizte ihre Beine weiter auseinander und stöhnte. „Klingt nach einem guten Plan."

Sie hob ihre Hüften in dem Versuch, ihn zur Eile anzutreiben, wobei sie sich fragte, wie er eigentlich so viel Selbstkontrolle haben konnte. Sie ächzte laut, als sie spürte, wie er das Spielzeug an ihre äußeren Schamlippen drückte. Sie versuchte, sich selbst darauf aufzuspießen. Natürlich zog er das verdammte Ding weg.

„Leg dich zurück, Annie! Schließ deine Augen und spüre das Vergnügen!"

Fieberhaft verlangend, erfüllt zu werden, wenn nicht von ihm, dann von dem Spielzeug in seiner Hand, tat sie das, was er gesagt hatte.

Sie wollte nicht einfach bloß gefickt werden. Sie brauchte es.

Er berührte mit dem Spielzeug ihre empfindsame, geschwollene Klitoris, umkreiste sie einmal, dann zweimal. Es fühlte sich so gut an, dass sie schreien wollte, aber es war nicht genug. Sie hob ihre Hüften wieder vom Bett hoch, aber er legte eine Hand auf ihr Becken, knapp oberhalb ihres Venushügels, und drückte sie sanft wieder nach unten.

Sie öffnete ihre Augen einen Spalt, um ihn zu beobachten, wie er ihre Klitoris mit dem Spielzeug streichelte. Das war Folter, dachte sie. Langsame, süße, erotische, qualvolle Folter. Er schnipste mit den Fingern, und das Spielzeug begann zu vibrieren. Ohne Warnung oder Einleitung veränderte er den Winkel und erlaubte der Spitze, in sie hinein zu gleiten.

Sie gab ein Geräusch von sich, eher animalisch als menschlich, und er belohnte sie, indem er ihr einen weiteren Zentimeter zugestand. Ryan beugte sich vor, gab ihrer Brustwarze einen weichen Kuss, dann fing er an, mit der Spitze des Spielzeugs in ihre Muschi hinein und wieder herauszugleiten, es dann heraus und über ihre Klitoris zu ziehen, um es dann wieder hineinzuschieben.

„Gib mir alles, Ryan! Bitte, ich brauche alles." Sie war so atemlos, dass sie die Worte langsam und ruckartig hervorstieß.

Ohne Rücksicht auf ihre Verzweiflung steigerte Ryan die Geschwindigkeit der Vibrationen und fing an, die Umrisse ihres Zentrums auf langsame, zärtliche Art und Weise nachzuspuren. Er umkreiste ihre Klitoris und drückte dann den Vibrator in sie hinein, diesmal etwas tiefer, aber immer noch nicht die ganze Strecke.

Sie schluchzte laut auf. „Bitte gib mir mehr!"

„Noch nicht, Annie! Entspann dich einfach! Genieße es! Lass deinen Körper spüren, was ich alles mache, bis hinunter in die Zehenspitzen. Lass alle Hemmungen fallen! Die Hemmungen, die dich hindern, dich mir gegenüber vollständig zu öffnen. Die Hemmungen, die den süßesten, verletzlichsten Teil von dir verbergen. Lass sie fallen, Schatz!"

„Fick mich mit deinem Spielzeug oder mit deinem Schwanz, und ich verspreche, ich werde alle Hemmungen fallen lassen."

Er kicherte, was sie total annervte. Aber dann glitt er mit dem sechzehn Zentimeter langen Spielzeug sogar tiefer.

Immer noch nicht die ganze Strecke. Sie konnte nicht spüren, dass es an den Grund stieß, so wie sie es wollte, aber es fing an, sie aufzufüllen.

Sie biss sich auf die Lippe, um nicht wieder zu betteln, massierte ihre Brüste und zwickte ihre Brustwarzen.

„Ja, das ist es, was ich liebend gerne sehe."

Er fickte sie mit dem Spielzeug, bis sie mit ihren Hüften denselben Rhythmus aufgenommen hatte. Noch einmal stieß sie hoch in dem Versuch, es dazu zu bringen, tiefer einzudringen. Stattdessen zog er es vollständig heraus, hob das Spielzeug zu ihrem Mund und glitt damit neckend über ihre Lippen.

Stöhnend leckte sie daran.

„Mehr!", knurrte Ryan. „Sauge es sauber!"

Ihre Augen weiteten sich bei diesem groben Befehl, aber sie tat, was er befohlen hatte. Nachdem sie es gesäubert hatte, küsste er sie, fuhr mit seiner Zunge wie mit einem Speer in ihren Mund, als würde er hinter genau denselben Säften her sein, die sie gerade von dem Spielzeug abgeleckt hatte.

„Du willst alles davon?", fragte er sie, während er das Spielzeug über ihren Brustkorb hinunter zog, zwischen ihren Brüsten hindurch, um jeden bebenden Hügel herum, bevor er weiter nach unten zu ihrem Unterleib strich.

„Ja! Ich will das alles, Ryan! Fülle mich damit aus . . . fick mich . . . oh Gott, Ryan . . . bitte . . . !"

Er stieß das Spielzeug so tief es ging in sie hinein. Sie schrie auf, ihr Körper bog sich bei dem Gefühl, ausgedehnt zu werden, beinahe weiter ausgedehnt zu werden als sie ertragen konnte. Mit ihrer rechten Hand zog sie an seinem Haar, während ihre linke Hand fortfuhr, mit ihren Brustwarzen zu spielen.

„Komm schon, Annie! Lass dich diesmal völlig gehen und komm so, wie du noch niemals zuvor gekommen bist!" Mit dem Daumen seiner anderen Hand drückte er fest auf ihre Klitoris.

Sie schrieb auf, als Schauer ihren Körper ergriffen und durchrasten. Der Orgasmus schien für immer anzudauern. Nach und nach ließen die stoßenden Bewegungen nach, die er mit dem Spielzeug gemacht hatte, und so ließ er sie langsam von ihrem Höhenflug herunterkommen. Er hob sich leicht nochmal an und drückte seine Lippen auf ihre, bevor er das Spielzeug komplett aus ihr herauszog.

„Wie hat sich das angefühlt?", fragte er mit leiser, verführerischer Stimme.

Annie glaubte nicht, dass sie sprechen konnte. Ihr Mund war völlig trocken. Die Feuchtigkeit ihres ganzen Körpers war vollständig aus ihr verschwunden zusammen mit jedem Tropfen Sorge, Vernunft und Furcht.

Bevor sie die Worte zurückhalten konnte, sagte sie: „Fast wie im Himmel."

„Fast?"

„Ich will–ich will immer noch dich. Macht mich das unersättlich?"

„Das macht dich verdammt überwältigend, das ist es, was du bist."

„Fick mich, Ryan! Ich will, dass du mich fickst."

Mit einem übermütigen Grinsen schlüpfte er selbst in sie hinein. Diesmal gab es keine Zurückhaltung. Er fickte sie hart und schnell.

Er hielt eine lange Zeit durch. Lang genug, um sie nochmal hochzubringen. Und als der Damm brach, schrie sie. Sie explodierte, als ein weiterer, gewaltiger Orgasmus durch sie hindurchrauschte und sie zerriss. Ein lautes, fast barbarisches Knurren brach aus ihm heraus, und sie schrie auf, als Ryan seinen eigenen hochgesteigerten Höhenflug erreichte.

Ryans Körper entspannte sich, und er brach auf ihr zusammen. Annie wickelte ihre Beine um ihn und hielt ihn fest an sich gedrückt. Als er aufhörte zu zittern und zu beben und versuchte, sich von ihr weg zu bewegen, klammerte sie sich an ihm fest und sagte: „Bitte bleib! Bloß ein paar Minuten lang."

„Wo sonst sollte ich schon hingehen?" Er gab ein glückliches Seufzen von sich und küsste sie mit einer langsamen Zärtlichkeit, die Schockwellen wie elektrisierende Stromstöße durch ihren Körper sandte.

∽ૐ∾

ALS ANNIE ZUM ZWEITEN MAL in Ryans Armen erwachte, hatte sie eine vage Erinnerung an ihn, wie er sich von ihr runterrollte und sie dann an sich schmiegte. Annie wusste nicht, wie viel Zeit diesmal vergangen war, aber sie wusste mit absoluter Sicherheit, dass sie eine Dusche brauchte. Sie versuchte, sich aus seiner Umklammerung zu befreien, ohne ihn aufzuwecken, aber sobald sie sich bewegte, wurde sein Griff wieder fester, und Ryan sagte: „Wo gehst du hin?"

„Unter die Dusche. Ich sehe katastrophal aus."

Ryan hielt sie nur umso fester fest. Sie gab nach und blieb noch eine ganze Weile länger bei ihm liegen. Als sein Atmen tiefer wurde und in einen ruhigen, gleichmäßigen Rhythmus gefallen war, versuchte sie noch einmal, zu entkommen. Diesmal schaffte sie es, ohne ihn aufzuwecken.

Annie stand lange Zeit unter dem warmen Wasserstrahl der Dusche, ließ ihn einfach wasserfallartig über ihren Körper rauschen Sie war wund, aber auf eine gute Art. Jedes Mal wenn sie daran dachte, in Ryans Armen zu sein, tauchte ein Lächeln auf ihrem Gesicht auf, und sie spürte ein leichtes Kribbeln weit unten in ihrer Magengrube. Es machte ihr auch Angst. Nun, da sie einen Vorgeschmack auf Ryan gehabt hatte–der besser gewesen war als sie vermutet hatte–wie sollte sie jemals ohne ihn leben können? Sie war noch immer unentschlossen, was sie wohl als nächstes tun sollte. Bis sie abgetrocknet war, ihr Haar in einen ordentlichen, französischen Zopf zurückgebunden und ein behagliches Baumwollkleid angezogen hatte, hatte sie beschlossen, dass es das Beste wäre, das Risiko auf sich zu nehmen, zu dem Melina und Clint sie ermutigt hatten. Sie würde Ryan sagen, was sie für ihn empfand.

Sie holte tief Luft und öffnete die Tür.

„Ich bin am Verhungern", sagte er, sobald er sie sah.

Sie lachte. „Okay, möchtest du irgendwo essen gehen oder willst du den Zimmerservice in Anspruch nehmen?"

Ryan erhob sich aus dem Bett und ging zu ihr hinüber, und es stellte keinerlei Problem für ihn dar, sich ihr gegenüber nackt zu zeigen. Warum auch? Der Körper dieses Typens war einfach atemberaubend.

Er umfasste ihr Kinn und hob ihr Gesicht leicht nach oben in seine Richtung. Er sah aus, als hätte er etwas Wichtiges zu sagen. Sie wartete mehrere Sekunden, ehe er schließlich sagte: „Zimmerservice finde ich besser. Wie wär's, wenn du bestellst, während ich mich dusche?"

Annie stieß den Atem aus, den sie angehalten hatte. „Okay, was willst du?"

Er grinste und schaute sie von oben bis unten an. „Ein wenig von allem." Zärtlich brachte er seine Lippen auf ihre, gab ihr einen sanften Kuss und eilte in die Dusche.

Annie merkte erst fast eine ganze Minute später, dass sie immer noch mit zitternden Beinen dastand und die Badezimmertür anstarrte. Er verhielt sich so locker und ungezwungen, dass sie von ihren Gefühlen übermannt wurde.

Sie rief den Zimmerservice an, nahm Ryan beim Wort und bestellte recht viel Essen, das er zweifelsfrei essen könnte. Sie brannte auf eine Tasse Kaffee. Wahrscheinlich könnte sie auch

einen Toast und etwas Obst essen. Die Tablette, die sie vorhin genommen hatte, hatte fast all ihren Appetit gezügelt.

Nachdem sie Frühstück bestellt hatte, machte sie das Bett,
bloß um sich zu beschäftigen. An einer Stelle hielt sie das Bettlaken an ihr Gesicht und atmete den berauschenden Duft von ihrem und Ryans Liebesspiel ein. Lächelnd schüttelte sie den Kopf.
Gott, sie war so sehr in ihn verknallt!

Es klopfte an der Tür, und sobald Ryan das hörte, kam er aus
dem Bad. Mit hungrigen Augen schaute er auf den Essenswagen.

„Verdammt! Da hast du ja wirklich von allem etwas bestellt",
sagte er mit einem Lächeln.

„Mein Ziel ist, zu gefallen", erwiderte sie.

Sie gab dem jungen Mann, der das Essen gebracht hatte, ein
Trinkgeld, und als er gegangen war, setzten sich Annie und Ryan
an den kleinen Esstisch. Ryan häufte sich alles Mögliche auf seinen Teller, Annie schenkte sich eine Tasse Kaffee ein und bestrich
eine Scheibe Toast mit Butter.

Als Ryan bemerkte, dass das alles war, das sie gedachte, zu essen, hielt er mittendrin inne und sagte: „Das soll wohl ein Scherz
sein, oder?"

„Was?"

Er biss die Zähne zusammen. „Iss, Annie!"

„Ich esse, Ryan."

„Ein Stück Toast und Kaffee nach all der Anstrengung von
gestern Nacht und heute Morgen? Das ist nicht genug, wenn es
noch gesund sein soll. Du musst unbedingt mit diesem Diätwahn
aufhören."

„Das ist kein Wahn. Das nennt man Disziplin. Ich hatte es satt,
dick zu sein, Ryan. Ich bin nah am Ziel meines Traumgewichts—"

„Nah am Ziel? Sag mir bitte nicht, dass du noch mehr abnehmen willst, Annie! Du siehst großartig aus. Verdammt, du könntest sogar wieder ein paar Pfund zulegen."

Sie zog eine Augenbraue hoch und verschränkte die Arme vor

der Brust. „Ich glaube, in diesem Punkt gehen unsere Meinungen auseinander. Können wir einfach darin übereinstimmen, dass wir unterschiedlicher Meinung sind, und unser Frühstück genießen?"

Er zögerte, dann nickte er, ehe er seine Aufmerksamkeit wieder auf sein Essen richtete. Nachdem Annie mit ihrem Toast fertig war, aß sie etwas Rührei, bloß um ihn glücklich zu machen. Damit schien er zufriedengestellt zu sein.

Sie räusperte sich. „Können wir über das reden, was gestern Nacht . . . und heute Morgen passiert ist?"

Ryan schaute sie an und zuckte die Achseln. „Okay."

Das Achselzucken löste in ihrem Magen leichte Schmerzen aus, als würde die lässige Geste irgendwie andeuten, wie wenig ihm ihre gemeinsame Zeit bedeutete.

„Ich möchte nicht, dass unsere Freundschaft irgendwie durcheinander gebracht wird durch . . ."

„Heißen Sex?", sagte er.

Annie lächelte. Er war so verdammt süß. „Ja, deswegen", sagte sie.

Er legte die Gabel hin und langte zu Annies Hand hinüber. Sie gab sie ihm, und er starrte mehrere Sekunden lang auf ihre verbundenen Hände. Mit seinem Daumen strich er sanfte Kreise, wodurch sie zu zittern anfing. Als er jedoch seinen Kopf hob, war sein Gesichtsausdruck ernst, sein Mund angespannt. „Annie, nichts wird jemals ein Grund sein, dass ich nicht dein Freund sein will. Letzte Nacht und heute Morgen . . . das war einfach fantastisch. Aber das bedeutet überhaupt nicht, dass sich etwas mit uns ändern muss."

Annies Kehle schnürte sich zu. Was sagte er da? Dass er sogar nach all dem Vergnügen, das sie einander gegeben hatten, wollte, dass die Dinge so weiterliefen, wie sie vorher immer gewesen waren? Er wollte, dass sie nur Freunde blieben?

„Annie?", sagte er und schaute dabei unbehaglich drein.

Sie wusste, dass sie etwas sagen musste, aber sie fühlte sich immer noch leicht aus dem Gleichgewicht gebracht. Deshalb sagte sie: „ Ich wüsste nicht, was ich ohne dich tun sollte."

Ryan drückte fest ihre Hand. „Ich denke, dass es dir recht gut gehen wird ohne mich. Ich meine, du bist der Intellekt bei unserer Freundschaft, und das gute Aussehen und auch noch das Herz. Ich wäre das eine fehlende Glied ohne dich."

Der letzte Teil war ja süß, aber dennoch, Ryan hatte Annie schon immer aufgebaut. Dabei zerriss er sich zwar nicht gerade, aber er rechnete es sich auch nicht hoch an, dass es ihm zu verdanken war.

„Du hast auch Intellekt, du bist umwerfend, und du hast auch ein gutes Herz, Ryan. Schreibe nicht mir den ganzen Verdienst an unserer Freundschaft zu und dir gar keinen! Wir kennen uns schon so lange, dass ich glaube, dass wir beide ohne den anderen verloren sein würden. Das will ich gar nicht herausfinden. Dafür mag ich dich zu sehr."

Ryan führte ihre Hand an seine Lippen und küsste sie. „Ich werde immer für dich da sein, Annie. Ich werde dich nie allein lassen. Ich werde niemals jemanden dir wehtun lassen. Du bist das Allerbeste in meinem Leben, und ich meinte das ernst, was ich vorhin gesagt habe. Ich wünschte, du könntest dich durch meine Augen sehen. Wenn du wirklich wüsstest, wie wahrhaft erstaunlich du bist, würdest du wahrscheinlich nichts mit mir zu tun haben wollen."

„Das würde niemals geschehen", sagte sie stirnrunzelnd. „Dennoch vielen Dank für das Kompliment. Das ist gut für das Ego."

„Das ist die Wahrheit. Du hast keine Ahnung, wie wunderschön du bist, innerlich und äußerlich. Das war auch mein größtes Problem, als du losgehen wolltest, um einen fremden Typen aufzugabeln–zu verstehen, *warum* du das tust. Die Tatsache, dass du denkst, du müsstest jemand anderer sein. Ich möchte nicht, dass du dich jemals unter Wert verkaufst. Eines Tages wirst du den Mann treffen, der für dich bestimmt ist."

Er schaute sie mit solcher Wärme in seinen Augen an, doch Annie wurde es kalt.

Er hatte sie mit solcher Leidenschaft geliebt, doch anscheinend kümmerte ihn die Vorstellung, dass sie ihren Traummann–der Auf-keinen-Fall-Er wäre–kennen lernen könnte, keinen Deut. Annie dachte daran, was Melina über das Eingehen von Risiken gesagt hatte.

Annie musste unbedingt zugeben, dass sie Ryan liebte und schon seit langer Zeit geliebt hatte. Sie musste ihm den Grund für diese Reise verraten und wie sie auf diese Weise ihn vergessen wollte, um weiterziehen zu können, weil der Schmerz, nicht mit ihm zusammen sein zu können, für sie zu schwer zu ertragen war.

Sie musste ihm sagen, dass sie eigentlich nicht von ihm aus weiterziehen wollte, sondern zusammen *mit* ihm weiterziehen wollte.

Sie öffnete ihren Mund, doch die Worte kamen nicht heraus.

Sie waren da. Lagen ihr auf der Zunge.

Aber sie konnte sie nicht herausbringen.

Sie hatte zu viel Angst. Ja, Ryan und sie hatten großartigen Sex miteinander gehabt, aber das war weit entfernt von einer Liebeserklärung, einer Erklärung unsterblicher Liebe.

Ryan schaute auf die Uhr. „Ich vergaß dir zu sagen, dass Rhys angerufen hat, bevor wir gestern Abend ausgingen. Ich versprach, ihm und Melina heute ein wenig zu helfen."

„Oh!" Annie räusperte sich. „Ähm . . . wobei hilfst du ihnen denn?"

„Rhys hatte ein paar Rauchmelder in seinem Haus erneuert, und sie gingen zu allen Tages- und Nachtzeiten ohne besonderen Grund los. Er rief die Firma an, und die Leute sagten ihm, sie würden jemanden diese Woche vorbeischicken, aber Melina und die Babys werden ständig davon aufgeschreckt. An jenem Abend hat er es so ganz nebenbei erwähnt, aber auch gesagt, er würde die Batterien entfernen, damit die Rauchmelder keinen Alarm mehr geben. Das ist dann aber nicht sicher. Sie haben zwei Babys und ein riesiges Haus. Ich hab mich freiwillig angeboten, mir die Rauchmelder mal anzuschauen."

„Das ist wirklich nett von dir."

„Willst du mitkommen? Rhys sagte allerdings, Melina und die Babys würden ihre Mutter besuchen, sie wäre also nicht da."

Sie wollte schon mit ihm gehen, aber sie brauchte Zeit ohne ihn. Zeit, um sich über einige Dinge klar zu werden. Um ihren Mut zusammenzunehmen, um endlich das zu sagen, was sie sagen musste, egal, zu welchem Ergebnis das führte. „Du weißt, ich muss hier in Las Vegas noch ein paar letzte Dinge erledigen, unter anderem auch meinen zeitweiligen Ersatz-Reisepass beantragen, damit ich morgen Abend das Flugzeug besteigen kann, um die Heimreise anzutreten. Warum treffen wir uns nicht später auf ein paar Getränke bei Gilley's?"

„Klingt gut. Ich werde dich anrufen und dir mitteilen, wann wir ungefähr fertig sind. Sei vorsichtig, okay? Bleibe immer in Gegenden, wo viele Menschen sind!"

„Es wird mir gut gehen", sagte sie mit einem Lächeln. „Ich verspreche es."

Und ihr würde es in der Tat gut gehen. Gestern Nacht und heute Morgen hatten sie einen gewaltigen Schritt gemacht, und doch waren sie immer noch Freunde. Nachdem sie mit Ryan gesprochen hatte und er doch bloß ihr Freund sein wollte, so konnte sie sich dennoch glücklich schätzen wegen der Erfahrung, die sie gemeinsam gemacht hatten. Aber nachdem Ryan gegangen war und je öfter sie ihre gemeinsame Zeit in Gedanken wieder abspielte, desto zuversichtlicher wurde sie, dass sie ihre Freundschaft haben konnten und noch so viel mehr darüber hinaus. Dass Ryan dieselben Dinge wollte wie sie. Körperliche Intimität.

Leidenschaft. Liebe. Das volle Programm.

Das war ein herrliches, hoffnungsvolles Gefühl!

Ein Gefühl, an dem sie um jeden Preis festhalten wollte.

KAPITEL VIERZEHN

NACHDEM RYAN GEGANGEN WAR, RÄUMTE Annie ihr Geld, ihr Handy und ihre Kreditkarte in ihre Tasche und verließ das Hotel, um draußen ein wenig die Gegend zu erkunden. Sie wollte das Tattoo-Studio suchen, das sie recherchiert hatte, und auch zum Circus Circus Hotel hinüberschauen, um eine der über den Tag verteilten Zirkusvorstellungen zu erwischen.

Bei Starbucks kehrte sie ein für einen Latte Macchiato. Ein attraktiver Mann in einem geschäftsmäßigen Anzug saß an einem der Tische. Er musterte sie von oben bis unten, aber nicht auf belästigende Art, und lächelte. Sie lächelte zurück. Bevor sie losgegangen war, hatte sie nicht sehr viel Aufwand um ihr Aussehen betrieben, aber sie vermutete, dass sie strahlte. Glück ausstrahlte. Auch wenn sie Ryan nicht gesagt hatte, was sie empfand, so befand sie sich nach wie vor auf einem Höhenflug ihrer gemeinsam verbrachten Zeit. Und sie empfand auch Hoffnung, dass er für sie auch mehr empfand als sie gedacht hatte. Es musste so sein! So wie er sie berührt hatte . . . so wie er sie angeschaut hatte . . . all das legte nahe, dass ihre gemeinsam verbrachte Zeit mehr gewesen war als bloß Gelegenheitssex.

Beschwingt trank sie ihren Kaffee und steuerte dann den Las Vegas Strip hinunter, bis zu einer kleineren Seitenstraße, wo sich das Tattoo-Studio befand. Sie lugte durch die großen Glasfenster. Alles, was sie sehen konnte, waren die Ladentheke und zwei Mädchen im College-Alter, die daneben auf Stühlen saßen. An der Wand befanden sich Bilder mit Preisschildern darunter. In einem Fenster war ein Schild, das besagte, dass diese Einrichtung erst vor Kurzem von der Gesundheitsbehörde für unbedenklich befunden worden war. Das war einer der wichtigsten Gründe, warum Annie dieses Geschäft ausgewählt hatte, als sie im Internet nach Tattoo-Studios gesucht hatte. Seit den späten Achtzigern wurde hier bereits gearbeitet, und noch nie war es von den Gesundheitskontrolleuren schlecht bewertet worden. Auf einem anderen Schild stand, dass der Künstler ‚Sonderanfertigungen nach Kundenwunsch‘ durchführen konnte. Das brachte sie dazu, über ihren Entwurf nachzudenken und wie sie ihn vielleicht noch abändern könnte.

Ihr Weg führte sie weiter zum Circus Circus Hotel, wo sie genau rechtzeitig für eine Akrobatik-Show kam. Während sie zuschaute, konnte sie nicht umhin, die vielen Kinder zu bemerken. Sie spürte einen Stich in der Brust und erkannte, dass es ihre biologische Uhr war, die sehr laut tickte. Sie wollte eine Familie. Nein, sie wollte eine Familie mit Ryan. Auch wenn es nicht das erste Mal war, dass sie diesen Gedanken hegte, so war es doch das erste Mal, dass sie zuließ, einen Funken Hoffnung zu verspüren, dass es tatsächlich möglich sein könnte.

Nach der Show spielte sie eine Zeitlang an den Spielautomaten. Dann ging sie ins Vince Neil Restaurant, wo sie fantastischen Burger auf einer Jalapeno-Semmel aß. Sie sorgte sich nicht einmal um die Kalorien, denn endlich nahm sie sich Ryans Zusicherungen zu Herzen, dass er dachte, sie sei wunderschön, ob sie nun fünfzehn Kilo schwerer wäre oder nicht. Der Burger schmeckte wirklich *erstaunlich*. Nachdem sie ihr köstliches Mahl beendet hatte, fand sie, es sei an der Zeit, zurückzugehen. Sie wollte sich noch frischmachen, ehe sie Ryan in der Bar treffen würde.

Annie war geduscht, hatte die Haare gewaschen und strahlte nur so, als Ryan sie an ihrem Handy anrief. Sie trug eine neue hauteng Jeans mit Strass-Steinchen an den Hosentaschen, ein rotes, kurzärmeliges Cowgirl-Hemd aus Satin und als krönenden Abschluss schwarz-rote Sandalen mit Keilabsatz. Sie fühlte sich hübsch, und sie konnte sich bereits Ryans anerkennenden Gesichtsausdruck ausmalen, wenn er sie sah.

„Hey!", sagte sie, als sie den Anruf entgegennahm.

„Hey, ich bin fertig damit, die Rauchmelder zu reparieren. Rhys' Familie ist wieder sicher."

„Superheld Hennessey bitte zur Rettung!"

„Ganz richtig, Schatz!" Er klang glücklich, und sie konnte nicht anders als zu denken, dass er aus demselben Grund glücklich war wie sie–wegen der neuen Wendung, die ihr Verhältnis genommen hatte.

„Bist du schon auf dem Rückweg?", fragte sie.

„Ich bin bereits zurück", gab er zur Antwort. „Ich war an deinem Zimmer, aber du warst nicht da, also hab ich geduscht und mich umgezogen. Dann warst du immer noch nicht da, deshalb kam ich herunter, um nachzuschauen, ob du an der Bar wärst, und hab mir einen Drink gegönnt. Ich hoffe, das macht dir nichts aus."

„Natürlich nicht. Ich bin gleich unten." Als sie ihr Zimmer verließ und sich auf den Weg zu Gilley's machte, übte sie alles ein, was sie Ryan schon so lange sagen hatte wollen. Sie beschloss, dass sie zuerst mit ihm tanzen würde. Wenn sie dann in seinen Armen liegen würde, und er in ihren, würde sie ihm gestehen, wie sehr sie ihn liebte. Wie sehr sie im wahrsten Sinne des Wortes mit ihm zusammen sein wollte, nachdem sie Las Vegas verließen. In ihrer Fantasie würde er zurückflüstern, dass er dasselbe empfand, und dann würden sie sich küssen. Später würden sie in ihr Zimmer zurückgehen und sich bis zum Morgengrauen lieben.

Sie lächelte, als sie in die Bar ging, aber ihr Lächeln verschwand, als sie Ryan erblickte. Ein Dolchstoß traf ihr Herz. Ryan saß an der Bar und redete mit einer wunderschönen Frau, die neben ihm stand, wobei ihre Hand auf seinem Arm ruhte.

Annies erster Impuls war, sich umzudrehen und zu gehen. Aber nein, Ryan tat ja überhaupt nichts Falsches. Er sprach bloß mit einer anderen Frau. Wie immer stellte sie sich gleich wieder die größte Katastrophe in ihrem Kopf vor. Ihre Fantasien über sich selbst und Ryan konnten Realität werden, aber nicht, wenn sie jedes Mal wenn eine schöne Frau mit ihm sprach, Reißaus nahm.

Annie holte tief Luft und ging zu ihnen hinüber. Kurz bevor sie bei ihnen war, blickte Ryan auf und schaute sie an. Seine Miene hellte sich auf, als er sie sah, und er lächelte. Das tat ihrem Herzen gut.

„Hallo, du!", sagte sie und trat auf ihn zu.

Die Frau drehte sich um und nahm ihre Hand von Ryans Arm weg.

So ist es richtig, dachte Annie. *Er gehört mir, Lady.*

„Hallo, da bist du ja", sagte Ryan. „Annie, das ist Monica. Monica, das ist Annie. Sie ist die Freundin, von der ich dir erzählt habe."

Annie runzelte leicht die Stirn. War es Einbildung oder hatte Ryan das Wort ‚Freundin' besonders betont, als er sie vorgestellt hatte?

„Hallo", sagte Monica und streckte die Hand aus. „Es ist schön, dich endlich kennen zu lernen."

Annie erwiderte den Gruß und schüttelte der Frau sanft die Hand, konnte sich aber nicht überwinden, auch die anderen Worte der Frau zu wiederholen.

„Ryan hat seit Jahren in den höchsten Tönen von dir gesprochen", sagte Monica.

Ryan und sie kannten sich schon seit Jahren? Plötzlich fiel es ihr wieder ein. Ryan hatte früher mal eine Monica erwähnt. Sie war die Ehefrau eines der Vorgesetzten von Ryan. Vor einigen Jahren war Ryan in sie verknallt gewesen. Er hatte immer wieder davon erzählt, welch großartige Frau sie sei und wie schön sie sei und dass ihr Ehemann sie wie Dreck behandele. Ryan hatte nicht geglaubt, dass ihr Ehemann diese Frau verdiene. „Wenn sie die meine wäre, würde ich sie richtig behandeln", sagte er mehr als einmal. Natürlich hatte ihr das überhaupt nicht gefallen, wenn er über sie sprach. Jedes Wort war wie ein Schlag ins Gesicht gewesen.

Annies Augen überflogen die Bar auf der Suche nach Monicas Ehemann. Annie war ihm nur einmal begegnet, aber sie würde ihn wahrscheinlich wiedererkennen. Ihr Blick schoss pfeilschnell herum, sie konnte aber niemanden, der ihr bekannt vorkam, ausmachen.

Ryan wandte sich an Annie und sagte dann: „Monica hat auf der Feuerwache Kurse in Erster Hilfe und Herz-Lungen-Wiederbelebung gegeben. Seit sie aufgehört hat, waren die Kurse nie mehr dieselben. Wir müssen uns jetzt mit Captain Greer begnügen."

Monica lachte. „Er ist derjenige, der immer nach Oreo-Keksen riecht, nicht wahr?"

„Ja!", sagte Ryan und grinste breit. „Früher habe ich Oreos geliebt, aber jetzt kann ich sie nicht mehr essen, ohne an ihn zu denken."

Annie lachte schwach, aber nur weil Ryan und Monica lachten. Als sie damit aufhörten, wandte Annie sich an Monica und sagte: „Bist du nicht mit dem Captain verheiratet, der sich letztes Jahr zur Ruhe gesetzt hat, Captain Johnson, oder?"

Monicas Blick flackerte. Sie schaute Ryan an und dann zurück zu Annie. „Ich habe Ryan gerade erzählt, dass Blake und ich seit beinahe sechs Monaten geschieden sind. Ich bin hier, um den Geburtstag einer Freundin zu feiern. Doch alle haben mich wegen einer Striptease-Show im Stich gelassen. Dazu hatte ich nicht wirklich Lust."

Annie spürte, wie sie blass wurde. Monica war geschieden?

Monica missverstand Annies Schweigen. „Es muss dir nicht

leid tun, gefragt zu haben. Ich bin glücklich über die Scheidung. Es könnte das Beste sein, das mir je widerfahren ist." Sie warf einen weiteren Blick auf Ryan, der sie anschaute, ja . . . womit? Mit Zustimmung? Aufregung? *Hoffnung?*

„Naja, ich bin froh, dass du glücklich bist", sagte Annie, da sie nicht wusste, was sie sonst sagen sollte.

Sie setzte sich neben Ryan, bemerkte, dass Monica auf dem Barhocker an seiner anderen Seite Platz genommen hatte.

„Was willst du trinken?", fragte Ryan Annie.

„Ein Margarita klingt gut", sagte sie, aber sie konnte den Mangel an Begeisterung in ihrer eigenen Stimme hören. Auf einmal fühlte sie sich wie das fünfte Rad am Wagen. Dies lief so gar nicht so, wie sie gehofft hatte. Sie wusste, dies würde sie gar nicht nett aussehen lassen, aber sie wollte, dass Monica *verschwinden würde.*

Nachdem Ryan sich vergewissert hatte, dass Annie ihren Drink hatte, unterhielten sich er und Monica über die Leute auf der Feuerwache und was aus ihnen alles so geworden war. Annie nippte an ihrem Margarita und fragte sich, ob Ryan sich wohl wünschte, dass sie nicht da wäre. Endlich hatte er eine Gelegenheit, Monica anzumachen, und nun verdarb Annie ihm alles.

„Tanzt du mit mir, Ryan?", hörte Annie Monica fragen.

„Danke, aber ich will Annie nicht allein sitzen lassen." Ryan schaute sofort Annie an, aber es war eher so, als würde er mit seinen Augen um ihre Erlaubnis bitten. *Nein*, wollte sie sagen. *Tanze nicht mit ihr! Tanze mit mir!*

Stattdessen zwang sie sich, zu lächeln, und nickte ihm kaum wahrnehmbar zu. Ihr Herz schmerzte deutlich, aber sie würde immer in erster Linie Ryans Freundin sein. Sie wollte, dass er glücklich war, nicht sich verpflichtet fühlte, bei ihr zu sitzen. Vielleicht war der Weg, um das zu erreichen, ihn seinen Versuch mit Monica machen zu lassen.

„Bin gleich zurück", sagte Ryan, während er sich zu ihr beugte und sie auf eine Wange küsste. Annie spürte ein Glühen durch

ihren Körper rauschen. Vielleicht war ihre gemeinsame Zeit, in
der sie mehr als Freunde waren, vorüber. Er hatte sie gewollt,
doch jetzt hatte er sie gehabt. Außerdem hatte er ihr geholfen, einen Punkt auf ihrer Liste abzuhaken. Da hätten wir zwei Fliegen
mit einer Klappe geschlagen.

Nun war er wahrscheinlich bereit, weiterzuziehen.

Mutlosigkeit machte sich in ihr breit.

Sie schaute zu, wie Monica und Ryan miteinander tanzten,
und Tränen brannten hinter ihren Augen. Sie sahen großartig zusammen aus. Wie das perfekte Paar. Als das Lied vorbei war, gab
er sein Bestes, seine Zeit zwischen ihr und Monica aufzuteilen,
aber Annie wusste, er wollte nur freundlich sein. Er bat sie sogar
mehrere Male, mit ihm zu tanzen, aber sie lehnte immer ab. Sie
hatte sich vorgestellt, sie würde ihm auf der Tanzfläche sagen,
was sie für ihn empfand, und jetzt schien es einfach nicht passend
zu sein.

„Also Ryan", sagte Monica, „mir ist zu Ohren gekommen,
dass dir eine Stelle als Feuerspringer in Nordkalifornien angeboten worden ist. Wirst du sie annehmen?"

Annie hatte Ryan angeschaut, aber bei Monicas Worten bekam sie große Augen. Sie sah Monica an und dann wieder zurück
zu Ryan. Ryan sah schuldbewusst aus.

„Ryan?", flüsterte Annie.

„Ich wollte es dir sagen. Ich hatte nur keine Gelegenheit
dazu."

„Wann hast du das Angebot bekommen?"

„Am Freitag."

Vor drei Tagen. Und sie hatten praktisch die ganze Zeit zusammen verbracht. Und trotzdem hatte er ihr noch nichts davon
gesagt? Warum? Sie schloss kurz ihre Augen. Die Antwort war
offensichtlich.

„Du wirst sie annehmen, nicht wahr?"

„Ich hab mich noch nicht entschieden. Aber ich hab es

ernsthaft in Erwägung gezogen, ja."

Während er sie anstarrte, malte sie sich aus, er könnte sehen, wie übel ihr bei dieser Vorstellung wurde. Er würde wegziehen. Er hatte Sex mit ihr gehabt in dem Wissen, dass dies der Fall sein würde. Vielleicht war das der Grund, warum er es überhaupt getan hatte. Um sich zu verabschieden. Wahrscheinlich war er davon ausgegangen, dass ihre Freundschaft sich sowieso ändern würde. Sie würden nicht mehr so nah beisammen sein. Also warum nicht Annie aushelfen und sich dabei gleichzeitig davonmachen?

Trotz allem was er darüber gesagt hatte, nicht fähig sein zu können, ohne sie zu leben, vielleicht war ihre Freundschaft es nicht mehr wert, beschützt zu werden.

Ryan wandte sich an Monica. „Es tut mir leid, Monica, aber Annie und ich brauchen etwas Zeit, um unter vier Augen zu sprechen. Macht es dir etwas aus–"

Annie stand auf. „Nein, ist schon okay. Sei nicht albern! Ich bin bloß–ich bin bloß überrascht. Aber weißt du was? Ich bin auch müde. Ich werde in mein Zimmer gehen."

Ryan stand auch auf. „Ich werde mit dir gehen."

„Nein, du bleibst hier." Sie schaute Monica an. „Ihr beide habt Spaß."

„Annie–"

Sie drehte sich um und machte einige Schritte. Dann erstarrte sie, als sie den kahlköpfigen Kopf und ein bekanntes Gesicht sah. Dem Schock gelang es, ihre Verzweiflung zu durchbrechen. „Oh mein Gott, das ist der Kerl, der meine Handtasche gestohlen hat."

Der Mann stand ungefähr zwei Meter von ihr entfernt und hob ruckartig den Kopf, als er Annie hörte. Einen Augenblick lang starrte er sie an, dann stürzte er in Richtung Tür davon.

„Mistkerl!", brachte Ryan abgehackt heraus, kurz bevor er ihm nachjagte.

„Ryan, nein!", schrie Annie.

Plötzlich war Monicas Hand auf ihrem Arm. „Komm mit!",

sagte die andere Frau.

Die beiden Frauen wie auch ein Großteil der anderen Gäste der Bar rasten hinter ihnen her. Bis sie die Straße erreicht hatten, hatte Ryan den Dieb bereits eingeholt. Ryan hatte den Arm des Typen fest im Griff, und der Typ schüttelte ihn ab. Beide Männer ballten die Fäuste zum Kampf bereit.

„Ich weiß nicht, wovon sie redet. Ich habe nichts genommen."

„Erzähl das der Polizei! Nachdem du ihre Sachen zurückgegeben hast."

„Ich werde dieser *Schlampe* gar nichts geben", höhnte der Mann.

Ryans Gesicht wurde rot vor Zorn, und er bebte wutentbrannt.

„Oh, Gott!", rief Annie aus, da sie wusste, was passieren würde, bevor es tatsächlich geschah. Ryan holte mit seiner Faust aus und schlug dem Mann ins Gesicht. Der Dieb ging zu Boden, rappelte sich aber sogleich wieder auf. Er versuchte, wegzurennen, aber Ryan war schneller. Er schlug den Kerl noch einmal, und durch diesen Hieb fiel er auf den Boden und blieb dort.

Ryan beugte sich hinunter, packte den Dieb am Hemd und sagte etwas, das sie nicht hören konnten. Der Typ schaute total erschrocken drein, nickte aber.

Ein groß gewachsener, stark muskulöser Mann in Khakis und einem Polohemd ging auf Ryan zu: „Ich hab die Polizei gerufen. Ich bin Polizist außer Dienst, und ich kann ihn solange festhalten, bis sie kommen."

Aber Ryan ließ den Dieb nicht gehen. Annie machte einen Schritt nach vorn, um zu ihm zu gehen, aber ehe sie dazukam, war Monica an seiner Seite.

„Ryan, lass ihn gehen!", sagte sie. „Ich weiß, er hat deine Freundin verletzt und du willst sie so sehr beschützen, aber lass das die Polizisten regeln!" Sie umfasste Ryans Gesicht und drehte seinen Kopf in ihre Richtung. Dann, was einfach unglaublich ist, küsste sie ihn auf den Mund.

Annie konnte es nicht mehr ertragen. Sie schaute weg, und genau in dem Moment entdeckte sie ein anderes vertrautes Gesicht in der Menge. Clint!

„Clint!", rief sie und marschierte auf ihn zu.

„Hallo, du", sagte er. „Ganz schön viel Aufregung, wie?" Annie schaute Ryan und Monica an. Er hatte den Dieb losgelassen. Monica hatte seine Hand gepackt. Ryan wurde in ihre und Clints Richtung gedreht, runzelte dabei die Stirn. Annie wandte sich wieder an Clint. „Mir wurde gestern meine Handtasche gestohlen. Das war der Typ, der sie gestohlen hat. Ich hab ihn zufällig hier entdeckt."

„Und ganz zufällig ist das der Typ, den du liebst, der ihn zusammenschlägt", erwiderte Clint mit einem Grinsen. „Und da sagt man, es gebe keine Ritterlichkeit mehr!"

Annie nickte. Dann schüttelte sie den Kopf und deutete auf Monica. „Ja. Nein. Ich meine, das ist die Frau, an der Ryan interessiert ist."

Clint schaute an ihr vorbei. „Nö. Er beachtet sie nicht einmal. Er kann seine Augen nicht von dir losreißen."

Annie wollte sich umdrehen, um zu schauen, ob das stimmte, aber sie fürchtete, Clint könnte sich irren. Sie fühlte sich auf einmal nicht stark genug, um Ryan und der schönen Frau an seiner Seite gegenüberzutreten. Sie musste allein sein. Sie musste denken. „Können wir gehen? Zusammen, meine ich?"

Er schaute wieder zu Ryan hinüber. „Bist du dir sicher, dass du das tun willst?"

„Er ist schon seit Jahren in diese Frau verknallt. Damals war sie verheiratet, jetzt ist sie das nicht. Als seine Freundin muss ich ihm seinen Versuch zugestehen."

„Aber Schätzchen . . ."

Annie hing sich an Clints Arm. „Bitte . . . bring mich einfach hier raus!"

Ein Teil ihrer selbst fragte sich, ob sie sich irrational verhielt.

Doch sie sah die ganze Zeit nur Ryan, wie er mit Monica tanzte. Ryan, wie er Monica küsste. Und vor allem Ryan, wie er von ihr wegging, um einen Job anzunehmen, von dem er ihr nicht einmal erzählt hatte, dass er ihm angeboten worden war. Sie war bereits dabei, ihn zu verlieren. Sie hatte es bloß noch nicht gewusst.

„Ich habe zwei Karten für eine Show mit Kälberfangen drüben im South Point Hotel. Die beginnt in einer halben Stunde. Wenn du gehen willst–"

„Ja", sagte sie schnell und hakte sich bei ihm unter, damit sie nicht vor Kummer zusammenbrach. „Ich will gehen. Wirklich!"

„Annie?" Ryan kam auf sie zu. Ein kurzer Blick zurück über die Schulter bestätigte ihm, dass die Polizisten dem Dieb gerade Handschellen verpassten. Annie schaute sich um, konnte aber Monica nicht sehen.

„Hallo", sagte sie. Beinahe hätte sie ihre Hand auch so auf seine Wange gelegt wie Monica es getan hatte, konnte sich aber gerade noch rechtzeitig daran hindern. „Bist du okay?"

„Ja. Die Cops haben deinen Bericht. Sie brauchen dich nur kurz, um deine Identität zu überprüfen, dann werden sie ihn wegen deiner Handtasche befragen und dich benachrichtigen, falls sie sie zurückbekommen können."

„Oh. Okay." Sie wandte sich an Clint. „Ich bin gleich zurück."

Sie sprach kurz mit der Polizei, die ihre Aussage aufnahmen. Dann wandte sie sich wieder an Ryan. „Vielen Dank, dich um mich zu kümmern. Du bist ein guter Freund. Das warst du immer."

Ryan schüttelte den Kopf, und zwischen seinen Augenbrauen bildete sich eine senkrechte Falte. „Wir müssen reden. Lass uns wieder reingehen und–"

„Nein, danke", sagte sie. „Ich breche auf."

„Was?"

Sie deutete mit dem Kopf in Clints Richtung. „Es stellt sich heraus, dass du ein ausgezeichneter Zuspieler bist. Zufällig habe ich Clint wiedergetroffen, und er will da weitermachen, wo wir letzte Nacht aufgehört haben. Also werde ich dich dein Ding durchziehen lassen, und ich werde meins durchziehen."

Ryan blickte finster drein. „Du gehst mit ihm?"

„Klar. Du hast jetzt Monica, und ich–"

„Ich habe Monica *nicht*. Wir sind uns zufällig begegnet. Verhältst du dich wegen des Jobangebots so? Du bist sauer, weil ich es dir nicht gesagt habe? Ich wollte es dir sagen, Annie, ich schwöre. Es ist nur so, . . . mit allem, was an diesem Wochenende passiert ist, . . . mit allem, was zwischen *uns* an diesem Wochenende passiert ist–"

„Es ist schon okay, Ryan. Ich verstehe. Ich habe dir schon genug Probleme gemacht."

„Probleme? Das hab ich nicht gemeint." Er nahm ihren Arm und drängte sie ein paar Meter weg, damit sie etwas ungestörter reden konnten. „Hör mir zu! Letzte Nacht war wunderbar. Ich will nicht, dass du denkst, dass ich mit Monica zusammen sein will und nicht mit dir. Denn das ist nicht wahr."

Ihr Herz dehnte sich weit aus vor Hoffnung. Er schaute so drein und hörte sich auch so an, als meinte er es ernst. Aber sie war verschreckt. Verschreckt, dass er irgendetwas sagen würde, nur um ihre Gefühle zu schützen. Ja, er mochte vielleicht von ihr angezogen sein, aber er hatte sich auch von Monica angezogen gefühlt. Sie wollte nicht, dass er seine Chance mit Monica vorüberziehen ließ und dann später sie, Annie, dafür verantwortlich machte.

„Jene Nacht war *wirklich* wunderbar", sagte sie. „Ich würde nicht eine Sekunde davon für irgendetwas eintauschen wollen. Doch du warst jahrelang in Monica verknallt. Sie war nie erreichbar, aber jetzt ist sie erreichbar. Ich sehe, wie sie dich anschaut, Ryan. Wenn ich dich von deiner Chance mit ihr fernhalten würde, würdest du mich letzten Endes irgendwann hassen."

Als hätte er ihre Argumentation nicht gehört, schoss er Clint einen bösen Blick zu. „Geht es hier wirklich um Monica und einer Gelegenheit für mich mit ihr oder doch um weiteren Unsinn von deiner blöden Liste? Vielleicht ist es nicht unanständig genug, mit deinem besten Freund Sex zu haben, deshalb bist du bereit, zu etwas anderem, Schlimmeren weiterzuziehen?"

„Wenn man etwas abenteuerlustiger sein will, dann ist das kein Unsinn, Ryan!"

„Wenn man es so macht, wie du es geplant hast, dann schon. Ich bin nicht–"

„Ryan, bist du fertig, dass wir wieder reingehen können?" Monica kam lächelnd auf sie zu.

Annie hatte gedacht, sie hätte das Lokal verlassen, dass Ryan sie vielleicht weggeschickt hatte, aber offensichtlich war das nicht der Fall.

„Nein, Monica. Annie und ich–"

Plötzlich tauchte Clint auf. „Annie? Die Show fängt in ein paar Minuten an. Wenn du nicht mitkommen willst–"

„Doch. Ich komme mit." Sie blickte zurück auf Ryan. „Schon okay, Ryan. Du und Monica, ihr könnt etwas Zeit miteinander verbringen, und später werden wir uns wieder treffen, okay?"

Ryan erwischte sie wieder am Arm. „Mach das bitte nicht, Annie!", sagte er.

Anstatt vor ihm zurückzuweichen, trat sie näher heran, küsste seine Wange und flüsterte in sein Ohr. „Ich werde immer deine Freundin sein, Ryan, das verspreche ich. Egal, wie deine Entscheidung ausfällt. Lass nicht zu, dass ich dich zurückhalte. Von deinem Job noch von sonst irgendetwas."

Dann machte sie doch einen Schritt zurück und wand sanft ihren Arm aus seinem Griff. Er schaute sie stirnrunzelnd an. Und mit schmerzendem Herzen wandte sie sich ab.

KAPITEL FÜNFZEHN

ANNIE UND CLINT FUHREN MIT dem Taxi zur South Point Arena und dem Reitzentrum. Die Ausstellungshalle war gigantisch, und das sie umgebende Hotel und Kasino waren wunderschön. Als sie die Arena betraten, empfingen sie dort viele Imbissstände und Souvenirlädchen. Es herrschte reges Treiben, alle waren mit Cowboyhüten und Cowboystiefeln gekleidet, sowohl Männer als auch Frauen.

„Hier gibt es auch ein Kino und Bowlingbahnen. Normalerweise übernachte ich hier, wenn ich in die Stadt komme, aber es war bereits ausgebucht."

Annie nickte, antwortete aber nicht. Sie hatte nicht viel gesagt, seit sie Ryan verlassen hatten. Es fiel ihr schwer, zu reden, wenn es ihr das Herz zerriss.

Sie hatte niemanden, dem sie die Schuld zuweisen konnte, als sich selbst. Sie hatte Ryan allein bei Monica gelassen, obwohl er ihr gesagt hatte, dass er lieber bei ihr sein wollte. Aber sie hatte so viel Angst gehabt, dass er das bloß gesagt hatte, um ein guter Freund zu sein; sie war vor ihren eigenen Gefühlen für ihn so erschrocken und ihrer Angst, ihn wegen seines Jobangebots zu verlieren, dass sie sich in einen Feigling verwandelt hatte und davongelaufen war.

Nun überlegte sie es sich noch einmal anders. Und noch einmal.

Sie schämte sich vor sich selbst. Hatten ihr Melina und Clint nicht gesagt, sie müsse kämpfen, um das, das sie wollte, zu bekommen? Sie wollte nichts so sehr wie Ryan. Er war die Liebe ihres Lebens. Und doch musste selbst nach der wunderbaren, gemeinsamen Zeit, die sie in den Armen des jeweils anderen verbracht hatten, nur eine wunderschöne Frau einen Annäherungsversuch auf ihn starten, und schon knickte sie ein. Sie war wieder dieselbe alte Annie gewesen. Sie konnte sich äußerlich so sehr verändern wie sie nur wollte, tief drinnen war sie immer noch derselbe Feigling, der sie immer gewesen war. Was war mit der Frau der letzten Nacht geschehen, die Ryan ans Bett gefesselt hatte und den Mann, nach dem sie sich immer gesehnt hatte, verschlungen hatte?

„Ich hätte dich wahrscheinlich eher danach fragen sollen, aber du bist nicht so eine von diesen Aktivistinnen, die sich um die Rechte der Tiere kümmern, oder?", fragte Clint und riss Annie damit aus ihren Gedanken.

Annie zwinkerte. „Ich bin kein Mitglied einer Tierschutzorganisation oder so etwas, aber ich liebe Tiere. Warum?"

„Die Aktivisten opponieren schon seit Jahren gegen das Kälberfangen."

„Wie läuft das genau ab?"

„Die Kälber werden dort hinten in einer Reihe aufgestellt", erklärte er und deutete auf eine schmale schräge Ebene mit einer Tür. „Wenn das Kalb die schräge Ebene betritt, schließt sich die Tür dahinter, und ein kleiner Auslösehebel wird um den Hals des Kalbes befestigt."

„Um den Hals? Wie eine Schlinge?", fragte sie und hörte sich genauso entsetzt an wie sie sich fühlte.

Clint lachte. „Nein, Schätzchen, nicht wie eine Schlinge. Es ist ein Seil von wirklich leichtem Gewicht, und es ist so befestigt, dass sich, wenn daran gezogen wird, die federgelagerte Tür vor dem Fänger öffnet und das Seil herabfällt."

„Warum kann nicht einfach jemand die Tür öffnen?"

„Es ist so eingerichtet, um sicherzustellen, dass das Kalb einen Vorsprung hat. Wenn der Fänger bereit ist, ruft er das Kalb. Der Typ, der an der schrägen Ebene arbeitet, lässt das Kalb heraus. Das Kalb wird geradeaus laufen, und wenn das Seil nicht mehr locker durchhängt, sondern gespannt ist, fällt es vom Kalb ab. Dadurch öffnet sich die Barriere für das Pferd und den Reiter."

„Was machen sie mit ihm, wenn sie es fangen?", fragte sie.

„Willst du nicht einfach lieber zuschauen? Es fängt gleich an."

„Ich würde lieber wissen wollen, worauf ich mich hier eingelassen habe", sagte sie.

Grinsend erwiderte Clint: „Naja, der Reiter muss auf dem Pferderücken das Kalb mit dem Lasso einfangen, und wenn das Seil einmal um seinen Hals liegt, steigt er ab, hebt das Kalb auf und dreht es herum . . . sanft natürlich", fügte er hinzu, wahrscheinlich weil sie ihre Augen so weit aufgerissen hatte. „Er dreht es sanft auf seine Seite und bindet drei seiner Beine zusammen. Dann streckt er eine Hand in die Luft, und danach misst der Zeitnehmer sechs Sekunden, in der das Kalb nicht freikommen darf; die Zeit wird notiert."

„Was ist eine gute Zeit?"

„Nun ja, die meisten schaffen es in ungefähr sieben Sekunden. Der Weltrekord steht bei etwas über sechs Sekunden."

„Hmm", meinte sie. „Nichts davon klingt sehr sanft."

Als das Ereignis dann seinen Verlauf nahm, bewahrheiteten sich Annies Befürchtungen. Sie sorgte sich zu sehr um die Tiere, als dass sie den Sport genießen konnte. Nach der ersten Runde stand Clint auf und hielt ihr die Hand entgegen. „Komm schon, hübsche Dame! Lass uns von hier verschwinden."

Er hatte Recht. Sie musste gehen. Aber Annie schüttelte den Kopf. „Du bleibst. Ich will dir nicht den Abend verderben." Sie umarmte ihn schnell. „Außerdem muss ich noch etwas erledigen."

Er lächelte, und ein wissendes Glitzern stahl sich in seine Augen. „Etwas, das mit deinem Freund zu tun hat?"

„In gewisser Weise. Aber hauptsächlich nur mit mir." Sie beugte sich vor und küsste seine Wange. „Ich kam nach Las Vegas für ein Abenteuer. Dies wird mein letztes Abenteuer werden, und ich muss es alleine tun."

„In Ordnung", sagte er. „Aber wirst du mir einen Gefallen tun? Notiere dir meine Nummer und schreib mir eine Nachricht, wenn du wieder in deinem Hotel zurück bist? Nur damit ich weiß, dass du sicher angekommen bist."

„Du bist ein guter Kerl, Clint."

„Ja, das ist mein größtes Problem." Er gab ihr einen weichen Kuss auf die Stirn, und dann fügte sie seine Nummer ihren Kontakten im Handy hinzu. Annie begab sich auf den Weg nach draußen.

Egal, was geschah, sie war bereit, die selbstbewusste Frau zu sein, die sie immer sein wollte. Das bedeutete auch, Ryan zu sagen, was sie empfand, und zwar auf eine Weise, die auf keinen Fall missverstanden oder verleugnet werden konnte.

⁓ᘏᕟᘏ⁓

SOBALD ANNIE IM HOTEL ZURÜCK war, schrieb sie Clint eine Nachricht.

Sicher angekommen.☺

Gut. Danke für den gemeinsamen Abend. Wie ist dein letztes Abenteuer ausgegangen?

Großartig. Aber das Endergebnis ist noch immer unklar.

Viel Glück!

Danke für deine Erklärungen zum Kälberfangen. Ich werde mich nun einer Tierschutzorganisation anschließen. Und ich bin bereit, ein Risiko einzugehen.

☺Du hast mich dazu inspiriert, auch einige Risiken einzugehen, hübsches Mädchen. Und da meine ich nicht im Bullenpferch.

Annie klappte ihr Handy zu. Was für ein großartiger Typ!

Hoffentlich wird er jemanden finden, der ihn verdient!

Sie fuhr mit dem Aufzug nach oben, ging in ihr Zimmer und duschte. Bevor sie sich anzog, entfernte sie den leichten Verband, der ihr neues Tattoo bedeckte, und nahm einen Handspiegel, um den unteren Teil ihres Rückens aus verschiedenen Winkeln zu betrachten.

Ihr gefiel es ausnehmend gut, besonders mit den Abänderungen, zu denen sie sich entschlossen hatte. Ein Teil von ihr bedauerte, dass die meisten Menschen es niemals zu Gesicht bekämen, aber ein anderer Teil von ihr war froh, dass es eine ganz private Erinnerung an den Mann wäre, den sie immer lieben würde–ob er nun ihr Freund wäre oder doch etwas mehr.

Sie brachte den Verband wieder an und war froh, dass es nicht so wehtat wie sie sich vorgestellt hatte. Das Einzige, was wirklich wehgetan hatte, war, als der Tattoo-Künstler die Blumen ausgemalt hatte. Ein junges Mädchen hatte die Blütenranken gestochen, aber der bullige Typ hinter der Theke hatte die Initialen eingefügt. Sie war erstaunt gewesen, dass ein solch großer, kräftiger Mensch so feine Verschnörkelungen ausführen konnte.

Sie würde sich Essen aufs Zimmer bestellen, ehe sie Ryan anrief. Vielleicht sogar ein Glas Wein bestellen, um sich Mut zu machen. Sie schaute die Speisekarte für die Gerichte des Zimmerservice durch, als ihr Handy piepste wegen einer ankommenden Nachricht.

Schlaf nicht mit dem Cowboy, Annie! Bitte!

Nach kurzem Zögern schrieb sie: Warum nicht?

Du wirst es bedauern. Das passt nicht zu dir. So bist du nicht.

Wie bin ich denn?

Süß. Überwältigend.

Aber dabei beließ er es nicht. In schneller Aufeinanderfolge tauchten neue Worte auf.

Wunderschön.

Freundlich.

Fantastisch.

Eine wahre Freundin.

Die beste Liebhaberin.

Sexy.

Leidenschaftlich.

Köstlich.

Immer weitere Worte kamen an und brachten sie zum Weinen. Sie ließ ihre Finger über ihr Handy flitzen, um eine Nachricht zurückzuschreiben.

Das klingt, als wäre ich ziemlich umwerfend. Ich glaube, ich werde langsam anfangen, es zu glauben. Es tut mir leid, dass ich gegangen bin. Ich war eifersüchtig auf Monica.

Wie ich schon sagte, ich will Monica nicht. Ich will dich!

Sie seufzte vor Erleichterung. Sie hatte es mit Ryan doch nicht vergeigt. Ein Verhältnis wie das ihre konnte durch Missverständnisse nicht gleich zerbrochen werden. Ihre Liebe ging tiefer. War dauerhafter. Schnell schrieb sie eine Antwort: Komm in mein Zimmer! Ich

brauche dich!

Ich bin schon da! ☺

Ihr Atem blieb ihr im Hals stecken, und sie sauste an die Tür, um sie aufzumachen. Und da war er, und sein Gesicht war von Besorgnis gezeichnet.

„Du hast mich verlassen", sagte er mit vor lauter Emotion angespannter Stimme.

„Clint hat mich mitgenommen, um beim Kälberfangen zuzusehen."

Er riss die Augen auf und dann lachte er. „Im Ernst? Ich hätte gedacht, du würdest so etwas hassen."

„Du hast Recht. Ich bin früh wieder gegangen. Ich musste . . . die letzten Punkte meiner Liste erledigen."

Er schob die Augenbrauen zusammen. „Was meinst du damit?"

Ihre Mundwinkel bogen sich nach oben. „Ich habe mir das Tattoo machen lassen."

Ryans finsterer Blick verstärkte sich noch. „Der Cowboy ging mit dir, das Tattoo machen zu lassen?" Er sah beinahe so verletzt drein als hätten sie und Clint miteinander geschlafen.

„Nein. Ich bin allein gegangen."

„Hat es wehgetan?"

„Ein wenig", gab sie zu. „Aber manchmal muss es ein wenig wehtun, wenn es bedeutet, dass man letztendlich das bekommt, was man will."

„Darf ich es sehen?"

Annie wusste, wenn sie es ihm zeigte, dann würde es kein Zurück mehr geben. Ryans Initialen befanden sich in der Blüte der Strauchrose, mit ihren verschlungen. Der Künstler hatte einen fantastischen Job abgeliefert, indem er die vier Buchstaben so verwoben hatte, dass sie wie ein perfektes Herz aussahen.

Annie hoffte, dass Ryan verstehen würde, was das bedeutete.

Er war ein Teil von ihr.

Er war in ihrem Herzen.

Für immer und ewig.

❦

„ANNIE?"

Langsam zog Annie ihr Shirt hoch und drehte sich um. Sie spürte, wie Ryan vorsichtig das Klebeband entfernte, das den Verband an Ort und Stelle hielt, dann wartete sie ab, während er das Tattoo begutachtete. Sie versuchte, geduldig zu sein, aber das Warten war eine Tortur. Wenn ihr Herz schon ramponiert und übel zugerichtet werden würde, wollte sie es am besten so schnell wie möglich hinter sich bringen.

Er sog hörbar den Atem ein, bewegte sich dann mehrere Minuten lang nicht. Schließlich klebte er den Verband wieder hin. Er strich ihr Haar über die Schulter zurück, damit er ihren Nacken küssen konnte. Dann legte er seine Arme um ihre Taille, schmiegte sich an sie und vergrub sein Gesicht an ihrem Hals. Mehrere lange Minuten lang hielt er sie so fest, ehe er nochmal ihren Hals küsste und dann zurückwich. Er packte sie am Arm, um sie zu sich zu drehen, damit sie ihn anschaute.

„Ich bin sprachlos. Es gibt keine Worte, die beschreiben können, was ich fühle", sagte er.

Annie zitterte, und Tränen brannten in ihren Augen. Was auch geschehen würde, sie wusste, sie hatte das Richtige getan. Sie war mutig gewesen. Sie war das Risiko eingegangen. Aber das bedeutete nicht, dass Ryan so in sie verliebt war wie sie in ihn.

„Du musst nichts sagen, Ryan. Ich liebe dich. Ich bin in dich verliebt seit ich sechzehn bin, doch ich war zu feige, es dir zu sagen. Aber das ist mein Problem, mit dem ich klarkommen muss, nicht deins. Ich bin wirklich gesegnet, dich in meinem Leben zu haben. Dich als Freund zu haben–"

„Ich liebe dich auch!" Sanft ergriff er ihre Arme. „Ich habe dich immer geliebt."

Ihr Mund zitterte, und ihre Stimme brach vor Emotion. „Tatsächlich?"

„Ja. Aber, Schatz, du verdienst so viel mehr als ich dir geben kann."

„Wovon redest du?" Annie war ehrlich verwirrt. Wie konnte dieser wunderbare Mann, der für sie *alles* war, so etwas nur denken?

Sein Blick irrte herum, ehe er eine allumfassende Handbewegung in ihre Richtung machte. „Schau dich an! Du bist wunderbar, und du bist schon immer wunderbar gewesen. Ich kann dir nicht sagen, wie oft ich in den letzten Jahren kalt duschen musste. Du bist so klug. Da kann ich mit dir überhaupt nicht mithalten. Deine Güte strahlt von innen heraus. Und was deine Liste der unanständigen Dinge betrifft . . . Es ist wahr, ich wollte nicht, dass du irgendetwas tun würdest, das du bedauern würdest. Aber vor allem war ich eifersüchtig. Ich konnte die Vorstellung nicht ertragen, dass du mit jemand anderem zusammen wärst. Nicht auf diese Art."

„Aber ich habe Beziehungen gehabt. Habe mich verabredet. Beide haben wir uns mit anderen verabredet. Und da hast du auch nie etwas dagegen gehabt."

„Als du in einer Beziehung warst, konnte ich mir einreden, dass jene Männer dir mehr zu bieten hätten als ich."

„Aber letzte Nacht hast du dir gedacht, wenn ich sowieso auf Gelegenheitssex aus bin . . .", spornte sie ihn an.

„Da konnte ich mich nicht länger zurückhalten." Er wand sich etwas, weil er es nicht zugeben wollte. „Ich weiß. Verrückt. Siehst du, was ich damit meine, dass ich eben doch nicht so schlau bin?"

Annie nahm sein Gesicht in beide Hände. „Ich habe dir auch nie gesagt, was ich empfinde. Als wie schlau lässt mich das erscheinen? Ich war dumm. Ich hätte schon längst riskieren sollen, meine Gefühle offen auf den Tisch zu legen. Aber ja, von uns beiden bist auf alle Fälle du der Verrückte."

Ryan lachte und sagte: „Na, vielen Dank! Das ist es, was jeder Kerl, der einer Frau sagt, dass er sie liebt, hören will." Seine Miene wurde feierlich. „Und ich liebe dich wirklich, Annie. Im wahrsten Sinne des Wortes."

„Ich liebe dich. Und du bist erstaunlich. Erstaunlich klug. Falls jemand denkt, dass es bei einem Feuerwehrmann nur um Muskeln und nicht auch um Intelligenz geht, dann ist derjenige verrückt. Das heißt, du bist verrückt. Wie viele medizinische Notrufe musst du jeden Tag beantworten? Wie viele verschiedene Arten von Chemikalien musst du kennen, um die unterschiedlichen Brände zu bekämpfen? Du und ich, wir konnten uns immer über alles und jedes unterhalten . . . auf intelligente Weise. Als du sechzehn warst, hast du keinen Tutor gebraucht. Du hast ein Vakuum gebraucht. Du hast dich nicht auf deinen Schulkram konzentrieren können, weil du zu sehr damit beschäftigt warst, an Mädchen und Football und Mädchen und . . . zu denken."

„Und an dich zu denken. Wie sehr ich *dich* wollte", sagte er und bedeckte dann ihren Mund mit seinem. Annie erwiderte den Kuss, und zum ersten Mal füllte sie all ihre Liebe in diesen Kuss hinein. Als sie schließlich auftauchten, um Atem zu schöpfen, hatte Annie wieder Tränen in den Augen, aber diesmal waren es Freudentränen.

„Ich habe dich aufgeregt . . ."

Annie lachte durch die Tränen hindurch und sagte: „Das sind Tränen vor Glück. Ich hatte so viel Angst, dass du dich für Monica entscheiden würdest . . . Ich wollte dich nicht verlieren. Ich kann mir ein Leben ohne dich nicht vorstellen."

„Das musst du nicht. Und das werde ich dir beweisen. Und ich fange damit an, indem ich mir auch ein Tattoo machen lasse."

Sie lachte und presste ihren Mund auf seinen.

Annie konnte sich nicht vorstellen, dass sie sich jemals daran gewöhnen würde, ihn zu küssen. Die meisten Männer wollten ihren eigenen Rhythmus festlegen, und der war meistens schnell und beinhaltete zu viel Zunge. Ryan dagegen bewegte sich zusammen mit ihr, und das Ergebnis war himmlisch, bezaubernd und unglaublich staunenswert. Er drückte sich dicht an sie und erfreute sie mit dem harten, druckvollen Drängen seines Körpers, während sie sich küssten.

Ryan ließ seine Zunge über ihre Unterlippe streichen, zog sich dann zurück und schaute sie mit seinen durchdringenden, grau-grünen Augen an, die sie so liebte.

„Du schmeckst so wunderbar wie du aussiehst und dich anfühlst", sagte er ihr. „Du bist so wunderschön. Die letzte Nacht war unglaublich. Aber letzte Nacht wusste ich nicht, ob du mehr wolltest als einfach nur Spaß. Ob du mehr wolltest als Sex. Ich will dir Liebe schenken. Und das will ich richtig machen."

„Ich weiß nicht, ob es für mich etwas Besseres gibt als letzte

Nacht oder heute Morgen. Es könnte sein, dass die Sicherheits-
leute hereinplatzen."

„Lass sie kommen", sagte er mit einem Grinsen, während er
sie zum Bett führte.

Annie lachte, aber das Lachen verebbte, als er ihr Gesicht in
seine Hände nahm.

„In meinem Leben wird niemals eine Zeit kommen, in der ich
nicht will, dass du ein Teil davon bist. Du wirst mich nicht los-
werden . . . niemals!" Er lehnte seine Stirn an ihre. „Du bist die
Meine. Und ich bin der Deine."

Er küsste sie nochmal, während er sie aufs Bett legte. Annie
bereitete sich darauf vor, sich in ihm zu verlieren. Nein, sie bereitete sich nicht darauf vor–sie würde darum betteln, wenn sie
müsste.

Ryan legte sich neben sie und liebkoste die weiche Haut ihres
Nackens unterhalb ihres Haars. Sie konnte nicht anders als zu lächeln, und sie merkte, wie sich auch seine Mundwinkel aufwärts
bogen. Er glitt mit seinen Händen an ihren Seiten herunter, stieß
ein weiches, zufriedenes Geräusch aus, beinahe so wie das ge-
nüssliche Schnurren einer Katze. Dadurch beschleunigte sich ihr
Pulsschlag umso mehr. Zu wissen, dass Ryan sie begehrte, war
das beste Aphrodisiakum der Welt.

„Kein Zurückhalten mehr!", flüsterte er an ihrem Mund.
Annie stöhnte auf, wollte in diesen Worten schwelgen, aber dafür war keine Zeit. Ryan nahm jeden bewussten Gedanken weg
durch ein schnelles Schnipsen seiner Zunge, das Stromstöße
durch ihren Körper zucken ließ. Ein weißglühendes Feuer der Begierde entstand in ihrem Inneren zusammen mit einer warmen
Nässe zwischen ihren Oberschenkeln.

Irgendetwas war heute Abend anders als es heute Morgen
oder die Nacht zuvor gewesen war. Annie merkte die Tiefe seiner
Gefühle und die Realität ihrer gemeinsamen Zukunft in jeder Berührung. Die Funken zwischen ihnen waren fast mit Händen zu

greifen.

Ryan rollte sich auf den Rücken und zog Annie auf sich. Auf einmal saß sie rittlings auf ihm und spürte sein Verlangen hart gegen sich drücken. Ryan war derjenige, der den Kuss wieder aufnahm. So sehr Annie ihn auch begehrte, sie hatte immer noch Angst, dass sie irgendetwas tun könnte, um dies alles zu verderben. Sie wollte einfach alles intensiv erleben und fühlen . . . sich jedem Moment dieser neuen Reise, die sie gerade gemeinsam begannen, hingeben.

Ryan ließ seine Hände an der Länge ihres Rückens hinunterwandern, achtete dabei besonders auf den Verband, hob seine Hüften und drückte seine wachsende Erregung in sie. „Ich begehre dich mehr als ich jemals etwas begehrt habe", sagte er.

„Ich bin ganz die Deine, Schatz." Sie hoffte, er könne die Bedeutung hinter diesen Worten vernehmen . . . so viel Gefühl! So viel *Wahrheit*.

Rasch drehte Ryan sie auf den Rücken. Verweilend küsste er eine heiße Spur über ihre Brüste und rutschte auf ihrem Bauch entlang herunter.

Er knöpfte ihre Jeans auf und zog sie ihr aus, warf sie ebenso schnell beiseite wie ihre Bluse. Den Slip ließ er ihr an, und sie spürte seinen heißen Atem an ihr. Seine warmen Hände gingen sorgsam vor, als sie ihre Beine spreizten, und er biss sie spielerisch leicht in die Innenseiten ihrer Oberschenkel.

Annie kämpfte gegen den Zwang an, ihn zur Eile zu drängen. Sie brannte vor Verlangen, begehrte ihn sehnsuchtsvoll, dass es schmerzte. Aber Ryan war entschlossen, geduldig zu sein, und sie wusste, so würde er ihr Vergnügen in die Länge ziehen. Seine Zunge schmiegte sich an den Spitzenstoff ihres Höschens, und sie konnte kaum dem Drang widerstehen, ihre Finger in seinem Haar zu verflechten und seinen Mund dorthin zu lenken. Ihre Klitoris pochte, war geschwollen und sehnte sich nach seiner Berührung.

Eine quälend lange Zeit von Glückseligkeit verging, bis er mit seinen langgliedrigen Fingern unter das Gummiband ihres Höschens glitt und es an ihren Beinen hinunterzog. Er küsste und knabberte an ihren Oberschenkeln und an ihrem Bauch, neckte sie mit gelegentlichen, flüchtigen Berührungen zwischen ihren Beinen, ehe er sich mit seiner Zunge entlang der anderen Rundungen und Winkel ihres empfindsamen Fleisches bewegte.

Gänsehaut breitete sich immer stärker auf ihren Armen und Beinen aus–eine übertraf noch die andere–und sie konnte ihre Beine nicht stoppen, vor Aufregung zu zittern. Sie wollte in die Bettdecken verschmelzen. Als könnte er ihre Gedanken lesen, vergrub er sein Gesicht zwischen ihren Beinen und gab ihr die Hitze seiner Zunge an ihrer schlüpfrigen, bloßen Haut.

Sie erreichte schnell ihren Höhepunkt, hauchte seinen Namen und schrie stöhnend und ächzend auf. Sie ergab sich völlig den Schockwellen der Lust, die durch sie hindurchwogten. Aber er machte weiter, ihr Vergnügen zu bereiten, zwang sie höher und höher. Sie war hin- und hergerissen zwischen ihn wegstoßen zu wollen und ihn näher heranziehen zu wollen. Es war fast zu viel . . . bis es perfekt war. Sie schnappte nach Luft und wölbte ihren Rücken, als eine weitere Woge von höchstem Wonnegefühl sie ergriff.

Schließlich verlangsamte er seine Küsse, bewegte seinen Mund, bis er ihn auf ihrem Oberschenkel zur Ruhe kommen ließ. Er bedeckte ihn mit leichten Lippenberührungen, und sie spürte, wie er an ihrem Bein grinste, ehe er endlich zu ihr hochschaute. Sie liebte dieses selbstsichere, selbstzufriedene Grinsen.

„Du bist erstaunlich", sagte sie mit atemloser Stimme.

Er verlagerte seinen Körper und legte sich auf sie. „Ich habe gerade erst angefangen."

Als er sie wieder küsste, erfreute sich Annie daran, sich selbst auf seinen süßen Lippen zu schmecken. Sie arbeiteten zusammen, um seine Kleidungsstücke dem Haufen von ihren auf dem

Boden hinzuzufügen. Als er erst einmal nackt war, nahm sich Annie die Zeit, ihn gebührend zu bewundern. Ihr Blick liebkoste jeden Zentimeter seines straffen, muskulösen Körpers. Er war der
schönste Mann, den sie je gesehen hatte.

Und er war der *Ihre*.

Annie legte ein Bein über seinen Rücken und zog ihn näher an
sich heran. Aufgestützt auf seinen Ellbogen, einen an jeder Seite
von ihr, kam er zur Ruhe, und seine langen Beine befanden sich
zwischen ihren.

Seine harte Länge stupste an ihr Inneres. Annie holte tief Luft,
versuchte verzweifelt ihre eigenen Bedürfnisse zu beruhigen, indem sie sich auf seine Lippen konzentrierte, die wieder einmal
über ihre streiften. Sie war so darauf konzentriert, dass sie erst
gar nicht merkte, dass er sich verlagert hatte, um in sie zu stoßen.

Sie riefen beide vor Lust auf, und keiner von beiden bewegte
sich ein paar Sekunden lang, da sie nur darin schwelgen wollten,
wie gut es sich anfühlte. Annie fühlte das Feuer in ihrem Inneren
anwachsen, bis es eine regelrechte Explosion gab. Er zog sich fast
wieder die ganze Wegstrecke heraus, ehe er erneut druckvoll vorwärts stieß. Und noch einmal. Schon bald fing er an, fester und
schneller zu stoßen. Beide wollten sie es langsam angehen lassen . . . um es andauern zu lassen . . . aber ihre Körper verlangten
nach Befriedigung.

Er packte ihre Hüften und zog sie an sich, während er stieß,
es war eine glückliche Zusammenarbeit. Er fühlte sich in ihr so
gut an, und es war klar, dass er sich eingeprägt hatte, von welchen Bewegungen und Winkeln ihr lautestes Stöhnen ausgelöst
wurde. Sie genoss es über alle Maßen, wie es sich anfühlte, wenn
sein Fleisch an ihrem entlangglitt, die Art und Weise, wie sich die
Lust aufbaute und um sie beide herum aufbauschte. Sie liebte die
Art und Weise, wie sein Körper erzitterte und seine Muskeln sich
anspannten, und sie liebte die Art und Weise, wie sich der Klang

und das Zittern seines Stöhnens veränderten, während seine Stöße schneller und unregelmäßiger wurden.

Sein Körper spannte sich an, seine Erregung schwoll an, und
Annie spürte seine Eruption, heiß und nass und willkommen. Sie
rangen beide nach Atem. Ein paar Sekunden lang lagen sie still
da, bis sich ihr Atmen normalisiert hatte, dann verlagerte er sich,
zog sich aus ihr heraus und glitt auf eine Seite, wobei er einen
Arm und ein Bein noch um sie geschlungen hatte.

Annie lag ruhig da und schwelgte in all dem, was sie miteinander erlebt hatten.

Ryan reckte sich und berührte ihr Gesicht. „Wir haben ein
Problem."

„Ein Problem?", fragte sie verwirrt.

Er grinste. „Jep. Du hast deinen Höhepunkt nicht gleichzeitig
mit mir gehabt."

Unendliche Erleichterung durchflutete sie. „Naja, dafür habe
ich meinen Höhepunkt davor gehabt. Das war–"

Er unterbrach sie mit einem ausgedehnten, berauschenden
Kuss, bevor er sich zurückzog. „Ich will, dass du nochmal zum
Höhepunkt kommst. Ich will, dass du verdammt nochmal unendlich oft zum Höhepunkt kommst. Denn so lang fühlt es sich an,
dass ich dich schon liebe. Und so lange will ich dich auch lieben."

Dann drückte er seinen Mund noch einmal auf sie . . .

Später lag Annie da und hörte Ryans gleichmäßigem Atmen
zu und überlegte fieberhaft, sich zu erinnern, wie oft sie zum Höhepunkt gekommen war infolge der Bemühungen seines Mundes, seiner Hände und seines Schwanzes. Einmal war sie nur
durch den Klang seiner Stimme gekommen, als er unanständige
und herrliche Dinge in ihr Ohr geflüstert hatte. Schließlich gab
sie es auf, das noch klären zu wollen, und kuschelte sich eng an
ihn.

Ihr letzter Gedanke, bevor der Schlaf sie übermannte, war: In

242 VIRNA DE PAUL

Zukunft würde sie sich ihre Beziehung nicht mehr in ihrer Fantasie vorstellen müssen. Für sie beide hatte die Unendlichkeit gerade erst begonnen, Wirklichkeit zu werden.

EPILOG

Sechs Monate später
Weihnachten (in echt)

ANNIE ÜBERPRÜFTE, WIE WEIT DER Truthahn im Ofen war, und schaute dann auf die Uhr. Ryan würde jeden Moment hier sein, und sie konnte ihre Aufregung nicht unterdrücken. Seit zwei Wochen hatte sie ihn nicht mehr gesehen, aber ihr kam es vor wie eine Ewigkeit.

Als sie von Las Vegas zurückgekehrt waren, hatte er den Job als Feuerspringer angenommen, und einen Monat später war er nach Nordkalifornien gezogen. Er war glücklicher als sie ihn je zuvor erlebt hatte, aber natürlich stellte sie sich nur zu gerne vor, der Grund dafür wäre, dass sie endlich zusammen waren, und nicht der neue Job.

Immerhin war sie ebenso glücklich, und das, obwohl sie arbeitslos war. Sie wog nun auch fünf Kilo mehr als damals in Las Vegas. Sie hatte den Rest ihrer Diätpillen vernichtet, nachdem sie eingesehen hatte, dass sie die Idee mit dem Gewichtsverlust etwas zu weit getrieben hatte. Die wirkliche Transformation, die sie gebraucht hatte, hatte in ihrem Inneren stattgefunden, indem sie entdeckte, wer sie war, und dass sie nun keine Angst mehr davor hatte, dies allen Menschen zu zeigen. Jetzt aß sie immer noch vernünftig und trieb viel Sport, aber nur weil sie sich so wohler fühlte. Sie erlaubte sich, ihre Lieblingsgerichte wieder zu genießen.

Und obwohl immer wieder mal Tage der Unsicherheit vorkamen, war sie mit sich selbst im Einklang, innerlich wie äußerlich.

„Schatz, ich bin zu Hause", hörte sie Ryan rufen, als er sich selbst ins Apartment einließ.

Annie rannte los, um ihn zu begrüßen. Sobald er sie sah, breitete er seine Arme aus, sie flog auf ihn zu, er fing sie auf, und sie wickelte ihre Beine um seine Taille. Er drückte sie fest, bis sie kaum mehr atmen konnte, und dann küsste er sie, bis sie völlig atemlos war.

„Du hast mir gefehlt", sagte er, als sie den Kuss abbrachen.

„Mmm", sagte sie lächelnd, immer noch aus der Bahn geworfen von dem Kuss. „Du hast mir auch gefehlt."

Ryan stellte sie wieder auf die Füße und schaute sich im Apartment um. Nachdem sie aus Las Vegas zurück waren, hatte Annie all die alten Bilder wieder aufgehängt.

Im Augenblick war Annies Lieblingsfoto eines von ihr und Ryan vor dem Springbrunnen des Bellagio Hotels. Das war in der Nacht aufgenommen worden, als sie und Ryan angefangen hatten, konkrete Pläne zu machen, wie sie von Freunden zu festen Liebhabern wurden. Zwischen den älteren Fotos waren auch neuere eingestreut, viele davon waren an Ryans neuem Wirkungsort in Nordkalifornien entstanden, wo Annie ihn besuchte, sooft sie Gelegenheit dazu hatte.

„Das sieht nach Weihnachten aus", sagte er. „Und es riecht auch nach Weihnachten. Ich hatte keinen Hunger, bis ich hier hereinkam."

„Du solltest lieber hungrig sein", erklärte sie ihm. „Der Truthahn ist groß genug, dass eine kleine Armee davon satt wird."

Er legte seinen Arm wieder um ihre Taille und sagte: „Fehlt dir dein Job also schon?"

Annie schüttelte den Kopf. „Mir fehlen meine Mitarbeiter und meine Patienten, die wir ständig sehen, aber ich kann es kaum erwarten, an einem Ort zu sein, wo ich jeden Abend zu dir nach

Hause komme."

„Gute Antwort."

Während der letzten sechs Monate hatten Annie und Ryan eine Fernbeziehung gelebt. An einem Wochenende kam er zu ihr, und am nächsten Wochenende blieb sie bei ihm. Gelegentlich war es auch möglich, eine Woche gemeinsam zu verbringen. Doch nun hatte Annie einen Job als Krankenschwester an Ryans neuer Wirkungsstätte gefunden, und sobald die Feiertage vorüber wären, würde sie zu ihm ziehen.

Annie ging in die Küche zurück, um nach dem Abendessen zu sehen, und als sie wieder zurückkam, legte er gerade ein paar Geschenke unter den Baum.

„In zwanzig Minuten gibt's Abendessen. Gerade Zeit genug, um die Geschenke zu öffnen."

Sie grinste und berührte das diamantene Herz, das sie als Anhänger an einer Kette trug–das, welches in Las Vegas gestohlen und glücklicherweise wieder zurückgegeben worden war. Sie stellte sich bereits Ryans Reaktion vor, wenn er das Geschenk sehen würde, das sie in goldenem Geschenkpapier verpackt hatte. Vielleicht würde sie ihm dies aber lieber als letztes geben. Vielleicht sogar erst nach dem Abendessen. Denn wenn er das Klebeband für Fesselspiele sehen würde, das Paige ihr vor all jenen Monaten gekauft hatte, glaubte sie nicht, dass sie sich noch auf irgendetwas anderes konzentrieren könnten.

Ryan drehte sich zu ihr und überreichte ihr eine längliche Schachtel von der Art, in der Poster aufbewahrt werden. „Dies hier zuerst."

Annie vermutete, dass es irgendein Kunstdruck für das Apartment sein könnte, und packte es vorsichtig aus. In der Schachtel war eine dicke Rolle von mehreren Papieren, die von einem Band zusammengehalten wurden. Sobald sie auseinander gerollt waren, wusste Annie was er ihr gebracht hatte.

Hauspläne! Ein zweistöckiges Haus mit drei Schlafzimmern

und zwei Badezimmern. Die Küche war riesig, mit einer Essecke und einer Kücheninsel in der Mitte. Im großen Badezimmer gab es einen Whirlpool. Und neben dem großen Badezimmer war ein Zimmer mit bodenlangen Fenstern, das als Annies Studio bezeichnet war.

Ryan deutete darauf. „Du hast immer gesagt, du möchtest einen Raum, wo du malen und basteln könntest . . ."

Die Pläne verschwammen vor Annies Augen, die sich mit Tränen gefüllt hatten.

„Unser Haus", flüsterte sie.

„Ähm, ja. Aber du kannst noch alles ändern, was du willst. Ich wollte nur, dass die Sache in Gang kommt. Dich überraschen. Wenn dir etwas nicht gefällt–"

Annie warf sich in seine Arme und schluchzte: „Es ist perfekt. So wie du!"

„Ach Schatz", murmelte er, während er sie festhielt und ihren bebenden Rücken massierte. „Schsch, ist schon okay."

Sie riss sich heftig zurück. „Es ist besser als okay! Du lässt all meine Träume Wirklichkeit werden. Und manchmal frage ich mich, was gewesen wäre, wenn wir die Dinge nie geklärt hätten? Was wäre, wenn wir das alles verpasst hätten? Die Sache zwischen dir und mir?"

„Das wäre niemals geschehen", sagte er felsenfest überzeugt.

„Aber–"

„Niemals, Annie! Wir hätten schon sichergestellt, dass das mit uns so gekommen wäre wie es vorgesehen war. Ich hätte dich schon solange mürbe gemacht, egal wie viele Spiele von Strippoker ich auch austeilen hätte müssen."

Sie lachte zittrig. „Wie konnte ich bloß so viel Glück haben?"

Er zuckte die Achseln und sagte: „Ich wette, die Hälfte aller Frauen der Stadt wüssten das auch gern."

Sie schlug ihm leicht auf den Arm, und er lachte. Dann wurde seine Miene ernst. „Ich bin der Glückliche", sagte er, dann glitt er auf einmal von der Couch und auf ein Knie. Er griff in seine Tasche und zog eine andere Schachtel heraus. Sie war winzig und aus Samt. Er klappte den Deckel auf, und darin befand sich der allerschönste Saphir-Diamantring im Prinzess-Schliff, den Annie je gesehen hatte.

„Willst du mich heiraten, Annie?", fragte er.

Annie legte ihre Hände an beide Seiten seines Gesichts und zwang sich, nicht ja zu sagen. Noch nicht. „Willst du nicht erst zusammenleben? Sichergehen, dass wir auch zueinander passen?"

„Seit Las Vegas habe ich darauf gewartet, dies zu tun, und das auch nur weil du es langsam angehen lassen wolltest." Er grinste. „Ich kenne dich nun seit neun Jahren, Annie. Es besteht für mich nicht der allergeringste Zweifel, dass du die Frau für mich bist und ich der Mann für dich bin. Ich möchte den Rest meines Lebens mit dir verbringen, und je eher du meine Frau wirst, desto besser. Jetzt sag schon, dass du mich heiraten willst! Bitte!"

Ein Gefühl der Wärme breitete sich in ihrem ganzen Körper aus, und sie lächelte so sehr, dass ihre Wangen zu schmerzen begannen. „Du bist alles, was ich je gewollt habe, Ryan. Ja! Ich werde dich heiraten!"

Mit einem Grinsen drehte er den Ring so, dass sie sehen konnte, was auf der Innenseite des Reifs eingraviert war.

Es waren ihre Initialen, angeordnet wie bei ihrem Tattoo. Und bei seinem. Er hatte sich die miteinander verschlungenen Initialen in unauslöschlicher Tinte auf seine Schulter stechen lassen.

Den Ring steckte er Annie an den Finger, und dann küsste er sie, bis sie beide atemlos waren. „Vielen Dank, dass du mutig genug warst, diese Liste der unanständigen Dinge zu erstellen. Nun sollten wir uns eine neue ausdenken und uns dranmachen, sie zu erfüllen–aber diesmal zusammen!"

„Ein neues Abenteuer?" Sie schaute auf den funkelnden

Ring an ihrem Finger. „Mit dir, Ryan Hennessey, bin ich zu allen Schandtaten bereit."

ENDE

Vielen herzlichen Dank, dass ihr ‚Mit dem besten Freund im Bett' gelesen habt!

Wenn euch dieses Buch gefallen hat, dann solltet ihr auch Cole's Geschichte lesen

‚Mit dem Biker von nebenan im Bett',Band 5 der Serie ‚Mit den Junggesellen im Bett',

der in Kürze erscheint.

Um weitere Informationen zu erhalten und den kostenlosen Newsletter zu abonnieren, besuchen Sie mich bitte auf *http://www.virnadepaul.com*

BÜCHER VON VIRNA DEPAUL

Die Serie ‚Mit den Junggesellen im Bett' umfasst

Band 1: *Mit dem falschen Bruder im Bett* (Rhys)
Band 2: *Mit dem schlimmen Zwilling im Bett* (Max)
Band 3: *Mit dem Milliardär im Bett* (Jamie)
Band 4: *Mit dem besten Freund im Bett* (Ryan)
Band 5: *Mit dem Biker von nebenan im Bett* (Cole)
Band 6: *Mit dem Bodyguard im Bett* (Luke)
Band 7: *Mit dem Trauzeugen im Bett* (Gabe)**
Band 8: *Mit dem Chef im Bett* (Eric)**

Verrückt nach dem verkehrten Kerl
Einem Werwolfkämpfer verfallen
**erscheint in Kürze

Die Serie, Rock'n'Roll Candy

Die Rock'n'Roll Candy Serie handelt von einer Gruppe von
Freunden, Schauspieler Bad-Boys und sexy Rock Stars Anfang 20,
die jeweils der Frau ihrer Träume begegnen.

Band 1: *Sexy wie Rock'n'Roll*
Band 2: *Stark wie Rock'n'Roll*
Band 3: *Süß wie Rock'n'Roll*
Band 4: *Verrucht wie Rock'n'Roll***
Band 5: *Sanft wie Rock'n'Roll***
Band 6: *Wild wie Rock'n'Roll***
Band 7: *Frei wie Rock'n'Roll***
**erscheint in Kürze

Die Serie ‚Mit den Junggesellen im Bett‘ umfasst:

Band 1: Mit dem falschen Bruder im Bett (Rhys)

Nach dem Zerbrechen einer Beziehung gelingt es Melina, ihren Kumpel Max aus Kindertagen zu überreden, sie in der Kunst der Leidenschaft zu unterweisen. Doch Melina erlebt eine Überraschung, als Max‘ Zwillingsbruder Rhys unerwartet auftaucht und diese Herausforderung annimmt. Da die Geschichte, die in Kalifornien spielt, sowohl heiß und hitzig als auch herzerfrischend zur Sache geht, wird sie mit HHH (Heat & Heart & HEA = Happily Ever After) bewertet, das heißt, sie garantiert auch ein glückliches Ende. Die vor Erotik knisternde Verwechslung im Bett umfasst charmante eineiige Zwillingsbrüder, frivole Lehrstunden, freche Wortspielereien, leichte Fesselungen, eine anziehende, jedoch schüchterne Hauptperson, die irrtümlich meint, langweilig zu sein, und einen Zauberer als Hauptfigur, der entschlossen ist, zu beweisen, dass das Mädchen seiner Träume alles hat, was er jemals brauchen wird.

Band 2: Mit dem schlimmen Zwilling im Bett (Max)

Dieser schlimme Junge garantiert so einiges an Zauber und Magie . . .

Max Dalton, der berühmte Zauberkünstler aus Las Vegas, war im Vergleich zu seinem eineiigen Zwillingsbruder schon immer der Bad Boy der Familie, der den Ruhm und die vielen Frauen, die sein Ruf mit sich bringt, sehr wohl zu schätzen wusste. Doch jetzt, da sein Bruder die Liebe seines Lebens geheiratet hat und bald eine eigene Familie haben wird, erkennt Max, worum ihn sein Playboy-Dasein gebracht hat.

Grace Sinclair kommt mit einer bestimmten Absicht nach Las Vegas: sie will Max, den Schwager ihrer besten Freundin, bitten, ihr das Vergnügen zu schenken, das ihr bis jetzt noch kein Mann bereiten konnte. Sie vermutet, dass Max mehr Schichten hat als er die Menschen sehen lässt, ist aber dennoch entschlossen, ihr Herz für sich zu behalten, auch wenn sie ihm ihren Körper anbietet. Schließlich kann Max ihr das geben, was sie will, aber nicht das, was sie braucht - ein Kind. Dafür hat sie einen Plan, der Max nicht mit einschließt.

Wird Grace lange genug hinter die Fassade des Bad Boy schauen, um ihm auch ihr Herz zu schenken? Und wird Max rechtzeitig herausfinden, was er wirklich will, bevor er die eine Frau verliert, durch die er lernte, wieder an die wahre Liebe zu glauben?

Diese heiße Liebesgeschichte beinhaltet ungehörige Aktivitäten in einem fahrenden Auto, schlüpfrige Texte - sowohl gesprochen als auch geschrieben - , ein seltsames Babyprojekt, eine Südstaatenschönheit, die ihre recht ausgefallenen Vorlieben bekämpft, und einen schlimmen Jungen, der alles tun will, um sie dazu zu bringen, abzuheben und zu fliegen. Volle Kraft voraus!

Die Fortsetzung von ,Mit dem falschen Bruder im Bett' (mehr als 200 Fünf-Sterne-Bewertungen!) wird mit HHH (= Heat Heart & HEA = Happily Ever After) bewertet, das heißt: es geht hitzig zur Sache, ist etwas fürs Herz und garantiert ein glückliches Ende.

Band 3: Mit dem Milliardär im Bett (Jamie)

Als offene, freigeistige Person hat Lucy Conrad Spaß mit ihren Freunden, hält aber andere deutlich auf Abstand, besonders ihre wohlhabende und vorschnell urteilende Familie . . . sowie den Milliardär, mit dem sie sich früher verabredete, Jamie Whitcomb. Trotz ihrer gegenseitigen unwiderstehlichen Anziehungskraft weiß Lucy aus Erfahrung, dass sie niemals in seine Welt passen würde.

Der charismatische Jamie genießt seine Arbeit, die Frauen

und seinen Reichtum. Als die Pflicht ruft und er das Familienunternehmen übernehmen muss, stürzt er sich mit Vollgas in diese Aufgabe; er bedauert nur, dass Lucy nicht mit von der Partie sein will.

Dann geschieht eine Tragödie, und Lucy erkennt: Um das Sorgerecht für ihre zur Waise gewordenen Nichte zu bekommen, muss sie beweisen, dass sie sich doch wieder in die High-Society-Welt, die sie früher ablehnte, integrieren kann. Was wäre die Lösung? Jamies Scheinheiratsantrag annehmen und als die Sorte Mutter angesehen werden, die ihre Nichte verdient. Respektabel. Beherrscht. Gewillt, das Spiel mitzuspielen.

Mit ihrem vorgetäuschten Verlobten an ihrer Seite gibt Lucy Dirty Martinis und Leder zugunsten von Champagner und Seide auf. Doch als sich die Leidenschaft zwischen Lucy und Jamie immer weiter steigert, müssen die beiden eine Wahl treffen: voreinander zurückschrecken, um nicht verletzt zu werden . . . oder alles riskieren für die Art Liebe, die kein Geld der Welt kaufen kann.

Diese Geschichte beinhaltet lockend-zarte Berührungen in einem abgedunkelten Theater und auf der Tanzfläche, einen heißen Junggesellenabschied, eine weibliche Hauptfigur, die sich nicht scheut, auf einer Bühne zu zeigen, was sie hat, sündhafte Abenteuer mit geschlagener Sahne sowie einen reichen Helden, der seiner Frau im Schlafzimmer und darüber hinaus die Erfüllung schenkt.

Band 5: Mit dem Biker von nebenan im Bett

Jill Jones hat gute Freunde, einen tollen Job und regelmäßig eine ansehnliche Anzahl von Verabredungen. Was sie nicht hat, ist eine leicht verrückte oder wilde Seite–das glaubt sie jedenfalls. Dann trifft sie einen gut aussehenden, tätowierten Motorradfahrer, der sie regelrecht entflammt. Plötzlich sagt sie zu allen möglichen Sachen ja, angefangen bei einer Nacht im Bett ohne Bedingungen.

Als Experte für Sicherheit verdient sich Cole Novak seinen Lebensunterhalt damit, Menschen zu beschützen, aber der Kummer, dass er die wichtigste Person in seinem Leben nicht retten konnte, lastet immer noch schwer auf ihm. Dann trifft er Jill, und für eine Nacht bringt sie Farbe in seine dunkle Welt . . . doch nur, um am nächsten Tag wieder zu verschwinden und ihn in seine schon-vertraute Dunkelheit zurückzustoßen.

Bald merkt Cole, dass Jill ihm näher ist als er wahrhaben wollte–sie lebt sogar genau in dem Haus, das er verkaufen will, um seine Vergangenheit hinter sich zu lassen. Als die leidenschaftliche Frau seiner Träume plötzlich zum Mädchen von nebenan wird, fällt es Cole schwer, das Haus zu verkaufen und wegzuziehen. Wird er doch noch mehr von Jill wollen und sein Herz endlich öffnen können für Hoffnung und Liebe?

Verrückt nach dem verkehrten Kerl

Kann eine einsame, unnachgiebige Staatsanwältin in einem lässig-coolen Strafverteidiger aus den Südstaaten die wahre Liebe finden trotz ihrer gegensätzlichen Einstellungen zu Schuld, Unschuld und Verantwortung?

Sie hat ein weiches Herz, aber eine dunkle Vergangenheit. Er genießt das Leben in vollen Zügen und glaubt daran, dass jeder eine zweite Chance verdient. Sie ist entschlossen, Abstand zu halten. Er will ihr näher kommen, ganz nah. Doch ein dramatisches, lebensbedrohliches Ereignis ändert alles. Werden sie dennoch ihren Platz im Herzen des jeweils anderen finden?

Bei dieser kurzen, romantischen Erzählung geht es um Leidenschaft im Gerichtssaal wie auch im Schlafzimmer, und ihr Liebesabenteuer ähnelt einem romantischen Tanz mit Umwerben und unerwarteter Kapitulation, unterstützt von einer Freundin, die als Vermittlerin fungiert, um zwei Menschen zusammenzubringen, die dafür bestimmt sind, in guten wie in schlechten Zeiten füreinander da zu sein.

Die amerikanische Bewertung HHH (Heat, Heart & HEA = Happily Ever After) deutet darauf hin, dass es in diesem Liebesroman heiß und herzerfrischend zur Sache geht und ein glückliches Ende garantiert ist.

Die amerikanische Bewertung HHH (Heat, Heart & HEA = Happily Ever After) deutet darauf hin, dass es in diesem Liebesroman heiß und herzerfrischend zur Sache geht und ein glückliches Ende garantiert ist.

Einem Werwolfkämpfer verfallen

Eine Spezialeinheit für Einsätze bei paranormalen Phänomenen, eine angeschlagene Alpha-Wer-Bestie, die auf Rache sinnt, und eine Vampirin versuchen, ihre Drachenwandler-Adoptivfamilie zu retten.

Können sie eine Gruppe rebellierender Formwandler daran hindern, die Dämonen der Hölle freizusetzen?

Das längste Leben ist nicht immer das glücklichste . . .

Fünf Jahre nach dem Zweiten Zivilkrieg bemühen sich Menschen und Andersgeborene–menschenähnliche Wesen mit übermenschlicher DNA–immer noch um Frieden. Um beiden Gruppen zu ihren Rechten zu verhelfen, bildet das FBI ein Team, das mit einzigartigen Fähigkeiten ausgestattet ist.

Im Moment dient Wer-Bestie Dex Hunt diesem Para-Ops-Team, aber sein eigentliches Ziel ist es, den Werwolf-Anführer umzubringen, den er für den Tod seiner Mutter verantwortlich macht. Während er auf den rechten Augenblick wartet, hält sich Dex emotional von seinen Teammitgliedern und jedem anderen fern, für den er etwas empfinden könnte, einschließlich einer mysteriösen Vampirin, die er in Los Angeles traf.

Als Ärztin hat die Vampirin Jesmina Martin ihr unsterbliches Leben der Aufgabe verschrieben, andere zu heilen. Als forschende

Wissenschaftlerin versucht sie, Lebensspannen zu verlängern, insbesondere jene ihrer Adoptivfamilie, der Drachenwandler, und die des Werwolfs, der sie gerettet hat, als sie ein Kind war. Ihre größte Hoffnung ruht auf Dex, der Wer-Bestie, die anderen Unsterblichkeit schenken kann.

Doch Dex weiß nichts von seiner Gabe, auch nicht, dass Jesmina sie für ihre Zwecke nutzbar machen will. Nach einer leidenschaftlichen, gemeinsamen Nacht erwartet keiner, den jeweils anderen wiederzusehen. Wochen später treffen sie in Frankreich aufeinander, gezwungen, ein zerbrechliches Geheimnis zu akzeptieren–neues Leben, das überleben will. Gleichzeitig müssen sie eine Gruppe rebellischer Formwandler daran hindern, die Dämonen der Hölle freizusetzen. Doch bevor Dex und Jesmina ihr Kind oder die Welt retten können, müssen sie ihre Geheimnisse preisgeben, ihre Ängste überwinden und sich selbst der Liebe öffnen.

ÜBER DIE AUTORIN

V IRNA DEPAUL IST EINE NEW York Times Bestsellerautorin und steht auch auf der Bestselling-Liste von USA Today für erregende, spannungsvolle Erzählliteratur. Ob es um Vampire, eine Spezialeinheit für paranormale Phänomene, heiße Polizisten oder umwerfende identische Zwillingsbrüder geht, ihre fiktiven Geschichten handeln immer von komplexen Individuen, die gewillt sind, auch die unglaublichsten Schwierigkeiten zu überwinden, um der Liebe den Weg zu bahnen.

Um weitere Informationen zu erhalten und den kostenlosen Newsletter zu abonnieren, besuchen Sie mich bitte auf: *http://www.virnadepaul.com*

Website: www.virnadepaul.com

Facebook: www.facebook.com/booksthatrock

Twitter: twitter.com/virnadepaul